M. Leighton

Amor selvagem

Tradução
Priscilla Barboza

1ª edição
Rio de Janeiro-RJ / São Paulo-SP, 2023

VERUS
EDITORA

Copidesque
Lígia Alves

Revisão
Cleide Salme

Título original
There's Wild, Then There's You

ISBN: 978-65-5924-146-0

Copyright © M. Leighton, 2014
Todos os direitos reservados.

Tradução © Verus Editora, 2022
Direitos reservados em língua portuguesa, no Brasil, por Verus Editora. Nenhuma parte desta obra pode ser reproduzida ou transmitida por qualquer forma e/ou quaisquer meios (eletrônico ou mecânico, incluindo fotocópia e gravação) ou arquivada em qualquer sistema ou banco de dados sem permissão escrita da editora.

Verus Editora Ltda.
Rua Argentina, 171, São Cristóvão, Rio de Janeiro/RJ, 20921-380
www.veruseditora.com.br

CIP-BRASIL. CATALOGAÇÃO NA FONTE
SINDICATO NACIONAL DOS EDITORES DE LIVROS, RJ

L539a
Leighton, M.
    Amor selvagem / M. Leighton ; tradução Priscilla Barboza. - 1. ed. - Rio de Janeiro : Verus, 2023.

                   (Wild ; 3)

    Tradução de: There's Wild, Then There's You
    Sequência de: Amor que não se apaga
    ISBN 978-65-5924-146-0

    1. Romance americano. I. Barboza, Priscilla. II. Título. III. Série.

22-81209

CDD: 813
CDU: 82-31(73)

Meri Gleice Rodrigues de Souza - Bibliotecária - CRB-7/6439

Revisado conforme o novo acordo ortográfico.

Seja um leitor preferencial Record.
Cadastre-se no site www.record.com.br e receba informações sobre nossos lançamentos e nossas promoções.

Atendimento e venda direta ao leitor:
sac@record.com.br

Para meu marido incrível, por aturar a mim e ao meu jeito neurótico.
Eu amo você, querido!

Para o Deus maravilhoso que provê, não importa a necessidade.
Obrigada. Sempre.

1

Violet

Observo uma a uma as pessoas nas fileiras à minha frente se levantarem e se apresentarem.

Ah, meu Deus! Como eu consigo me meter nessas roubadas?

Não sei por que ainda me pergunto. Já sei a resposta. Eu ajudo as pessoas. Não é apenas o que eu faço; é quem eu sou.

Durante o dia, sou assistente social, finalmente capaz de fazer o que estudei na faculdade durante quatro anos — ajudar pessoas. Mas à noite eu sou motorista, conselheira, enfermeira, guardiã, atendente no auxílio telefônico a suicidas e, neste momento, uma viciada.

Quando a primeira pessoa na minha fileira se levanta, meu estômago revira e eu olho a minha volta mais uma vez à procura de minha melhor amiga, Tia. A única razão de eu estar aqui é para dar apoio moral. Apoio moral a *ela*. E ela ainda nem chegou.

É isso que eu ganho por tentar ajudar minha amiga, que obviamente não quer ajuda.

O noivo de Tia, Dennis, insistiu que, antes que eles se casassem, Tia comparecesse a pelo menos dez sessões de uma reunião de dependentes.

Pode parecer ridículo para algumas pessoas, mas provavelmente não é pedir muito, considerando que Tia o traiu não uma, nem duas, nem três, nem mesmo quatro vezes. Mas seis. Seis vezes em três anos, Tia ficou bêbada e dormiu com outra pessoa. Ela se arrepende imediatamente. Chora, pede desculpa, sempre confessa, mas isso nunca parece detê-la quando ela sente algo selvagem invadi-la e há um homem atraente por perto. O fato de ela ser linda não ajuda. Com longos cabelos loiros e olhos azul-claros, Tia parece uma Barbie. Ela tem seios insanamente grandes, uma cinturinha invejável e pernas ridiculamente compridas. É um conjunto que atrai os olhares de praticamente todos os homens em um raio de quinze quilômetros. E isso só agrava... a fraqueza de Tia. Ela adora primeiros beijos. E borboletas no estômago. E emoção. E vodca. Essa combinação a coloca em mais problemas do que eu gostaria de comentar. E também me faz embarcar em mais problemas do que eu gostaria de comentar.

Como me encontrar sendo a *próxima* numa longa fila de pessoas se levantando para explicar quem elas são e por que estão aqui. Minha cabeça está girando enquanto escuto a senhora ao meu lado explicar que o nome dela é Rhianne e que é viciada há onze anos. As pessoas aplaudem (não sei bem o motivo), e ela sorri antes de se sentar novamente. Então, o salão fica em silêncio e todos os olhos se voltam para mim. Meu estômago afunda até o pé.

Minha vez.

Lentamente, eu me levanto. Dou um sorriso trêmulo para o cara que é o líder da sala e ele me acena com a cabeça como sinal de encorajamento. Pigarreio e enxugo minhas palmas suadas na calça jeans. Dou uma rápida espiada em todos os rostos atentos, desejando silenciosamente que esse momento já tivesse passado.

Apenas mais alguns segundos e terá...

É quando meus olhos deparam com olhos azul-claros de tirar o fôlego que eu quase esqueço onde estou e o que supostamente deveria dizer. Para a minha sorte, meu discurso é curto. E exatamente cinquenta por cento *in*correto.

— Olá. Meu nome é Violet e eu sou viciada em sexo.

2
Jet

A monotonia e o desânimo da noite melhoram na hora que ela se levanta. Observo a pequenina morena inquieta mexer os dedos enquanto olha ao redor. Ela parece tímida, uma característica que eu não associaria a pessoas como as que estão nesta sala. Mas ela está aqui por alguma razão, o que me intriga pra caramba.

Sento um pouco mais ereto enquanto a observo. Ela é de fato atraente — cabelos ruivos escuros puxados para trás numa espécie de trança, pele macia ruborizada nas bochechas, nariz reto inclinado de forma tensa na direção do peito e dentes brancos perolados mordendo o carnudo lábio inferior.

Suas formas são pequenas, mas proporcionais — seios redondos, barriga chapada, bunda durinha, pernas muito longas. Olhar para ela me deixa *contente* por tê-la encontrado *aqui*. Tenho certeza de que ela gosta de uma coisa. E gosta *bastante*. E isso me agrada.

Eu a observo, agitada, enxugar a palma das mãos na calça jeans. Ela olha em volta e eu espero seus olhos virarem na minha direção. Sinto que *preciso* vê-los, assim como *preciso* ver o resto do pacote. Como eles serão? O que eles *dirão*?

Quando sua rápida varredura me alcança, ela pausa. Talvez por um centésimo de segundo. E eu percebo que seus olhos são exatamente o que eu estava esperando que fossem, embora eu não soubesse realmente que estava esperando que fossem *alguma* coisa.

Eles são claros, cinza-prateados. Sensuais. Sexys. É neles que eu consigo ver por que ela está aqui. Há algo de selvagem naqueles olhos, algo que diz que ela está escondendo um diabinho dentro daquele exterior de bibliotecária gostosa, porém inocente, e ele está morrendo de vontade de sair.

— Olá. Meu nome é Violet e eu sou viciada em sexo.

Sinto vontade de gemer. Essa voz! É baixa e rouca, o tipo de voz que é destinada a dizer coisas obscenas no escuro. Combina perfeitamente com os olhos. Não tenho dúvida de que terei muitos sonhos molhados protagonizados por essa voz esta noite.

Estou ainda mais intrigado, agora. Essa mulher é uma mistura incomum e muito atraente de recatada e feroz, uma combinação que eu nunca encontrei antes — e isso quer dizer muita coisa. Experimentei basicamente todo tipo de mulher que este mundo tem a oferecer. Ou pelo menos achei que tivesse.

Quem poderia imaginar que eu finalmente encontraria alguém que realmente *me interessasse* aqui, *entre todos os lugares.*

Meus olhos não a abandonam até ela desaparecer de volta no meio das pessoas que estão sentadas entre nós. Mesmo quando outros do grupo se levantam para falar, e ainda que seja sem dúvida desaconselhável, eu sei que vou ver Violet, Viciada em Sexo, outra vez. Bem de perto e intimamente. E em breve.

3

Violet

Não consigo chegar à porta depressa o suficiente. Estou irritada, me sinto humilhada e sou uma péssima mentirosa. Tentando manter minha cabeça baixa e movendo os pés rapidamente, eu atravesso o grupo de pessoas a passos firmes.

Alguém abre a porta de saída, deixando entrar o ar frio e revigorante da noite, que desarruma meu cabelo e me atrai em sua direção como uma mariposa é atraída pelas chamas. É a liberdade que está logo adiante, e estou lutando para chegar até ela.

Mas não estou lutando rápido o suficiente.

Alguns metros antes de atingir meu objetivo, alguém entra no meu caminho. Vejo pernas em calças jeans bem na minha direção. E elas não estão se movendo.

Ergo o olhar para encontrar o coordenador da reunião, Lyle, parado na minha frente, sorrindo.

— Não saia tão depressa. Pelo menos me dê a chance de te dar as boas-vindas e explicar um pouco sobre o que nós fazemos. — Ele gesticula em direção a uma mesa. Ela está rodeada de dependentes conversando entre si e repleta de biscoitos, xícaras e uma grande jarra de café. — Posso te pagar uma bebida? — Eu me abstenho de comentar sobre sua péssima escolha de palavras. Ironicamente, soa como uma cantada cafona. Do coordenador da reunião de viciados em sexo. *Na* própria reunião.

Se isso não é engraçado...

Mas, em vez de comentar sobre sua audácia, sorrio e cavo fundo em busca de alguma coragem e de uma boa história.

— Ah, não precisa. Já estive em dezenas de reuniões como esta — digo, com um aceno de mão casual. — Estive... é... sob controle por três anos, então não é necessário desperdiçar o seu tempo comigo quando há muitos outros aqui que precisam de você.

Aceno amigavelmente com a cabeça e começo a me mover em volta dele.

— Que ótima notícia! Parabéns! Nosso grupo precisa de alguém exatamente como você. Nós temos pessoas em vários estágios dos doze passos, mas poucas na sua posição ainda frequentam as reuniões.

Sinto uma onda de pânico se aproximando. Pensei que uma história como essa fosse me tornar um alvo ou um espetáculo *menos* visado, não que ela me colocaria em algo pior.

Amaldiçoo em pensamento minha melhor amiga e suas tendências soltas e livres. Eu deveria ter imaginado que ela não fosse aparecer hoje à noite. Ainda assim, aqui estou eu mentindo para uma sala cheia de viciados em sexo, inventando histórias sobre dominar um problema sexual que eu não tenho e espero nunca ter.

Fico *contente*, porém, que minha mentira tenha soado convincente. Provavelmente porque não foi *mesmo* uma mentira. Nem tudo, pelo menos. Desde que o meu ex, Connelly, e eu terminamos, há três anos, não estive com ninguém, então o que eu disse era basicamente verdade. Apenas a parte do "viciada" que é um pouco exagerada.

Ou muito exagerada.

Eu amava Connelly, mas ele nunca, em um milhão de anos, poderia ter me transformado numa fanática por sexo. Nossa vida sexual era mais como uma obrigação. Ou um presente. Uma concessão — minha concessão para *ele*. Eu fazia porque sabia que ele gostava, não porque eu de fato me satisfazia. Tenho certeza de que as outras pessoas nesta sala cairiam na gargalhada se soubessem quem eu sou *de verdade* — morna na cama, sem intenções de esquentar.

Mas elas não vão saber. Principalmente porque, assim que eu sair daqui — se eu conseguir —, nunca mais vou voltar. Tia que se dane e venha sozinha. Eu vim!

— Eu adoraria — digo, tentando não me atrapalhar com a mentira deslavada (eu prefiro fazer um tratamento de canal) —, mas preciso ir a outro lugar.

Lyle franze o cenho para mim, mas não me questiona mais.

— Ah, tudo bem. Bom, espero que a vejamos novamente. Esse grupo poderia se beneficiar com alguém como você. É bom conhecer vencedores. Aqueles que conseguiram superar. — Seu sorriso me faz sentir ainda pior sobre a minha fraude, mas não deixo isso me abalar.

— Obrigada. Eu, é, eu... Desculpe, preciso ir.

Volto a me movimentar, focando outra vez na porta. Quando estou a poucos metros de alcançá-la, com a tensão já começando a escoar dos meus membros, outra pessoa se posta exatamente entre mim e a liberdade.

Novamente, eu paro. Mas desta vez eu paro não porque não posso atravessar o obstáculo, mas porque, por um instante, eu não quero.

Aqueles olhos... eu os reconheço imediatamente. Talvez eu sonhe com eles mais tarde. Talvez me lembre deles para sempre. Eles pertencem ao cara que estava me observando quando me levantei. Eles eram desconcertantes naquele momento, mas agora... vendo-os acompanhados do restante dele... são mil vezes pior.

Ou mil vezes melhor, talvez.

Alto e deslumbrante, ele exala o mesmo apelo sexual que o faz se encaixar perfeitamente nesse tipo de grupo. Duvido por um segundo que ele seja real, que seja humano. Que ele seja algo além de uma invenção da minha mente. Tudo nele é um convite — os olhos, o sorriso, a postura. Do cabelo preto espetado e deslumbrantes olhos azuis aos lábios perfeitos e o sorriso educadamente casual, ele me atrai como nenhum outro jamais me atraiu.

Mas ele cheira a perigo e hedonismo, duas coisas que evito como a peste. Duas coisas que em tempo algum quis *não* evitar.

Até agora.

Enquanto nos encaramos, me pergunto se ele irá falar comigo. E, se falar, o que ele poderá dizer. Quer dizer, nós *estamos* em uma reunião do DASA, Dependentes de Amor e Sexo Anônimos. Tenho certeza de que flertar com outros frequentadores é no mínimo malvisto. Antes que eu devaneie muito ponderando sobre isso, ele sorri educadamente e dá um passo para o lado, esticando o braço para abrir a porta para mim.

Preciso admitir que estou um pouco decepcionada, o que é idiota. Eu deveria ficar *contente* que ele está me ajudando em minha fuga, e não a impedindo. Ainda assim, quando eu retribuo o sorriso e dou um passo adiante, não estou. Nem um pouco. Fico tão perdida em meus pensamentos e em minha fascinação, que não é surpresa alguma quando me enrolo com meus próprios pés, tropeço e quase caio bem em cima dele.

Rápidas como um raio, suas mãos me seguram e me erguem antes que eu faça ainda mais papel de boba.

— Ahmeudeus, me desculpe — digo, sentindo minhas bochechas queimarem numa chama vermelho-sangue. Mantenho os olhos para baixo enquanto me endireito e volto a ficar estável sobre os pés.

— Por favor, não se desculpe — ressoa sua voz profunda.

Umedeço os lábios antes de erguer meus olhos até os dele. Parte de mim sabe que eu deveria dar meia-volta e correr, ignorando as cortesias e gentilezas de costume. Algo em mim, algum instinto profundo e raramente usado que me habita, sabe que, uma vez que eu encontrar aqueles olhos, estarei perdida para sempre. Não faz sentido, mas eu sei, assim como sei meu nome, a cor dos meus olhos e o jeito como meu cabelo enrosca nas pontas quando está chovendo lá fora.

Contrariando meu bom senso, faço isso. Olho cada vez mais para cima até chegar a um azul tão profundo que eu sinto que poderia mergulhar nele sem nunca alcançar o fim. Como se eu pudesse me afogar sem nem perceber.

Mas eu não posso fazer isso. Não posso mergulhar. Não com um cara como esse. Já vi o que alguém como ele pode fazer a uma pessoa — transformar o que antes era inteiro e capaz em nada mais que pedaços difusos de destroços e ruínas.

— Eu sou Jet — oferece ele suavemente, seus olhos sem deixar os meus.

Jet. Até seu nome é sexy, o que me deixa ainda mais desconfortável.

Ridículo! Debocha meu lado racional, equilibrado e levemente amargurado, que surge com sua perspectiva menos deslumbrada e me recorda que caras como esse não são nada além de predadores. Do tipo "ame-os e deixe-os". E ele é obviamente pior que a maioria, como comprova sua presença aqui. Aparentemente, ele tem um problema *de verdade.*

Dou um sorriso contido conforme me distancio dele.

— Violet. Prazer em conhecê-lo — digo, com pressa de sair. — Com licença, por favor.

Escorrego de volta para a minha personalidade direta e familiar como um escudo de proteção, como a armadura que me manteve protegida de danos todos esses anos. Ela nunca falhou comigo; não espero que isso aconteça agora.

Minha cabeça está erguida, minha coluna, rígida, e minha resistência se mantém firme no lugar quando passo pelo desconhecido obscuro e problemático. A cada passo que dou, estou determinada a tirá-lo de minha mente e nunca mais pensar nele.

Até que ele fala mais uma vez. Suas palavras produzem ranhuras em minha couraça como se fossem projéteis perfurantes.

— É uma abreviação — diz ele, alguns passos atrás de mim.

Confusa, eu me viro.

Sabendo que não deveria, *ainda assim* eu me viro.

— Oi?

— Meu nome. É uma abreviação.

— Abreviação de quê?

Observo enquanto ele se move na minha direção, diminuindo o espaço que eu havia acabado de criar. Ele para a apenas alguns centímetros e se inclina levemente para a frente, com um lado de sua boca levantado num sorriso autodepreciativo.

— Jethro.

E, simples assim, ele se torna humano. E vulnerável. E levemente imperfeito. E ainda mais perigoso para mim.

4

Jet

A princípio achei que ela simplesmente iria embora. Que ia me ignorar. E isso nunca tinha me acontecido. Nunca. Digo para mim mesmo que é por essa razão que eu lhe contei o meu nome. Meu nome *verdadeiro*. Normalmente, eu o protejo como protejo meu coração — com a força de uma armadilha para ursos, pronta para arrancar os membros de qualquer um que possa tentar descobrir. Ainda assim, eu simplesmente o entreguei para essa garota. Porque ela não estava correspondendo.

Que tipo de merda confusa e egoísta é essa?

Mas ficou óbvio que meu instinto estava certo. Minha revelação incomum e claramente impulsiva funcionou. Vejo a mudança em seu rosto, em seus olhos, no instante em que minhas palavras penetram no muro que ela estava construindo.

Seu sorriso é breve, mas aberto e simpático.

— Sério?

Dou um suspiro exagerado.

— Sério. Entende por que eu prefiro ser chamado de "Jet"?

O sorriso dela se expande, fazendo surgir uma covinha num dos cantos da boca. Meu primeiro pensamento é de que gostaria de lambê-la. O segundo é imaginar sua reação se eu fizesse isso. Ela me daria um tapa? Xingaria? Beijaria? Ela me levaria lá fora e imploraria para eu ficar entre aquelas pernas longas? Com uma contradição ambulante como essa mulher é difícil dizer, mas estou muito ansioso para descobrir.

5

Violet

Por alguns segundos, sinto o coração leve. Não estou pensando em coisas sérias nem concentrada em ser responsável. Por alguns segundos, não estou me sentindo na defensiva ou calculando maneiras de evitar ser sugada para algum hábito destrutivo. Não. Por alguns segundos, eu me sinto feliz e livre de preocupações. Divertida. Impulsiva. Mais parecida com os amigos e a família dos quais estive cercada durante toda a minha vida, aqueles que nunca consideram as consequências ou se preocupam com o amanhã.

Mas essa não sou eu. Nunca foi. Não sou *essa* garota — a que circula em uma reunião do DASA por *algum* tempo para conversar com *qualquer pessoa*. Nunca encontrei alguém tão interessante. Nem me encontrei interess*ada* desse jeito. Ainda assim, aqui estou eu, pensando que não gostaria de nada além de ficar parada conversando com esse belo desconhecido que subitamente parece ser mais do que aparenta.

Com os alertas de PERIGO! PERIGO! PERIGO! disparando como loucos em minha mente, lembro a mim mesma de que esse é o tipo de coisa que poderia deixar uma garota em apuros. Já vi isso muitas vezes.

É preciso um grande esforço para desviar meus olhos dos dele, mas consigo. Tenho a esperança de me sentir instantaneamente mais lúcida e mais parecida comigo mesma, mas não é o que acontece. Ainda posso ver o azul penetrante como se estivesse o encarando.

Sem querer arriscar olhar para cima novamente, mantenho a cabeça abaixada encenando procurar as chaves em minha bolsa.

— Bom, foi muito legal te conhecer, Jet — olho de relance o suficiente para passar por ele. — Aproveite a sua noite.

O toque do ar gelado refresca o calor das minhas bochechas quando mergulho na escuridão. Por mais que eu queira esquecer aquela reunião e a decepção e humilhação que passei, é difícil para mim não olhar para trás. Eu sei que Jet está parado na porta me observando. Não só posso ouvir os sons que vêm de dentro e sentir o cheiro de café, como posso sentir seus olhos quentes sobre mim, contrastando com o ar frio.

Sou esperta o suficiente para saber que isso não é um bom sinal.

— Onde você *estava*? — pergunto a Tia quando ela finalmente atende o telefone.

— O quê?

— Onde você estava esta noite?

Sua resposta é rápida e despreocupada.

— Com o Dennis, como deveria estar. E ainda estou. Onde você estava?

— Ti-a! Sério?

— Sério o quê? Qual é o seu problema?

— Meu problema é que eu acabei de ter que me levantar na frente de um grupo de pessoas e alegar que sou uma viciada em sexo porque eu fui como apoio moral para *alguém* que nem se preocupou em aparecer!

— Ah, merda! Era hoje?

— Sim, Tia. Era hoje. Eu te disse pela manhã que seria esta noite. Eu disse ontem no almoço que seria hoje à noite. Eu precisava ter anotado num post-it e colado na sua testa?

— Vi, eu sinto muito! Juro que não fiz de propósito. Você sabe que minha memória é uma droga.

— Eu sei. Por isso eu lembrei você. Duas vezes.

— Você sabe que eu também não sou muito organizada. — Posso ouvi-la fazendo beicinho.

Suspiro. Ela está certa. Sei todas essas coisas sobre ela e deveria ter esperado por isso. É típico de Tia, e tenho certeza de que é uma das razões para eu ser tão ligada a ela. Ela é meio que uma bagunça, e isso é minha especialidade, algo que aprendi cedo na vida. Além de tudo, ela é minha melhor amiga desde que somos crianças. Não posso *não* a amar.

— Eu sei que você não fez de propósito. Eu só estou... frustrada.

A ligação fica muda por um tempo antes de Tia falar. Sua voz é fraca, como a de uma garotinha.

— Foi constrangedor?

Tenho que ser cuidadosa em como vou responder. Precisaria de muito pouco para desencorajá-la de ir *alguma* vez. Embora eu saiba que ela ama o Dennis e acredite que ele seja bom para ela, Tia não é exatamente o tipo de pessoa que ficaria infeliz para agradar alguém. Mas ela precisa disso. Com ou sem Dennis, ela precisa disso.

Então eu minto. Só um pouquinho.

— Não, não foi tão ruim. Eu só odiei ter que ficar lá sozinha.

Quase posso ouvi-la movendo o lábio inferior para aumentar o bico.

— Eu sou a pior melhor amiga do mundo.

— Não, não é. Você é só... um espírito livre.

— Eu sou uma completa idiota.

— Não diga coisas assim — repreendo-a amavelmente. Tia possui problemas de autoestima suficientes graças ao seu péssimo pai. Estou convencida de que isso é parte da razão pela qual ela age como age. Ela tem um coração maravilhoso. Só tem alguns problemas de autocontrole e em encontrar conforto e aprovação nos braços de homens aleatórios todas as vezes que se sente para baixo. — Você é linda e inteligente, e consegue fazer isso. Pode fazer pelo Dennis ou por você mesma. E eu vou estar ao seu lado durante todo o processo.

— Vai mesmo? — Posso dizer pelo tom em sua voz que ela ainda precisa de algum convencimento, ainda precisa de uma motivação.

— Vou. E você ainda pode se divertir com a paisagem.

Eu me encolho até para pronunciar as palavras. Odeio ter que usar homens bonitos como isca para fazê-la ir às reuniões, e eu não faria isso se não acreditasse que ela precisa estar lá. Mas eu acredito *de verdade* que ela precisa de ajuda. Uma ajuda que nem Dennis nem eu podemos oferecer. Se essas reuniões não abrirem os olhos dela, não sei o que vai abrir.

— Ahmeudeus, *mentira* que você acabou de me atrair para uma reunião de viciados em sexo usando caras gostosos como isca.

Sorrio.

— Talvez. Está funcionando?

Há uma pausa bem pequena.

— Com certeza, está funcionando!

Nós duas rimos.

— Isso quer dizer que você vai semana que vem? — Estou disposta a continuar o ardil que comecei, se isso significa ajudar minha amiga.

— Se você voltar lá comigo, eu vou.

— Eu disse que volto.

— Então, sim, eu vou. Longe de mim perder uns colírios interessantes.

— É, eu sei. Isso seria uma tragédia — acrescento sarcasticamente.

— Eu tento explicar isso pro Dennis, mas ele simplesmente não entende.

Dou um risinho de deboche e balanço a cabeça.

— Não consigo imaginar por quê.

Ouço o bipe abafado avisando sobre outra chamada e verifico o telefone para checar a ligação. Embora não esteja na minha lista de contatos, eu reconheço o número. Já o vi aparecer vezes demais para *não* o reconhecer.

— Tenho que desligar. Estou recebendo outra ligação.

— Em uma quinta-feira quase dez da noite? Quem pode ser? — Não respondo. Sei que assim que ela refletir, vai saber. — Ah — finalmente ela fala. — Que droga. E eu aqui achando que você talvez tivesse arrumado um gatinho na tal reunião.

— Não seria difícil — digo com ironia. Com base na minha total e completa falta de vida social, Tia e eu sabemos que isso é absurdo. O que Tia *não* sabe é que hoje eu cheguei a considerar isso. Mesmo que tenha sido por apenas alguns instantes, eu realmente encontrei alguém que me fez esquecer todas as inúmeras razões pelas quais eu fico na minha.

— Você cuida tão bem dele, Vi. Ele tem sorte por ter você. Todos nós somos.

— Obrigada, mocinha — digo num suspiro, já temendo a noite que teria pela frente. — Ligo pra você amanhã.

— Avise se precisar de ajuda com ele.

— Aviso. Obrigada.

— Amo você — diz Tia com sinceridade.

— Eu também amo você.

Aperto o botão de troca e atendo a indesejável segunda ligação.

— Alô.

— Oi, Vi. É o Stan. Ele chegou no limite um pouco mais cedo esta noite. Desmaiou no bar há uns quinze minutos. Você acha que pode vir buscá-lo?

Engulo cada comentário, cada emoção, até um simples suspiro que está implorando para ser liberado, e respondo calmamente:

— Claro, Stan. Só me dê dez minutos. Estou do outro lado da cidade.

— Tudo bem. Até mais.

Ele desliga e eu finalmente dou partida no carro. Ainda estou no estacionamento da reunião do DASA. Eu me recuso a admitir que talvez — só *talvez* — eu estivesse vigiando a porta para ver se conseguiria outro vislumbre de Jet. Eu me recuso a admitir porque isso seria patético. E imaturo. E muito mais emocional do que costumo ser. Sou muito equilibrada para deixar um cara como Jet me afetar desse jeito. Ou *qualquer* cara, para falar a verdade. Envolver-se demais e ficar muito dependente de um homem para ser feliz acarreta problemas. Problemas que já vi e problemas de que não preciso. Então, eu os evito. A não ser que seja para ajudá-los — profissionalmente. Caso contrário, não vale a pena.

Fico repetindo isso para mim enquanto atravesso a pequena cidade de Greenfield, Carolina do Sul, até Teak Tavern, a escolha de botequim do meu pai. Seu outro boteco favorito na cidade se chama Lucky's, mas papai foi banido de lá há muito tempo.

Vejo sua caminhonete do lado de fora. Está estacionada corretamente nas demarcações de espaço, o que me diz que ele estava bem quando saiu de casa. Pelo menos ele não saiu bebendo e dirigindo *antes* de chegar ao bar. Ele já fez isso, o que me enfurece *e* causa angústia ao mesmo tempo. Seria uma tragédia em todos os sentidos se ele atingisse e machucasse alguém. Não somente para a vítima e sua família, mas para papai também. Ele ainda está bastante frágil emocionalmente, e isso com certeza o arruinaria.

Paro o carro junto ao meio-fio, perto da porta de entrada, e desligo o motor. Aprendi todos os melhores truques para arrastá-lo para fora e levá--lo para casa rapidamente e em segurança. Estacionar o carro próximo é o passo número um.

Vejo papai assim que entro. Ele está sentado num banco alto com o corpo jogado sobre a bancada do bar, a boca aberta, roncando como um trem de carga. Pelo menos este não será um evento argumentativo e violento. Assim espero, pelo menos. Quando ele já está desmaiado, normalmente, é um bom sinal. É quando ele está acordado e falando asneiras que configura um problema na maioria das vezes.

Eu entro, cumprimentando Stan ao passar por ele.

— Obrigada por me ligar, Stan.

Ele sorri enquanto enxuga um copo com a toalha branca do bar. Ele sempre me lembra o Sam, personagem de *Cheers*, uma das séries antigas favoritas de meu pai, e se parece ainda mais com ele quando seca os copos.

— Sem problema, Vi — responde gentilmente. — É sempre um prazer ver você.

Apesar de Stan ter uns bons dez anos a mais que os meus vinte e dois, tenho a sensação de que se sente atraído por mim. Ele sempre me observa de um jeito extremamente... apreciativo. Não que isso importe, porque não estou *nada* interessada. Nem. Um. Pouco.

Caminho até o fundo do bar, onde meu pai está desmaiado, e coloco minha mão gentilmente sobre o seu braço, fazendo o meu melhor para não o assustar. O melhor que posso esperar é que ele desperte apenas o suficiente para chegar até o carro e desmaie novamente até eu deixá-lo em casa.

— Papai, acorde. Está na hora de ir pra casa.

M. LEIGHTON

Ele geme, mas não faz nenhum movimento para se sentar ou mesmo ajeitar a postura. Dou uma leve sacudida nele.

— Pai. Meu carro está estacionado lá fora. Está na hora de ir.

Escuto seu gemido choroso e ele balbucia:

— Eu não quero ir pra casa.

Luto contra a culpa que se expande em minhas entranhas como uma esponja na água.

— Por que não? — pergunto. Já sei a resposta, mas meu objetivo não é fazer perguntas que precisem de respostas. Meu objetivo é apenas fazê-lo falar. Se eu puder mantê-lo envolvido de alguma forma no mundo consciente ao seu redor, terei mais chance de fazê-lo se levantar e ir até o carro.

— Sozinho. Todo mundo me abandonou — murmura ele, rolando a cabeça para o lado para me encarar com um olho verde sem foco.

— Eu não, pai. Só me mudei. É diferente.

— Não é, não.

— É, sim. Eu estou a apenas alguns quilômetros de distância e ainda vejo você quase todos os dias.

— Mas você foi embora.

— Eu não fui embora. Eu cresci, pai. Eu nunca deixaria você.

Ele levanta a cabeça e me olha fixamente, lágrimas surgindo em seus olhos cheios de remorso.

— Eu sei que você não me deixaria, Vi. Só estou me sentindo sozinho.

Meu coração se compadece por ele. Às vezes ele me deixa louca, mas eu o amo e gostaria que houvesse algo que eu pudesse fazer para ajudar a preencher o espaço que minha mãe deixou quando nos abandonou para sempre quatro anos atrás.

— Eu sei que está. É por isso que visito você com tanta frequência. Nós nos vemos mais agora do que quando eu morava lá.

E é verdade. Houve muitos dias em que eu saía antes que ele se levantasse e que ele já havia saído quando eu voltava para casa, mas agora eu vou quase todos os dias buscá-lo para almoçar onde quer que ele esteja cortando grama ou tirando ervas daninhas a serviço de sua empresa de paisagismo. Eu faço esse esforço porque me preocupo com ele. E, evidentemente, é uma preocupação válida.

AMOR SELVAGEM

— Não é a mesma coisa. A casa é muito grande. E vazia.

— Eu vou te visitar à noite mais vezes, pai. Prometo. Mas agora você precisa ir pra cama. Precisa descansar. Não vai ser bom para você se estiver cansado amanhã.

Quando ele fica assim, uma abordagem suave e maternal faz maravilhas.

— Não, eu não quero ficar cansado — diz ele, derrotado.

— Eu sei. O que acha de darmos o fora daqui?

Meu pai faz um aceno com sua cabeça laranja desbotada e desliza para fora da banqueta, agarrando o corrimão de metal como apoio até que consiga se equilibrar. Espero pacientemente, como sempre faço. Papai se movimenta no próprio ritmo, como ele sempre faz. Se eu tento apressá-lo, apenas o deixo furioso. Aprendi isso da maneira mais difícil.

Depois de seis minutos angustiantes, observando-o dar cada passo, balançar, se recuperar e então, ocasionalmente, parar para dar um tapinha nas costas de alguém e perguntar o que estão bebendo, nós enfim conseguimos sair e chegar ao meu carro. Assim que meu pai se encontra seguro dentro dele, dou a volta até o lado do motorista e deslizo para trás do volante. Ele começa a roncar antes mesmo de eu ligar o carro.

6
Jet

Os outros caras da banda me provocam por eu ser um maldito sortudo. Nunca pensei em mim como um, mas isso... isso me faz pensar que talvez eles estejam certos. Hoje à noite entendi por que eles dizem isso.

Nunca vim a esse mercadinho, então sou obrigado a caminhar pelo corredor principal e olhar ao longo de cada fileira à procura da geladeira de cervejas. Não está bem na frente ou bem no fundo, o que é incomum, acho. Eu provavelmente teria ido embora, frustrado, se não tivesse visto a bela Violet, Viciada em Sexo parada no corredor de café. Nem preciso dizer que, a esta altura, minha vontade é de cumprimentar quem arrumou os produtos dessa maneira. Se ele (ou ela) não tivesse feito assim, eu nunca a veria.

Depois de um instante e meio de reflexão, viro à direita e caminho devagar pelo corredor, parando ao lado dela como se também estivesse procurando café. A princípio ela me ignora, mas finalmente, depois de quase um minuto, ela cede e dá uma espiada.

Pelo canto do olho, vejo quando ela se espanta e espia de novo, então se vira e fica olhando para a frente. Alguns segundos depois, ela casualmente dá um passo e começa a se afastar pelo corredor. Segurando um sorriso, também dou um passo para segui-la. Eu a vejo erguer a mão e começar a dar tapinhas no queixo com o dedo, como se estivesse ponderando, então se afasta mais um pouco. Entusiasmado com o jogo de gato e rato que estamos fazendo, dou outro passo em sua direção.

Vejo-a olhar rapidamente na minha direção outra vez, então me viro para ela e digo:

— Senhora, poderia parar de invadir o meu espaço?

Seus olhos calmos se arregalam, indignados, por um segundo antes de eu ver um brilho divertido os transformarem em suaves nuvens de fumaças claras. Perceber essa mudança faz com que eu me sinta estranhamente satisfeito. Tenho a sensação de que ela não brinca ou provoca com muita frequência.

— É claro! Perdoe-me. Eu peço desculpa *mesmo* por ser tão espaçosa no corredor — provoca ela, um sorriso flertando com seus lábios enquanto ela desliza para longe.

Eu me arrasto pelo corredor atrás dela.

— Você não odeia quando as pessoas invadem seu espaço enquanto você está tentando escolher um café? — reclamo em tom de brincadeira. — Nossa, isso distrai muito. Especialmente quando têm um aroma tão bom.

Uma cor suave floresce em suas bochechas, fazendo minhas partes baixas doerem. Só consigo imaginar seu rosto corado desse jeito bem no meio de um orgasmo. Seus lábios suculentos entreabertos, o cenho levemente franzido, sua pele macia brilhando de suor.

Ah, inferno!

Mudo o meu peso de um pé para o outro tentando aliviar a tensão atrás do zíper. Não consigo me lembrar da última vez que uma mulher chegou *tão perto* de me fazer ter uma ereção inesperada em público. Eu gosto de brincadeiras arriscadas em público tanto quanto qualquer outro cara, mas esse tipo de coisa pode ser embaraçoso. E isso não acontece muito comigo. Em parte, porque eu não fico envergonhado facilmente.

Luto para manter minha libido sob controle. Essa é outra coisa que não acontece comigo com frequência. Quer dizer, as mulheres me excitam — quase *todas* elas, de qualquer forma e tamanho —, mas já estou vacinado porque normalmente consigo o que quero. As mulheres não me rejeitam.

Nunca aconteceu. Mas essa garota eu sei que faria isso. Ela me daria um fora se eu só *tentasse* dar em cima dela. E, como toda cabeça-dura ou fruto proibido, isso a torna ainda mais irresistível. E isso me excita *muito*!

Ofereço um sorriso simpático, mas percebo que ela está ficando receosa mais uma vez, provavelmente se preparando para inventar alguma desculpa para cair fora. É claro que meu ego intervém e me antecipo, continuando antes que ela tenha uma chance de me dispensar.

— Bom, aproveite suas compras.

Eu me viro para ir embora, mas paro quando escuto sua voz confusa.

— Você não vai comprar café?

— Não, eu só vi você parada e pensei em me aproximar e ser amigável. — Faço uma pausa, sustentando seu olhar por alguns segundos. — Sabe, se você não pode ser amigável com as pessoas que conhecem seus mais profundos e obscuros segredos, então com quem *podemos* ser amigáveis?

Ela concorda lentamente com a cabeça.

— Acho que eu nunca pensei nisso dessa forma.

Dou um sorriso torto.

— Bom, então eu fiz minha boa ação do dia. Da próxima vez, é com você. Dar e receber. Parte do processo.

— Processo? — pergunta ela, juntando as sobrancelhas.

— Você sabe, o processo de superação. Ajudarmos uns aos outros durante o percurso, fazendo a travessia. Sendo um ombro ou rosto amigo, o que for preciso.

— Ah, certo, certo. Desculpa. É que… tem sido uma longa noite.

— Tudo bem, aguente firme. E, se precisar conversar, sou um ótimo ouvinte.

— Obrigada, mas eu realmente preciso ir pra casa. — Violet pega uma embalagem de café e começa a se afastar. — Mas agradeço a oferta. É... é muito gentil da sua parte.

Dou de ombros.

— Não precisa. Só estou fazendo a minha parte.

Ela concorda com a cabeça e sorri, finalmente se virando para ir embora. Tento não olhar para a sua bunda enquanto ela caminha.

Falho miseravelmente.

7

Violet

Eu me viro, dando as costas para o sol que está surgindo através da janela. Cada músculo dói enquanto me mexo e reviro de um lado para o outro tentando me situar. A voz de papai me assusta e eu pulo, virando em um movimento que causa uma pontada dolorosa que se espalha pela coluna.

— Você ficou — observa ele simplesmente.

— É, eu... ah... eu estava cansada e não queria voltar dirigindo pra casa.

— Em um dia bom, eu posso *caminhar* até a sua casa. Não é tão longe assim.

— Você quer dizer quê?

— Que você não estava cansada demais para dirigir a curta distância até a sua casa. Eu sei por que você ficou. Ficou por minha causa. E dormiu nesse sofá horrível — diz ele, os olhos cheios de culpa e arrependimento. — Eu sinto muito, Vi. Eu fiz de novo, não fiz?

Suspiro e me movo lenta e cuidadosamente para me sentar. Eu não posso negar.

Eu fiquei, *sim*, por causa dele. E dormi, *sim*, neste sofá horrível por causa dele.

— Não é nada de mais, pai.

— É de mais para mim. Quantas vezes você dormiu nesse sofá só para ficar de olho em mim? Para tomar conta de mim quando fico doente ou me impedir de sair pela porta, pegar minha caminhonete e machucar alguém? Você praticamente cresceu nessa coisa, vigiando a porta da frente.

— Não é nada de mais — repito, imaginando se minhas costas doloridas concordariam. O sofá é velho e as almofadas perderam o vigor há centenas de anos. Agora elas cedem na direção do meio do sofá, fazendo aquele que for desafortunado o suficiente para se deitar em cima delas ficar em um desconfortável formato de U. Não é bom para alguém que dorme de lado como eu.

— Eu... Eu queria ser melhor, querida — diz ele, choroso.

Eu sei que sua angústia é genuína. Acredito sinceramente que ele queira melhorar. Mas isso está fora do seu alcance. Ele está assim há muito tempo. O mais importante, porém, é que acho que ele perdeu a vontade de lutar. Quando ficou óbvio que minha mãe tinha partido *para sempre*, ele parou de ter longos períodos vivendo uma vida saudável. Agora, ele apenas sobrevive entre uma crise e outra.

O problema é que eu não sou a mulher com maior influência em sua vida. Nunca fui, nunca serei. Minha mãe é essa pessoa. Eu apenas sempre o mantive meio que de pé até ela voltar. Até que ela não voltou. Ele tem descido ladeira abaixo desde então.

— Eu sei, pai. Tudo bem. Mas você ainda está fazendo progresso. Só não desista.

— Reduzir a tortura da filha para somente algumas vezes por mês é algo que eu dificilmente chamaria de progresso.

— Pai — digo com a voz firme, porém amável. — Quando diminui para *duas vezes* por semana, isso é definitivamente um progresso.

Ele sorri fracamente.

— Se eu pudesse esquecê-la, talvez fosse capaz de acabar com isso completamente.

— Eu tenho fé em você. Acho que jamais irá esquecer, mas não acho que *precise*. Um dia, você vai dominar esses novos mecanismos de superação

AMOR SELVAGEM

e não vai mais sentir necessidade de afogar suas mágoas porque a perdeu. Você será capaz de lidar com isso de forma saudável.

— Eu queria ser metade do homem que você acha que sou, Vi.

— Eu te amo pelo que já é, pai. Mas isso não significa que eu não veja potencial para você ser feliz e centrado algum dia.

— Espero que você esteja certa. E eu sei que, se existe uma chance de eu conseguir, será por sua causa. Não sei o que eu faria sem você.

Eu me levanto, dobro a manta bege que usei como coberta durante a noite e a jogo sobre as costas do sofá. Caminho até o meu pai e alcanço seus ombros largos para abraçá-lo.

— Para sua sorte, você nunca vai precisar se preocupar com isso. Não vou a lugar algum.

— Espero, para o seu próprio bem, que isso não seja verdade. Quero que você tenha uma vida feliz um dia, querida.

— Eu *sou* feliz, papai. Tenho um emprego que amo, uma família que adoro e amigos que me mantêm ocupada. O que mais eu poderia querer?

— Você é assistente social. Tudo o que você faz é escutar pessoas desamparadas falando sobre seus problemas sem solução o dia todo.

— Mas eu sou boa nisso, pai. Eu resolvo problemas. Amo ajudar as pessoas.

— Isso porque você fez isso a vida toda. Você *tinha que ser* boa nisso.

— *Entretanto*, cheguei aonde queria e estou feliz com o resultado. Não há nada de errado em gostar de ajudar as pessoas.

— E quanto a um namorado?

— Vai acontecer um dia, mas não estou com pressa. — Não acrescento a parte de um homem em minha vida ser um problema que não preciso. Eu vi o que o amor pode fazer com uma pessoa. Ele as torna fracas e frágeis e pode arruinar uma vida totalmente. Pode ser tão destrutivo quanto qualquer vício. Veja o meu pai, pelo amor de Deus! Obrigada, mas não, obrigada.

— Isso porque você é inteligente. Vai fazer do jeito certo e vai ser para sempre.

Não digo nada, apenas sorrio para o seu rosto abatido.

— Que tal um café? Vi que você estava sem e fui ao mercado ontem à noite. Comprei o seu favorito.

Seu sorriso é muito mais leve quando diz:

— Eu sei. Já coloquei na máquina. A água está esquentando enquanto conversamos.

Ergo as sobrancelhas apreciando a surpresa.

— Você não tinha acordado mal-humorado?

— Às vezes as pessoas podem surpreender você de um jeito bom, Vi. Nunca se esqueça disso.

Novamente, não digo nada, mas torço em silêncio pelo dia em que isso comece a acontecer.

8
Jet

Fico um pouco surpreso quando me vejo estacionado em frente ao prédio que, depois do horário comercial, abriga as reuniões semanais do DASA. Não tinha certeza se voltaria esta noite, se valeria a pena. Mas, depois de passar a maior parte da semana pensando em olhos cinza gentis e um sorriso tímido, não acho que havia qualquer razão para perder essa reunião. Só espero que ela esteja aqui.

Entro e me sento, cumprimentando com um aceno de cabeça as pessoas que olham na minha direção. Todos os homens parecem impacientes, como se carregassem um fardo muito pesado cujo peso estava insuportável. E tenho certeza de que é como eles se sentem, pisando em ovos, esperando para serem dilacerados pelos próprios desejos. O fato de haver um grande número de bundas passando de um lado para o outro não ajuda.

Considerando que este é um grupo de apoio a pessoas viciadas em sexo, há um número impressionante de mulheres aqui. Algumas delas parecem não estar muito comprometidas em serem celibatárias nem por um dia, o que eu acho curioso. Não consigo decidir se essas são as que vêm aqui há mais tempo, que sofreram durante a parte mais difícil da abstinência, ou se são novas no programa e sua euforia ainda não desapareceu. Em todo caso, é uma mistura interessante a que tem aqui. A única coisa que todos temos em comum — homens, mulheres, jovens ou velhos — é o excesso. *Todos* nós conhecemos o excesso. O que poucas pessoas sabem, especialmente pessoas em uma sala como esta, é ter moderação. Posso me identificar com isso mais que tudo. Eu sei muito pouco sobre negar algo a mim mesmo. E, para ser sincero, não estou muito entusiasmado com a ideia de aprender.

Fico olhando casualmente para a porta, esperando Violet, Viciada em Sexo aparecer. Dou uma olhada para o relógio na parede outra vez. Três minutos para a reunião começar. Talvez ela não apareça. Estando em sua posição, tendo dominado seus desejos, talvez ela não precise de apoio regularmente. Mas, por mais cruel que possa parecer, espero que ela precise. Ao menos o suficiente para fazê-la voltar aqui hoje.

9

Violet

— Não sei como eu me meto nessas confusões — resmungo, enquanto conduzo Tia pela porta para a lotada sala da reunião do DASA.

— Você não está numa confusão, Vi. Está numa reunião com sua melhor amiga em uma demonstração de apoio. Nós duas estamos fazendo isso pelas pessoas que amamos. Fim de papo. Nenhuma de nós precisa estar aqui, mas isso não significa que não podemos nos encaixar. Apenas relaxe. A pior parte pra *você* já acabou.

Ignoro o comentário de Tia sobre não precisar estar aqui. Mal sabe ela que precisa *muito* estar aqui.

— Tia, essas pessoas pensam que sou uma viciada em sexo de longa data que de alguma maneira conseguiu superar o vício. Confie em mim, a pior parte está *longe* de acabar. E se eles me fizerem perguntas? — sussurro.

— Minta.

— Eu sou uma péssima mentirosa. Você sabe disso!

Tia me puxa pelo braço para me parar antes que estejamos cercadas por muitos ouvidos.

— Olha, você já trabalhou com todos os tipos de pessoas perturbadas. Apenas canalize algumas dessas merdas emocionais que você tem que ouvir todos os dias e você vai ficar bem. Em todo caso, é comigo que você deve se preocupar.

Não digo nada. Eu *estou* mesmo preocupada com Tia. Tenho medo de que nada a faça perceber o que está de fato acontecendo. Receio que sua negação a impeça de ver o quanto ela tem em comum com essas pessoas e que vai passar o resto da vida perdendo as coisas importantes se não aprender a se controlar. Se ela não puder ao menos *ver* suas fraquezas, nunca vai ser capaz de superá-las.

A pessoa que disse que admitir que você tem um problema é o primeiro passo foi um baita gênio!

Antes que eu possa formular uma resposta apropriada, Lyle, o coordenador da reunião, assume o palanque.

— Sejam todos bem-vindos. Podem se sentar, por favor.

Conforme Tia e eu nos dirigimos para duas cadeiras vazias na última fileira, olho para cima e meus olhos colidem com calorosos olhos azuis. Minha marcha vacila enquanto nos encaramos. Ele me cumprimenta com um aceno e então desvia o olhar.

Propositalmente, mantenho os olhos diretamente para a frente até que estejamos sentadas. Tia se inclina e sussurra em meu ouvido:

— Minha Nossa, você não estava brincando sobre os caras bonitões, né?

Faço sinal para ela ficar quieta e aponto com a cabeça em direção à frente da sala, com a esperança de que ela esqueça o assunto e preste atenção como precisa.

Não tenho essa sorte.

— Já conhece? Você conheceu esse cara a semana passada? Quem é?

— Não, não o conheço. Eu o vi rapidinho semana passada. O nome dele é Jet. Agora fique quieta e preste atenção — digo com uma seriedade meio debochada. Mesmo que eu quisesse conversar com ela sobre Jet, e não quero, não falaria sobre isso *agora*. Além de ser uma grosseria, a última coisa de que preciso é atrair atenção para mim.

Assim como fez na semana passada, Lyle pergunta se há alguém que é novo nesta reunião em particular. Duas pessoas levantam a mão. Evidentemente, há um suprimento sem fim de viciados em sexo. Lyle lhes dá as boas-vindas e começa uma breve explicação sobre a filosofia do DASA, que é baseada no programa de doze passos dos Alcóolicos Anônimos.

Tento prestar atenção, mas não consigo me concentrar por muito tempo no que ele está dizendo. Quando dou por mim, estou observando Jet de canto de olho. Consigo avistá-lo entre duas pessoas, se ambas se mexerem na direção correta. Vejo sua cabeça se mover várias vezes, como se ele pudesse estar se virando para olhar para mim, mas não tenho certeza. E *não* terei. Não posso arriscar olhar diretamente para ele e ser pega no flagra. Em vez disso, olho fixamente para Lyle, como se estivesse profundamente interessada no que está acontecendo na frente da sala.

Por fim, chegamos à parte onde todos se levantam e contam suas fraquezas. Alguns têm uma história mais longa e profunda para contar, o que me apavora. Não quero que ninguém pergunte *minha* história. Porque, sabe, eu *não tenho uma.*

Minha ansiedade aumenta à medida que minha vez se aproxima. Tia está à minha esquerda, então significa que vai falar primeiro. Talvez ela piore as coisas e me dê algo diferente com o que surtar.

Ela se levanta depois que a pessoa à esquerda *dela* se senta. Posso dizer, por sua postura, que está tratando isso como a sua vez sob os holofotes, e não como a experiência humilhante que na verdade é. Ela alisa a calça jeans apertada e dá um sorriso radiante para todos. Por dentro, eu balanço a cabeça. O *mínimo* que ela poderia fazer é *fingir* que está aqui para conseguir ajuda. Agindo assim, jogando o cabelo e puxando a blusa justa para baixo, parece que só está tentando fazer um bom espetáculo para a população masculina da sala.

Respirando fundo, Tia estufa o seu já abundante peito e começa a falar do seu jeito encantador.

— Olá, meu nome é Tia e eu sou viciada em sexo. Hummm, eu nunca achei realmente que tivesse um problema até conhecer esta mulher maravilhosa. — Ela faz uma pausa para lançar um sorriso surpreendentemente convincente de gratidão para mim. — Ela tem me ajudado bastante. Se não fosse por Violet, eu ainda estaria vivendo como antigamente. É com sua força e seu apoio que estou aqui esta noite.

Bom, pelo menos essa parte é verdadeira, penso comigo mesma, lutando para não franzir o semblante. Enquanto isso, Tia está apreciando ter uma sala cheia de olhares voltados para ela. Minha amiga realmente deveria ser atriz. Ela já tem os problemas de autocontrole e narcisismo destacados.

Ela se inclina e me dá um beijo no rosto, depois se vira para dar um pesaroso sorriso para a audiência. Só está faltando ela se curvar para receber os aplausos. Eles batem palmas e ela toma seu lugar, então todos os olhos se viram na minha direção.

Eu me levanto com um rubor ardendo em minhas bochechas. Dou uma espiada pela sala, determinada a passar rápida e casualmente por Jet. Mas, quando meus olhos encontram os dele, param e se recusam a ir mais longe. Ele está me observando com um olhar intenso. Sinto uma descarga de calor me atravessar, apesar da temperatura fria da sala, e me contorço desconfortavelmente.

Desperdiço um tempo valoroso me punindo, discutindo sozinha que eu *não* deveria estar sentindo qualquer tipo de calor por um cara num lugar como este, um que tenha um problema como o dele. Ele é encrenca, e eu não preciso disso. Ele é o tipo de pessoa que eu não posso consertar.

— Violet, por que você não nos conta um pouco sobre sua trajetória? — sugere Lyle quando meu silêncio se arrasta por muito tempo.

Minha mente gira em pânico e parece que as batidas do meu coração estão martelando bem atrás dos meus olhos.

— Eu adoraria, Lyle, mas quero que esta noite seja sobre a minha amiga Tia, se você não se importar. Ela escutou minha história milhares de vezes, e prefiro que este seja o começo de sua jornada.

Lyle sorri em seu modo suave de concordar e acena com a cabeça para mim.

— Que madrinha maravilhosa você deve ser, Violet.

— Ah, eu não sou madrinha dela — corrijo, antes de ter a chance de pensar melhor sobre o assunto. E aí, quando penso, poderia dar um chute em mim mesma.

— Bom, ela perde e nós ganhamos. Você seria uma ótima madrinha.

Dou um sorriso apreensivo e tomo meu lugar, amaldiçoando Tia silenciosamente por tornar esse pesadelo ainda pior.

Com os nervos à flor da pele, estou pronta para me esquivar e me proteger pelo resto da noite, mas, felizmente, não é necessário. Eu devo ter dito a coisa certa. Ninguém me pergunta mais nada pelo restante da sessão.

Até Tia e eu nos dirigirmos para a saída.

— Violet — escuto uma voz grave e estranhamente familiar dizer quando estamos saindo pela porta.

Olho para trás e vejo Jet vindo na minha direção, segurando dois copos de café. Ele me dá um sorrisinho torto quando me alcança e me entrega um.

— Pensei em te pagar uma bebida — diz ele casualmente. — Porque eu *sei* que você toma café.

Retribuo o sorriso, aceitando o copo mesmo sabendo que não vou beber uma gota do seu conteúdo fumegante. Isso me manteria acordada a noite toda.

— Sim, eu tomo. Obrigada.

— Vi — escuto vindo do outro lado da porta entreaberta. — Você vem? — É Tia. Olho de relance para trás a tempo de vê-la enfiar a cabeça para dentro. Seus olhos encontram os meus por uma fração de segundo antes que se levantem e se arregalem. Eu sei exatamente em quem eles estão focados atrás de mim. Sinto um ímpeto de ciúme possessivo borbulhar, o que é bastante incomum. Atribuo isso ao fato de querer Jet para mim, assim nem ele *nem* Tia podem fazer algo estúpido.

Pelo menos é o que eu digo para mim mesma.

Tia caminha lentamente de volta para a sala, seus quadris já ganhando aquele gingado de quando ela está interessada em alguém. Eu me viro para minha amiga quando ela para na minha frente. Vejo quando ela mostra seu sorriso mais deslumbrante por cima de meus ombros.

— Tia, certo? — diz Jet atrás de mim. Vejo seu antebraço musculoso se projetar e passar ao meu lado quando ele se inclina para a frente para oferecer sua mão, seu peitoral pressionando as minhas costas.

— Sim. Você se lembrou — diz Tia alegremente, deslizando a palma de sua mão sobre a dele.

— Sou Jet. Prazer em conhecê-la.

— Igualmente — fala ela bem devagar, quase salivando. Não é difícil imaginá-la com um sorriso cheio de dentes como um grande tubarão branco, dentes afiados cintilando contra a luz enquanto abre a boca para engolir sua presa.

As próximas palavras de Jet me surpreendem.

— Tia, você se importa se eu pegar a Violet emprestada? Prometo devolvê-la em breve.

As palavras dele surpreendem Tia também, como evidenciado pela forma como ela parece confusa. Ela não está acostumada com outra pessoa ganhando o mínimo de atenção quando está por perto. Ela é linda, cheia de vida e extremamente sedutora. Quando cisma com alguma coisa, ela infalivelmente consegue.

E não posso deixar de imaginar que agora sua cisma será com Jet.

Mesmo assim, Tia se recupera rápido e concorda graciosamente.

— É claro que não. Não me importo de compartilhar.

Não há como não entender o que ela *realmente* quer dizer com esse comentário. Olho de soslaio para Jet. Fica óbvio, pela piscada que dá para Tia, que *ele* também percebeu. Em vez de responder, no entanto, ele apenas volta os olhos para mim como se ela nunca houvesse falado. Ele aponta com a cabeça para a parede atrás de nós.

— Você se importa?

Sou pega tão de surpresa que não penso em nada a não ser concordar.

— É claro que não.

Tudo o que consigo pensar é nos olhos de Tia sobre mim quando Jet põe a mão na parte inferior das minhas costas e me guia para longe dela. Ele me leva para um canto razoavelmente privado — bom, o máximo de privacidade que duas pessoas podem ter quando estão rodeadas por uma sala cheia de olhos e ouvidos.

Quando ele para, recostando-se casualmente contra o bloco de concreto e sorrindo para mim, esqueço totalmente de Tia. E de todos os outros na sala, para falar a verdade. A única pessoa de que estou ciente é Jet — Jet com seus olhos penetrantes, Jet com seu sorriso de parar o coração. Jet com sua bagagem cheia de problemas que, de alguma maneira, o torna mais real e atraente que qualquer outro homem que eu tenha conhecido.

— Olha, eu, é... Eu estava pensando... — Ele vacila. Espero ele continuar.

AMOR SELVAGEM

Não me importo de esperar. Se ele nunca dissesse outra palavra, não tenho certeza se me importaria. Eu poderia encará-lo, olhar dentro daqueles olhos incríveis e impenetráveis por dias sem fim, e nunca fazer uma única reclamação. Quando ele finalmente fala, luto para me concentrar em suas palavras.

Jet respira fundo e fala abruptamente:

— Você seria minha madrinha? Eu sei que não é uma prática normal, já que somos de sexos opostos, mas você é basicamente a única pessoa no nosso grupo que *poderia* fazer isso.

Minha mente é tomada pelo som de freios estridentes. Suas palavras são como uma barreira de concreto na frente do carro em alta velocidade de minha bajulação silenciosa.

— Jet, eu...

— Eu sei que para você provavelmente é uma dor de cabeça até mesmo considerar isso, mas primeiro me deixe falar quanto eu ia gostar. Prometo não importunar você todos os dias como algumas pessoas fariam. Eu sou bem familiarizado com os meus... gatilhos, e é nesses momentos que eu preciso de ajuda. Às vezes apenas alguém para me escutar, talvez uma visita para me manter focado no que eu preciso. Eu juro que não serei um trabalho em período integral.

Quando termina, Jet me dá um sorriso torto, mas encantador. Isso me lembra de que, embora seja incrivelmente lindo e carismático para caramba, ele é *apenas um cara*. Humano. Como todos nós. Ele é só um pouco mais fraco em algumas áreas do que a maioria da população, mas ao menos ele é esperto o suficiente para se dar conta disso e tentar conseguir ajuda. E, sabendo disso ou não, ele está falando a minha língua. Não sou nada além de prestativa.

Suspiro, mordendo o lábio enquanto pondero nervosamente todas as centenas de coisas que poderiam dar errado. Eu *quero* ajudá-lo. Mesmo. E grande parte de mim já está dizendo sim. Quer dizer, quão difícil poderia ser garantir que o cara vá para casa sozinho?

Mas minha parte mais reservada está me lembrando de que eu estaria fazendo isso sob falsas pretensões. De minha parte, é tudo uma mentira.

Isso poderia dar errado da pior maneira possível. E *ele* poderia acabar se machucando.

Com Jet me observando enquanto eu considero, tento formular uma rejeição apropriada e aceitável. Infelizmente, isso dá a Tia tempo suficiente para se intrometer e tornar minha vida um pouco mais difícil do que estava quinze segundos atrás.

— É claro que ela será sua madrinha — diz Tia, vindo de onde ela estava parada, mais próxima da porta.

Jet e eu começamos a responder ao mesmo tempo.

— Tia, eu... — começo.

— Eu não quero me impor, se você acha... — diz Jet.

Mas Tia nos interrompe.

— Não quero ouvir desculpas. Este não é lugar para desculpas, certo? É onde podemos ser verdadeiros uns com os outros, onde buscamos ajuda. Jet, Vi é uma pessoa maravilhosa e ótima para solucionar problemas. E você precisa de conserto. Essa é a especialidade dela — diz Tia, virando-se para sorrir significativamente em meu campo de visão. — Ela me ajudou muito, e eu sei que pode ajudá-lo também. Ela só é tímida. Assim que você conseguir quebrar essa barreira, acho que vocês dois serão capazes de... se conectar.

Ahmeudeus! Tia!

Jet direciona seu olhar penetrante de volta para mim. O olhar esperançoso, mas hesitante em seus olhos é a razão pela qual eu *quero* concordar.

— Eu realmente preciso de ajuda.

Eu olho alternadamente para Jet e Tia. Digo a mim mesma que agora eu *não posso* mesmo dizer não. Se eu protestar muito, pode parecer suspeito. E mais, isso pode ser uma ótima maneira de fazer com que Tia continue comparecendo às reuniões.

Sim, é o que digo para mim mesma. O problema é que eu estou um pouco satisfeita demais em concordar. E isso *não* é um bom sinal.

— Eu aceito — digo, virando-me para Tia. — E já que Tia vai voltar toda semana, ela pode ajudar a encorajá-lo. Essas reuniões são muito importantes, afinal de contas.

A risada de Tia é o equivalente não verbal a *Touché!* Dou a ela meu mais amável e inofensivo sorriso.

— Viu, Violet, você está sempre pensando.

Um silêncio curto e inconfortável recai sobre nós três. Jet é o primeiro a quebrá-lo.

— Tem mais uma coisa — diz ele, pigarreando. — Uma das razões para eu pedir hoje é porque amanhã à noite será uma daquelas vezes particularmente difíceis para mim. Eu me pergunto se talvez você iria... se poderia...

— É claro que ela vai — interrompe Tia outra vez, superentusiasmada. Agora ela está fazendo isso só para me provocar. Vejo o brilho de desafio em seus olhos. Ela está se divertindo.

— Nós *duas* vamos — acrescento, enviando um sutil olhar de reprovação para Tia. — Os fins de semana são difíceis para Tia também. Isso pode ser bom para ela.

Tia me dá um soco no ombro de brincadeira.

— Vocêêê — começa ela entredentes, seu sorriso notavelmente forçado. — Você é tão... *prestativa.*

Eu quase caio na risada. Não tenho dúvida de que essa frase terminou de maneira muito diferente em sua cabeça. Mas é isso que ela ganha por meter seu nariz manipulador nos meus assuntos.

— Essa sou eu.

— Ótimo, então vou passar o endereço — diz Jet. — Seu celular está com você?

— Meu celular? — pergunto, sem entender bem por que ele precisaria disso para me dar um endereço.

— Sim, seu celular — repete ele com um sorriso. — Pensei que poderíamos trocar nossos números e eu mandaria uma mensagem com o endereço, assim você já o teria para amanhã. Não é praticamente padrão nesse tipo de coisa? Que a gente troque números de celular para eu poder ligar caso eu me meta em encrenca?

Balanço a cabeça e aceno com a mão casualmente, como se eu estivesse sendo apenas distraída.

— Certo, certo. É claro. Eu só estou um pouco... Foi um longo dia.

Em pensamento, dou um tapa na minha testa. Isso é quase exatamente o que eu disse no mercado semana passada. Se vou continuar com essa farsa, tenho que inventar algo melhor do que "um longo dia" como desculpa para minha falta de conhecimento.

Pego meu celular e o entrego a Jet. Tento não prestar muita atenção em como suas mãos são grandes e tem as formas perfeitas, ou como seus dedos ágeis se movem sobre a tela do meu smartphone. Não é do meu feitio sentir esse tipo de atração imediata por um cara — ou muita atração *a qualquer tempo*. Dizer que estou perturbada seria um grave eufemismo.

Quando Jet termina, ele me devolve e então tecla algo no próprio aparelho. Alguns segundos depois, meu celular faz um bipe de mensagem. Dou uma olhada e seu nome e número aparecem.

— Por volta das dez? — pergunta ele.

Abro a mensagem, mas não reconheço o endereço. Pelo menos não vou sozinha.

Olho para Jet.

— Estarei lá.

O sorriso que ele me dá poderia parar um carro. Ou o meu coração. Talvez os dois.

— Ótimo. Não vejo a hora.

Estou um pouco preocupada com o fato de que eu também não vejo a hora.

10

Jet

Eu nunca havia me sentido como uma merda antes. Não até esta noite. Quer dizer, eu sou sempre autêntico com as mulheres sobre quem eu sou e sobre o que quero. Elas sabem o que esperar. Elas me conhecem. Ou pelo menos conhecem o Jet que veem no palco.

Mas não Violet. Além de não ser nada como as mulheres com as quais estou acostumado, também não tem ideia de quem eu sou ou como sou. E do tipo de coisas desprezíveis que sou capaz de fazer. Não de verdade.

Esta noite, porém, foi uma baixa histórica para mim. Eu não achei que me sentiria tão mal, então estou um pouco surpreso. Acho que a pior parte, a que faz com que eu me sinta um bosta, é que eu não vou cancelar. Eu poderia dizer para ela não vir, mas não farei isso. Por quê? Porque há algo que eu quero *mais* do que me sentir bem comigo mesmo.

Isso não é sobre ter sucesso, provar um ponto ou vencer. É sobre eu estar desejando uma mulher. Uma mulher em especial.

Violet. Eu quero a Violet, e farei o que for necessário para tê-la. Ponto-final. Fim da história. E *esse* é quem eu sou. *Esse* é o meu *verdadeiro* eu.

11
Violet

— Que lugar *é* este? — pergunto a Tia quando paramos o carro do lado de fora de um enorme celeiro vermelho decorado de forma elaborada.

— É o antigo celeiro Pfizer. Você nunca veio aqui?

— Não; eu deveria?

Tia revira os olhos.

— Deus do céu, você precisa *mesmo* sair mais. Eles têm alugado esse lugar para festas há uns cinco ou seis anos?

— Alguns de nós têm coisas melhores para fazer do que frequentar festas em antigos celeiros — retruco, incapaz de esconder a amargura na minha voz.

Tia começa a recuar imediatamente, com compaixão escorrendo de seu tom de voz.

— Sinto muito, Vi. Eu sei que você nunca teve muito tempo para se divertir.

Faço uma cara feia para Tia enquanto desligo o carro.

— Eu não quero a sua pena, Tia. Não era isso que eu estava sugerindo. Eu *escolhi* fazer o que fiz. Estava simplesmente lembrando você disso, de por que sou tão sem noção sobre a cultura pop de Greenfield.

— Eu sei. E sei que foi escolha sua. Bem, mais ou menos. — Tia se vira no assento para me encarar. — Não se esqueça, Vi, eu conheço você desde que éramos crianças, desde aquele primeiro verão em que seu pai teve que deixá-la na minha casa enquanto aparava a grama. Você estava doente e ele ficou com medo de te deixar sozinha, teve medo de sua mãe não voltar. Você passou a maior parte da vida tomando conta de outras pessoas. Quando ficou mais velha, talvez tenha sido uma escolha, mas não quando era mais nova. Eu me lembro de todas as coisas que nós te convidamos para fazer, mas que você não *pôde*, ou porque estava com receio de deixar seu pai sozinho ou preocupada que seu primo fizesse algo estúpido. Isso não é jeito de crescer, Violet.

— Eu *gosto* de ajudar as pessoas, Tia. Você sabe disso. É quem eu sou.

— Eu sei, mas algumas vezes foi à custa da exclusão de todo o resto, de *todo mundo*. Não é saudável pra você não ter uma vida própria. Precisa de tempo para fazer as coisas que deixam *você* feliz.

— Eu *tenho* tempo para coisas que me fazem feliz.

— Cite uma.

— Eu assei um bolo de maçã caramelizada com especiarias no último fim de semana usando uma receita que encontrei na internet, uma que eu estava morrendo de vontade de fazer. Você sabe quanto eu gosto de cozinhar.

— Sim, eu sei. Mas por quê? Por que estava assando o bolo em vez de irmos fazer compras como você tinha planejado por três semanas? Para quem era o bolo?

Faço uma pausa. Eu sei que contar a verdade somente vai fazê-la comprovar o que está dizendo.

— Pra mim. E pro meu pai.

— Viiii — adverte Tia, olhando-me com os olhos estreitados.

— Tá bom. Foi para um novo cliente de paisagismo que o meu pai está tentando conseguir.

— Tá vendo? Todo mundo que está em crise vem *antes* de você. Todo mundo.

Nem me incomodo de mencionar que faço bastante por Tia também. Ela definitivamente se beneficia do meu desejo de ajudar as pessoas e resolver seus problemas.

— Não há nada de errado com isso, Tia. Não me torna um monstro.

— Não, apenas impede que você encontre a *própria* felicidade na vida.

— Ajudar as pessoas me *faz* feliz.

— Mas eu sei que você quer mais. Você *tem* que querer mais.

— E se eu não quiser? E se isso é tudo o que eu gostaria de fazer pelo resto da minha vida? É tão ruim assim?

Os olhos de Tia se enchem de tristeza.

— Não, não é tão ruim, Vi. Eu só detesto ver você terminar sozinha. Só isso.

— Há coisas piores do que ficar sozinha, Tia.

— Você não quer se apaixonar nunca?

Olho bem de perto para a minha melhor amiga e, pela primeira vez, sou brutalmente honesta.

— Não acho que eu queira. — Ela ofega, indignada. Eu sabia que Tia nunca entenderia. — Talvez eu não queira cravar todas as minhas esperanças, sonhos e felicidade em uma só pessoa. Talvez eu não queira dar a ela o poder de me destruir. Talvez eu não queira precisar de alguém desse jeito. Talvez eu queira ser forte o suficiente para me manter sozinha.

Tia enruga a testa.

— Você acha que o amor te torna fraca?

— Não torna?

— É claro que não. Olhe para mim e o Dennis. Veja como estamos felizes.

— Estão, Tia? Estão mesmo? O Dennis está? Você sabe o que faz com ele toda vez que o trai? Você sabe quanto isso o magoa? Você não vê como ele fica arrasado quando isso acontece?

Tia inclina a cabeça e me olha como se eu estivesse sendo uma criança difícil.

— Não é desse jeito, Violet, e você sabe. O Dennis sabe que eu não estou interessada em outro homem do jeito que estou interessada nele. Aqueles foram só... eles foram apenas... casinhos.

— Pra *você* talvez, mas, Tia, eles estão acabando com o Dennis. Por que você acha que as reuniões do DASA foram sugeridas? Você pensou que ele estivesse apenas querendo ser maldoso? Tentando se vingar de você?

— Não, eu...

Posso ver, pela expressão em seu rosto, que ela nunca considerou os verdadeiros sentimentos de Dennis. Não realmente. E não é que Tia seja uma pessoa horrível ou que não tenha coração. Ela só é fraca. É viciada em atenção e aprovação, duas coisas que ela nunca conseguiu do pai. E recebê--las apenas de Dennis não é suficiente, não quando ela está se sentindo para baixo. Como na maioria dos dependentes, há um componente físico para o vício, mas a maior parte é psicológica. Emocional.

O clima dentro do carro fica melancólico e sério, ainda mais que o comum para mim. Sinto a necessidade de levantá-lo. E de levantar Tia. *Não* foi para isso que eu a trouxe comigo. Sim, eu quero que ela abra os olhos e *realmente enxergue* a si mesma e suas... tendências, mas eu nunca a magoaria para isso.

Então eu mudo de assunto.

— Bom, senhorita Sociável, agora é sua chance de me mostrar como as pessoas divertidas vivem. Vamos arrumar algumas confusões para mim.

Digo as últimas palavras da forma mais divertida que consigo, mas é cedo demais. Tia ainda está irritada.

— Isso também é minha culpa, não é, Vi?

Seu queixo treme como se ela estivesse a ponto de se derramar em lágrimas. Como é de minha natureza, eu quero fazê-la se sentir melhor. Estico o braço e seguro sua mão, balançando-a para a frente e para trás.

— Não. Eu estava ficando entediada com minhas noites livres de decepção e de viciados em sexo. Eu precisava de uma sacudida.

O sorriso de Tia é trêmulo, mas eu sei, por sua provocação, que logo ela irá superar esse pequeno contratempo.

— Bom, você está com sorte. Acontece que eu conheço um cara que pode te dar uma sacudida.

— Deus, Tia, o cara é viciado em sexo. Isso não é tipo tirar doce de criança? Abater o mais fraco do rebanho ou algo assim?

— Ei, eu estou só cuidando de você. Não estou preocupada com o mais fraco *ou* com o rebanho. Eu sou sua amiga. O mínimo que eu posso fazer é conseguir um orgasmo para você antes que esqueça como é transar.

— Tia!

— Não me venha com "Tia"! Eu lembro como eram as coisas entre você e o Connelly. Ele te esquentava tanto quanto um esquimó em pleno inverno. Mas nem todos os homens são assim. E se eu fosse uma garota de apostas, o que não sou porque não preciso incluir vício em jogos à minha lista de problemas, eu apostaria qualquer coisa que Jet poderia fazer sua calcinha entrar em combustão espontânea num estalar de dedos. Do *outro lado da sala*. — Ela está acenando a cabeça para enfatizar seu ponto de vista.

Eu apenas balanço minha cabeça.

— Você é uma garota bem doidinha. E eu gosto da minha calcinha do jeito que está, obrigada.

Ela suspira e revira os olhos como se eu fosse uma causa perdida.

— Isso diz tudo o que eu preciso saber.

— O que, exatamente?

— Que isso é uma emergência. Hoje é mais que apenas uma noitada com minha melhor amiga. Esta noite começa a campanha "Salve a Vagina".

Confirmando com a cabeça, Tia descruza as longas pernas no banco de passageiro, sai do carro e fecha a porta atrás dela. Vejo quando ela puxa a calcinha que estava enfiada no meio da bunda antes de se virar e se inclinar para sorrir para mim através da janela.

Escuto suas palavras abafadas quando ela fala para mim:

— Minha bunda ama essas coisas como uma criança ama chocolate.

Outra vez, eu balanço a cabeça. Faço isso bastante quando estou com Tia.

12

Jet

Eu a vejo no instante em que ela entra. Obviamente, estive procurando, mas eu a teria visto de qualquer maneira. Há algo em Violet, Viciada em Sexo que simplesmente me atrai. Não sei que diabos é, mas eu tenho a leve desconfiança de que tem pelo menos um *pouquinho* a ver com seu passatempo preferido.

Abro caminho através da multidão. Ela e a amiga não se moveram além da porta. Elas estão paradas na entrada, olhando ao redor com os olhos arregalados. Tia parece prestes a cair na gargalhada. Violet parece prestes a fugir.

— Sejam bem-vindas, senhoritas — digo, quando paro na frente delas. Meus olhos se encontram com os olhos cinza conflituosos de Violet. — Muito obrigado por terem vindo.

— Isto é... — começa ela numa voz abafada, seus olhos se movendo inquietos antes de retornarem para mim. — O que *é* isto?

— Uma despedida de solteiro — digo, constrangido. — Um dos meus melhores amigos do ensino médio vai se casar, e isto é algo para o qual eu não poderia dizer "não", sabe?

Ela concorda com a cabeça lentamente, olhando ao redor para o interior do celeiro decorado de forma extravagante. Em meio a bonecas infláveis de vários tamanhos, formatos e posições que estão espalhadas pelo salão, há balões feitos de camisinhas, uma escultura de gelo de uma mulher peituda nua e uma equipe de funcionárias que parecem coelhinhas da Playboy. É a fantasia viva de qualquer homem.

Posso ver, pelo choque em seu rosto, que isso dificilmente era o que Violet, Viciada em Sexo estava esperando.

— Desculpe por não ter avisado. Fiquei com medo de você não aparecer. E eu precisava muito *mesmo* que você estivesse aqui.

Seus olhos finalmente encontram o caminho de volta para os meus e ela sorri, hesitante.

— Não, tudo bem. Posso entender por que esse tipo de coisa seria difícil para você. Então, tudo bem. De verdade.

— Tem certeza?

Ela respira fundo e confirma com a cabeça.

— Sim, tenho.

Dou uma espiada por cima de seu ombro nos olhos arregalados e exultantes de sua amiga.

— Ela vai ficar bem?

Violet dá uma espiada também e depois dá de ombros.

— Eu espero de verdade que sim.

Quando estou prestes a acompanhá-las até o bar, um dos amigos de Jake de quem não lembro o nome faz uma investida em Tia.

— Ei — balbucia ele, endireitando-se e acariciando o braço dela como se fosse seu casaco de pele favorito. — Você é uma das strippers? Puta merda, eu espero que sim. Não há nada que tornaria esta noite mais perfeita do que ver seus seios deliciosos e essas longas...

— Pode parar, cara — digo a ele, puxando-o para longe de Tia. — Elas são minhas convidadas. Não são para entretenimento. Leve suas patas embriagadas para outro lugar, certo?

Ele vira os olhos sem foco para mim.

— Alguém perguntou alguma coisa pra você? Eu estava falando com a *mmmoça.*

AMOR SELVAGEM

— Não, você estava passando vergonha. Você acha mesmo que ela parece interessada em conversar com você?

O cara lentamente vira a cabeça de mim para Tia, de volta para mim, e depois para Tia de novo.

— Droga, desculpe — diz ele, tropeçando na direção dela como se fosse abraçá-la.

— Já chega, cara. Está na hora de você encontrar outra pessoa pra conversar — digo a ele, puxando-o pelo braço.

Ele tropeça, arremessando Violet, Viciada em Sexo para os meus braços. O choque que sinto com o contato ricocheteia através de mim, me pegando de surpresa. Inadvertidamente, eu pauso, dando ao cara a deixa que ele precisa.

— Cuida da sua vida, babaca — resmunga ele, girando e suspendendo o braço direito num grande arco, pronto para dar um golpe em minha cabeça. Desvio facilmente, mas não me movo rápido o suficiente para segurar o golpe de esquerda que se segue. Esse atinge Violet bem na lateral da cabeça.

Uma corrente de violência me atravessa quando a sinto ser lançada sobre mim. Vejo tudo vermelho, e estou mais do que pronto para rasgar a garganta desse cara quando Violet, Viciada em Sexo se recompõe e se dirige ao imbecil.

— Qual é o seu nome? — pergunta ela em alto e bom som, saindo da linha de fogo, mas ainda assim perto o suficiente para ficar cara a cara com o bêbado com merda na cabeça.

A princípio ele não responde. Tenho certeza de que a adrenalina está pulsando em suas veias, e isso não era o que ele estava esperando depois de dar o primeiro soco. Ele observa Violet por vários segundos com uma expressão confusa, antes de finalmente responder.

— Gary.

— Gary — começa Violet com uma voz calma e moderada. — Apesar de eu ter certeza de que Tia está lisonjeada com os seus... elogios, ela tem um noivo que ama muito. Viemos aqui encontrar nosso amigo, Jet, e é isso que gostaríamos de fazer agora. Eu serei eternamente grata se você puder me apontar a direção do bar, para que eu possa pegar um pouco de gelo para isto — diz ela, sorrindo enquanto aponta para a lateral da cabeça.

Gary responde imediatamente.

— Eu acertei você? Eu juro por Deus que não quis acertar você. Eu estava mirando nesse...

Antes que ele ficasse agressivo outra vez, Violet o interrompe com seu jeito tranquilizador.

— Eu sei que você não quis, Gary. Estou bem. Eu só gostaria de pegar um pouco de gelo. Então — diz ela, gentilmente pegando-o pelo braço e o girando de forma que passasse a encarar o salão —, você pode me apontar o bar, por favor?

Cambaleando, Gary indica a direção do bar, que fica a alguns metros da parede dos fundos. É impossível não perceber assim que se entra, e tenho certeza de que Violet *não* deixou de notar. Isso só está servindo muito bem ao seu propósito, que é deixar Gary ajudá-la.

Violet sorri para ele, dando um tapinha em seu braço, como se ele fosse uma criança desobediente.

— Obrigada, Gary. Agora, parece que alguém ali está tentando chamar a sua atenção. — Ela indica com a cabeça um grupo de rapazes apontando para Gary e rindo.

— Eeei, Todd! — exclama Gary em voz alta, jogando o braço para o ar em um cumprimento. Ele sai se arrastando pesadamente e, simples assim, a crise é evitada.

Quando Violet se volta para mim, ela parece supertranquila.

— Caramba, isso foi impressionante — observo.

Ela dá de ombros, mas mesmo na luz fraca posso ver uma sombra rosa se formando em suas bochechas.

— Não foi nada de mais.

Antes que eu pudesse pensar duas vezes, alcancei o seu rosto para acariciar um dos lados acetinados de sua face.

— Talvez não para você...

Ela olha fixamente em meus olhos e, por um segundo, somos apenas duas pessoas que estão incrivelmente atraídas uma pela outra. Nós não somos viciados, problemáticos, mentirosos ou traidores. Não somos pessoas com dificuldades nem aquelas que escondem segredos. Somos apenas um cara e uma garota que sentem uma química inegável.

Mas então, enquanto a observo, sua aparência inalterada e tranquila, cuidadosamente construída, a cobre como uma manta protetora, lembrando-me de como *eu* supostamente deveria estar me comportando — como alguém que *não* está tentando levá-la para a cama.

— Desculpe — sussurro, sem fingir *totalmente*. Eu me afasto um pouco de Violet, dando a ela o espaço de que precisa antes que me peça, e seguro sua mão. — Vamos conseguir gelo para você.

— De verdade, não é... — começa ela, mas é interrompida por sua animada amiga.

— Puta merda, Vi! Você tomou aquele soco como uma campeã!

— Obrigada, Tia. Isso é algo que eu sempre quis ouvir.

Alguém chama Tia e ela para, procurando em volta pelo rosto que combina com a voz. Fica evidente, no momento em que ela avista o dono da voz, que ele é um conhecido. Seu rosto se ilumina e ela dá um grito agudo: "Annndy!", e sai cruzando o salão em direção a outro cara que eu ainda não conheço.

Olho de soslaio para Violet. Com uma expressão um tanto resignada, ela está observando a amiga se afastar. Eu aperto seus dedos.

— Não se preocupe. Não vou te abandonar.

O sorriso dela é fraco, mas ela concorda com a cabeça e nós continuamos em direção ao bar.

13
Violet

Quando paramos no bar, espio por cima do ombro para ter certeza de que ainda posso ver Tia. Só o fato de *vir aqui* provavelmente foi uma péssima ideia. Vir aqui *com ela* pode ter sido uma grande estupidez. Esta noite pode muito bem terminar em desastre.

Se Jet acha que este tipo de lugar pode significar problemas para ele, o mesmo vale para Tia. Talvez ainda mais. Além de estar em um ambiente repleto de homens bêbados com tesão, ela é uma das poucas mulheres presentes. E, pelo que vejo, muitos dos caras são jovens e atraentes. Isso somado ao álcool não é uma boa combinação para o autocontrole de Tia.

— Ela vai ficar bem. Nós não vamos deixar que ela se meta em encrenca — diz Jet ao meu lado, atraindo meus olhos de volta para ele. Mesmo na luz fraca, fico impressionada com a beleza dele e como foi incrivelmente estúpido da minha parte começar qualquer tipo de relação com ele. Jet praticamente exala decepção amorosa.

— *Nós* não vamos? — pergunto, achando graça do "nós".

Jet dá de ombros e me lança um sorriso tímido.

— Certo, talvez eu devesse ter dito que você tem bastante com o que se preocupar esta noite. — Sorrio e aceno com a cabeça, concordando sinceramente. — Mas prometo que vou me comportar direitinho, se isso ajuda. — Ele faz uma pausa, limpando a garganta. — Mas, falando sério, faz diferença você estar aqui. Só de você *estar* aqui é... é... — O jeito como ele está me olhando faz com que eu me sinta sem fôlego e tonta, como se estivesse em um tipo de sonho estranho e eletrizante, um em que não há consequências. Só que isso não é um sonho. E me envolver romanticamente com Jet de qualquer forma teria consequências muito reais e muito dolorosas, tenho certeza. — Bom, ajuda. Pronto, falei.

— Não foi para isso que você pediu que eu viesse?

Ele me observa por longos segundos antes de balançar a cabeça. Por alguma razão, eu não acredito quando ele diz:

— Sim, foi. — É quase como se ele terminasse silenciosamente em pensamento com *"não foi?"*.

Nós permanecemos no bar olhando um para o outro, perdidos em nosso próprio momento, até que o bartender pergunta:

— Vão beber o quê?

Jet responde sem tirar os olhos dos meus, o que, de certa forma, é muito desconcertante.

— Vamos começar com um pouco de gelo.

O jeito como ele fala, a voz baixa e aveludada, os olhos penetrando ardentemente nos meus, soa como se ele tivesse planos maliciosos para esse gelo. Ou fui *eu* que escutei assim?

Preciso reunir todas as minhas forças para contestar.

— Não, não. Por favor. Não precisa.

— É o mínimo que eu posso fazer.

— Não, de verdade. Não está doendo e eu prefiro não chamar atenção. — Quanto mais eu penso em colocar gelo na cabeça durante uma festa, mais humilhante a perspectiva se torna.

Jet estreita os olhos para mim.

— Atenção para a *situação* ou para *você*?

Resisto ao impulso de desviar o olhar.

— As duas coisas — falo com um sorriso descontraído.

M. LEIGHTON

Ele nada diz por um longo tempo, apenas me observa. Quando finalmente fala, sua voz é atenciosa.

— Então, o que você vai querer beber, adorável Violet?

Sinto um pequeno estremecimento vibrar por minhas terminações nervosas e pousar exatamente na boca do estômago. Talvez eu não tenha imaginado sua entonação sobre o gelo.

— Eu vou tomar uma Coca-Cola.

Jet levanta uma sobrancelha.

— Só uma Coca-Cola? Sem nada misturado?

— Sem nada. Só gelo.

Jet se volta para o bartender e pede uma Coca-Cola para mim e uma cerveja para ele. Eu me sinto ao mesmo tempo abandonada e atenta sem os olhos dele me acompanhando. Mas, quando sua atenção volta para mim e como sempre fico hipnotizada, eu me sinto estranhamente aliviada por ser pega em sua rede outra vez.

— Você não bebe?

— Claro que eu bebo. Acabei de pedir uma Coca.

Jet sorri e meu coração tropeça nele mesmo.

— Adoro uma espertinha.

— Fico contente de ouvir isso — digo, também com um sorriso. Eu sei que não deveria estar flertando com Jet. Eu sei disso. Ainda assim... — Mas eu não desisto facilmente. Por que você não bebe?

— Você está perguntando se tenho algum problema com álcool?

— Você tem?

— Não.

— Então por que não bebe?

— Eu não gosto de sentir que não estou no controle.

— Tomar uma bebida não quer dizer que você não está no controle.

— Mas uma bebida pode levar a outras mais.

— Às vezes, "mais" não é uma coisa ruim. "Demais" é que parece ser problemático.

— Para mim, é como brincar com fogo. Testar os limites para saber quão longe você consegue chegar até ir tão longe que não consegue encontrar o caminho de volta.

Os olhos de Jet são as coisas mais intensas que eu já vi.

— E você não gosta de brincar com fogo?

— Não.

— Nem um pouquinho?

— Não.

— Então, a sua filosofia de vida é se abster de tudo que oferece a remota possibilidade de deixá-la dependente?

Por mais difícil que seja pensar com coerência perto dele, faço o meu melhor para digerir suas palavras e entender o verdadeiro significado delas, então respondo:

— Basicamente, sim.

— Bom, eu sei que há pelo menos uma coisa à qual você não consegue resistir — diz ele dando uma piscadinha.

Inclino a cabeça, sentindo-me imprudente talvez pela primeira vez em toda a minha vida.

— Você acha que não consigo resistir a você?

— O que te faz pensar que eu estava falando sobre mim? — Há um desafio em seus olhos.

Leva alguns segundos para eu lembrar que supostamente sou uma viciada em sexo. Ele acha que para mim é difícil resistir a sexo.

Expiro devagar e em equilíbrio.

— Eu tento não deixar mais *nada* me dominar.

Jet concorda com a cabeça, seu olhar ainda sustentando o meu, recusando-se a desviar.

— Talvez você possa me ensinar esse truque — diz ele suavemente.

— Você precisa querer.

— Ah, eu quero. — Algo me diz que ele não está se referindo a se conter.

— Isso torna o resto mais fácil.

— O resto?

— Dizer não.

Encarando-me por cima da garrafa enquanto a inclina, Jet toma um gole de cerveja.

— Então, é aí que eu tenho um probleminha. Não gosto dessa palavra.

— Bom, é melhor você se acostumar a ela.

— Você vai me ensinar isso também?

Meu coração está batendo muito forte. No espaço de uma respiração, eu penso que não quero que ele diga não. Não para mim. Eu não quero que ele resista a mim. Do mesmo jeito que *eu* não quero resistir a *ele*.

A questão é que *preciso*. É a escolha mais inteligente e sensata para mim, a única que vai garantir minha autopreservação. E esse sempre tem sido o meu objetivo principal — me defender contra qualquer fraqueza que possa me destruir.

O problema é que esta é a primeira vez que já quis ceder. Isso deveria me assustar. E me assusta.

Outro problema é que isso também me excita.

Quando Jet me guiou, segurando as bebidas, para o semicírculo de sofás colocados em volta do centro do salão, nunca esperei que ele fosse se sentar ao meu lado durante toda a noite. Mas foi o que ele fez. Já faz duas horas que ele está recostado ao meu lado, o braço casualmente sobre a parte de trás do sofá, a ponta dos dedos apenas roçando o meu ombro. Estou certa de que deveria protestar, de que deveria me *importar*. Mas não. Eu não protesto e muito menos me importo.

Alguns minutos depois de nos sentarmos, outros começaram a seguir o exemplo se espalhando pelos sofás, reunindo-se em torno de Jet como líderes de torcida cercando o quarterback. Eu acharia bizarro se não compreendesse completamente. Jet tem um carisma, um magnetismo que atrai as pessoas para ele. Posso ver nos olhos delas enquanto o observam, o escutam e interagem com ele.

Jet não parece se afetar nem um pouco com isso, mas tenho certeza de que ele percebe. Não tenho dúvida de que ele sabe exatamente como as pessoas reagem a ele.

Especialmente as mulheres.

Posso sentir os olhos de cada mulher no local sobre mim, me apunhalando com facas de inveja. Até aquelas que aparentemente estão aqui com

AMOR SELVAGEM

outros homens parecem estar esperando pelo momento em que Jet vai sair do meu lado para enfim poderem atacar e dar em cima dele.

Estou aliviada que Tia ficou à vista. Não sou capaz de dizer quanto ela está bebendo, mas ela parece estar sob controle, como se estivesse apenas se divertindo socializando. Espero que seja só isso.

Uma sirene alta soa e uma luz vermelha estroboscópica começa a piscar no palco improvisado montado em frente aos sofás. Na parede do fundo, uma cortina que eu não tinha notado antes se abre para revelar um enorme bolo de gesso sobre rodas. Dois caras empurram o bolo para o centro do palco e depois saltam para conseguir lugares nos sofás, que estão sendo rapidamente ocupados.

A música fica mais alta e as luzes diminuem ainda mais enquanto as pessoas começam a bater palmas e dar vivas. Alguém traz uma cadeira dobrável e a coloca bem na frente do bolo. Segundos depois, três caras acompanham o homem, que eu suponho ser o noivo, até a cadeira e o fazem se sentar.

— Jake! Jake! Jake! — entoa a multidão. Jake, um cara ridiculamente bonito usando um chapéu de bombeiro e sorrindo largamente, balança a cabeça.

— Ah, não! A única garota em que estou interessado vai me encontrar amanhã na igreja.

Uma mistura de vaias e aplausos ecoa. Um cara ruivo se aproxima e sussurra algo em seu ouvido, então lhe dá um tapa nas costas amigavelmente.

— Ele vai aguentar firme. Não precisam se preocupar — grita o sorridente homem ruivo na direção do restante do salão. Posso ver que ele também é bem bonito. Fico imaginando se todos os amigos de Jet são gatos.

Ele entrega a Jake uma dose de um líquido âmbar, brindando o copo com o que ele está segurando, e os dois tomam a bebida em um único gole.

Os dois gritam alto e riem, o ruivo se afastando e anunciando: "Jake Theopolis, senhoras e senhores". Ele faz o caminho de volta até uma linda morena de aparência exótica, uma das poucas "outras" mulheres aqui. É óbvio, pelo jeito como olha para ela e se inclina para beijá-la, que ele está muito bem comprometido.

A multidão dá vivas outra vez, mas nem de perto com a mesma vibração de quando o topo do bolo se abre.

61

M. LEIGHTON

Não fico surpresa quando uma linda loira surge vestindo nada além de adesivos nos mamilos da cintura para cima. Graciosamente, ela sai do bolo e se desloca furtivamente até onde Jake está sentado. Aquele é obviamente o melhor lugar.

Atrás deles, outra garota aparece de dentro do bolo, uma morena que também está usando apenas adesivos nos mamilos. Depois que ela salta, outra surge, e imagino quanto de espaço tem dentro daquele bolo. Mas eu não penso nisso por muito tempo. Enquanto a loira está ocupada com o convidado de honra, o único homem no salão que parece não estar nada interessado, as outras duas garotas começam a fazer o trabalho delas — e se misturam. Vejo os olhos da morena examinar a multidão e parar bruscamente quando chega em Jet. Ela visivelmente caminha em direção a ele.

Rebolando os quadris, ela desfila diretamente até Jet. Sinto a mão dele apertar o meu ombro, e olho de esguelha para ele. Seu rosto não demonstra nada, mas imagino quanto isso seja difícil para *qualquer* homem, ainda mais para um que tem uma fraqueza em relação a sexo.

A morena se curva para deslizar as mãos sobre as coxas de Jet, alcançando a mão livre dele e dando um puxão. Como ele não se move, ela se inclina para sussurrar algo em seu ouvido. Ela se endireita ainda segurando a mão de Jet, ainda o puxando. Jet sorri educado para ela e balança a cabeça. Embora esteja visivelmente desapontada, a garota não continua tentando fazê--lo mudar de ideia. Ela me olha uma vez e então se rende, passando para o cara sentado mais próximo de Jet do outro lado, começando a usar suas artimanhas nele imediatamente. Quando ela se inclina para a frente para exibir os bustos avantajados bem no rosto *do rapaz*, eu percebo que os olhos dela ainda estão em Jet.

Concentro-me em Jet para medir sua reação, mas ele ainda está olhando fixamente para a frente. Quando olho de relance na direção da área do palco outra vez, noto que agora é a ruiva que está se aproximando. Ela também tenta seduzir Jet para fazer... alguma coisa. Seja o que for que os caras fazem com esse tipo de garota em despedidas de solteiro. Mas de novo ele resiste.

Ele não diz nada e eu também não. Eu me questiono se será assim a noite toda, mas aí a música muda. Fico aliviada quando isso parece sinalizar que

AMOR SELVAGEM

essa parte do... entretenimento da noite acabou. Mas não é o caso. Apenas desencadeia outra surpresa.

Todas as garotas que estavam servindo, aquelas que parecem coelhinhas pin-ups, ficam em fila na frente do palco. Com o aumento gradual da intensidade da nova música, cada uma segura o centro do pequeno figurino acetinado e o puxam. A roupa se rompe e deixa as mulheres usando apenas meia-calça arrastão, minúsculas calcinhas pretas e adesivos de mamilos pretos e brilhantes.

Quando elas param em frente à multidão exibindo suas belezas femininas, eu examino os rostos. É com um pavor crescente que vejo algumas delas já mirando em Jet. Não é preciso ser um gênio para descobrir por que ele é propenso a excessos. Se é desse jeito que as mulheres reagem a ele numa frequência regular, e suspeito ser assim em algum nível, não é à toa que ele tem dificuldade em dizer não.

Vejo uma garçonete bastante interessada, com os cabelos curtos castanhos, espiando Jet sem parar. Assim, quando as garotas se dispersam, não fico nem um pouco surpresa ao vê-la traçar uma linha reta até ele.

Olho Jet de relance outra vez. Seu rosto está impassível, ainda sem demonstrar qualquer reação que seja. Se não fosse pela contração em seu maxilar, eu diria que ele é feito de aço. Mas aquela pequena evidência é suficiente para me mostrar o que realmente está acontecendo dentro dele.

Eu me inclino um pouco, escorregando para a beira da almofada, incerta se eu consigo suportar outra garota se jogando para cima de Jet. Involuntariamente, atraio seus olhos. Neles, vejo a batalha que está sendo travada.

E é por isso que eu entro em ação.

Pelo menos essa é a razão a que me agarro.

Digo a mim mesma que quero ajudar, mas não sei como. E que é por *esta* razão que, sem pensar duas vezes, eu viro o meu corpo e me estico sobre Jet, pressionando meu peito ao dele, e o beijo.

A princípio, Jet não se mexe. Acho que ele está tão surpreso quanto eu. Mas leva apenas uma fração de segundo para que ele se recupere. E eu sei quando isso acontece. Eu sei porque é no mesmo instante em que me sinto tão perdida em seu encanto quanto todo mundo neste lugar.

Os seus lábios suavizam primeiro. Sinto a mudança, e isso me assusta, fazendo com que eu desperte da minha insanidade. Começo a me afastar, mas as mãos grandes de Jet vão para os dois lados do meu pescoço, seus dedos deslizando pelo cabelo em minha nuca para me segurar firme.

Ele inclina a cabeça me puxando mais para o beijo. Sinto seus lábios se entreabrirem e, como se se movessem independentemente do pensamento, os meus também. Quando sua língua desliza por entre meus lábios, suspiro em sua boca me deliciando com o gosto dele — o sabor da cerveja, um traço de hortelã e uma doçura amarga que é tão perigosa quanto o homem em si.

Ele passa a língua sobre a minha, me lambendo, me provando em longos e vagarosos golpes e depois se movendo para explorar o interior da minha boca. Eu me derreto nele, apreciando o jeito que ele geme contra os meus lábios. Eu engulo os seus gemidos, absorvendo uma parte dele que faz com que eu me sinta perigosa e excitada.

Não sei quando ele se virou e me colocou em seu colo; eu apenas fico ciente da rigidez junto ao meu quadril e da mão quente que está percorrendo minhas costas e a lateral do meu corpo.

Jet chupa o meu lábio inferior, prendendo-o gentilmente entre os seus dentes. Quando ele solta, eu abro os olhos para olhar para ele, atordoada e com o corpo pesado. Ele está me observando, seus olhos um azul profundo e efervescente.

Tudo ao meu redor fica sem som. Não ouço a música ou as vozes. Não presto atenção nas pessoas. Há somente eu, Jet e o calor emanando entre nós.

Tranquilamente, ele me observa. Tranquilamente, eu o observo de volta.

Sem sua boca pressionando a minha, sinto meus lábios secos. Umedeço-os com a língua, atraindo o olhar de Jet.

— Não faça isso — sussurra ele.

— O quê?

— Não me mostre a sua língua. É tudo que eu posso fazer para não me levantar com você nos meus braços, carregá-la para um canto escuro e experimentar tudo o que você está escondendo de mim.

Ao ouvir suas palavras, um calor pouco comum se derrama sobre mim, inundando meu âmago.

AMOR SELVAGEM

— Desculpe. Eu não estava tentando tornar isso mais difícil para você.

De repente, eu me sinto uma boba. O que eu estava pensando? Por que eu achei que isso poderia ser benéfico para ele, para alguém que luta contra o vício em sexo?

— Eu sei que não estava. Você está tentando me ajudar. E eu sou grato. De verdade. Você é diferente dessas garotas — diz ele sinceramente.

— Sim, eu sou diferente. Eu não sou um perigo para você. Elas são — respondo.

A voz de Jet se reduz a um gemido baixo.

— E se eu dissesse que você pode ser um perigo ainda *maior*?

— Eu diria que você está errado.

— Não tenho tanta certeza — divaga ele, seus olhos percorrendo o meu rosto. Não sei como responder, então não digo nada. Ele continua: — Eu estaria mentindo se dissesse que não estou atraído por você. Se dissesse que não desejo você.

Eu não deveria querer ouvir essas palavras. Elas não deveriam me dar nenhum prazer. Mas dão. Ah, e como!

— Mas você sabe que não podemos — declaro, aniquilando a excitação que suas palavras me trazem.

Seu sorriso é curto e irônico.

— Exatamente. Mas isso não quer dizer que eu não gostei disso ou que eu não curto a sua companhia. — Ele faz uma pausa, seu polegar alisando a pele do meu braço para a frente e para trás enquanto seus olhos procuram os meus. — Estou contente por você ter vindo.

Não quero admitir que também estou, então eu me esquivo.

— Fico contente de poder ajudar.

Antes que Jet possa responder, um braço musculoso envolve o seu pescoço por trás. Alguns segundos depois, um rosto largo e avermelhado, coberto por um amontoado de grossos cabelos vermelho-vivo aparece ao lado da cabeça de Jet.

— Pegou outra, hein? — diz uma voz rouca que combina perfeitamente com a aparência de urso de seu dono.

— Cala a boca, Harley. Esta é a Violet.

Harley não parece impressionado.

— E quem é Violet? — pergunta ele, dirigindo-se a mim.

Jet vira a cabeça e olha feio para Harley.

— Nós nos conhecemos em uma... reunião. — A forma como ele diz "reunião" tão significativamente me faz pensar que Harley talvez conheça o problema de Jet.

Como se para confirmar minha suspeita, Harley começa a concordar lentamente com a cabeça, retornando o olhar de Jet.

— Ah, entendo. Bom, é um prazer conhecê-la, Violet. Sou Harley, o empresário do Jet.

Chego para a frente para apertar a mão calejada que o homem grande estende na minha direção.

— Prazer em conhecê-lo, Harley.

— Aaah, essa voz — diz ele, fechando os olhos como se estivesse em êxtase.

— Nem pense nisso, velhote.

Harley tenta parecer ofendido, e eu rio de sua performance dramática.

— Velhote? Nem velho eu sou, *filhote* — diz ele, apertando mais o braço ao redor de Jet. Quando Jet faz um som de que está sendo estrangulado, Harley volta sua atenção para mim. — Não acredite em uma palavra que ele diz, Violet — alerta Harley. — Esse garoto poderia seduzir uma freira.

Jet alcança atrás dele para segurar, brincando, a cabeça de Harley na curva de seu braço dobrado, imobilizando-o com um puxão de sua mão.

— Ela não pediu sua opinião estúpida, bobalhão.

Sinto a necessidade de explicar.

— Você deveria saber, Harley, que, ao contrário do que isso deve parecer, ele não está tentando me seduzir, então acho que não tenho com que me preocupar — provoco.

A expressão de Harley fica um pouquinho mais séria, o que me causa um arrepio.

— Ah, você deveria se preocupar, sim, querida.

Antes que eu possa responder, Jet empurra Harley para trás e se levanta comigo em seus braços, lentamente deixando minhas pernas escorregarem pelas dele até que meus pés estejam firmes no chão. Fico dividida entre imaginar o porquê de sua reação ao comentário de Harley e ficar extasiada pelo contato com sua forma alta e sólida.

— Não dê atenção a ele, Violet. Ele ficou doido há anos — diz Jet.

Espio atrás dele para ver que Harley está estudando as costas de Jet. Ele encontra meus olhos sobre o ombro de Jet e eu percebo uma preocupação genuína.

Sim, parece que ele sabe *sobre o problema de Jet.*

Eu sorrio para tranquilizar Harley.

— Não se preocupe comigo, Harley. Eu sou muito difícil de encantar.

— Acho que é tarde demais — murmura ele. Então, sem qualquer outra palavra, Harley se vira e vai embora.

14

Jet

Se eu não estivesse curtindo tanto o corpo delicado e voluptuoso de Violet pressionado contra o meu, talvez eu ficasse propenso a ir na direção de Harley para dar um soco em sua boca grande. Mas, do jeito que a coisa está, eu vejo algo instável pairando sobre seu rosto, como um nevoeiro sobre a água, e sei que tenho que realizar algum controle de dano.

Droga!

— Você tem que desculpar o Harley. Ele é velho e maluco pra caramba, e seu senso de humor é... incomum.

Ela me olha com toda a seriedade que eu já vi nela.

— Talvez ele não estivesse brincando.

— *Nós* não achamos que foi engraçado, mas *ele* provavelmente acha que foi — respondo com indiferença.

Violet desvia os olhos dos meus e eu sei que é um recuo oficial.

Merda!

— Eu deveria ver como Tia está — diz ela calmamente, olhando para todos os lados *exceto* para mim.

— Violet, o Harley...

— Lá está ela — diz Violet, apontando para a amiga que, é óbvio, está se divertindo com alguns caras no bar.

Com isso, ela apenas se vira e vai embora. Eu faço a única coisa que posso fazer e a sigo. Quando nos aproximamos do bar, a amiga de Violet ergue o olhar e a vê. Ela joga os braços para o alto e começa a acenar.

—Vi! Vi! Aqui.

Seus movimentos desajeitados a fazem perder o equilíbrio e o banco onde ela está sentada tomba. Eu escuto o seu grito quando ela cai. Violet corre pela multidão para chegar até ela, mas não estou preocupado. Posso ouvir as risadas da garota.

— Você está bem? — pergunta Violet, abaixando-se para ajudar a amiga a ficar de pé.

— Nunca estive melhor, Vi — responde ela, a fala enrolada. — Deixa eu te apresentar os filhos de uns amigos do meu pai. Alvin, Simon e Theodore — balbucia ela, apontando para cada um deles e depois se desmanchando em altas gargalhadas. Ela coloca a mão em volta da boca e sussurra alto para Violet — Eles não são os esquilos, Vi.

— Eu percebi — diz Violet pacientemente, espanando a sujeira da perna de Tia de onde ela caiu. — Acho que está na hora de irmos embora, você não acha?

O rosto de sua amiga se desmorona numa expressão desolada.

— Ah, não! Ainda não — choraminga ela para Violet.

— Sim, acho melhor nós irmos. Você não vai conseguir andar se ficarmos muito mais tempo.

— Vou, sim. Estou ótima. Faça um teste de sobriedade — diz ela, tropeçando enquanto se afasta do bar. — Isso não conta. Alvin me fez tropeçar. — Sobre o ombro, ela pisca o olho para "Alvin".

— Tia, é sério. Está na hora de irmos embora. Você consegue chegar até o carro?

Ela faz uma careta.

— É claro que consigo. Não sou criança.

Tia atravessa as tábuas de madeira do chão do celeiro, ziguezagueando e dando um encontrão em uma das garçonetes seminuas, que no momento estava entretendo dois idiotas babando por ela.

— Ei, toma cuidado! — exclama a garota, olhando feio para a embriagada Tia.

Violet corre em direção a ela, estabilizando a amiga e dando um sorriso de desculpas para a garçonete.

— Sinto muito. Ela bebeu um pouquinho demais. — Para piorar, ela recebe um olhar furioso tanto de Tia quanto da garçonete. — Venha — diz ela a Tia, passando por baixo do braço da amiga, muito mais alta, para ajudá-la a andar. — Apoie-se em mim.

E, simples assim, eu vejo quem Violet realmente é. Ela é uma madrinha ao extremo. Uma âncora, uma solucionadora. Como Tia havia dito. Ela vê uma pessoa destruída, necessitada ou de algum modo angustiada e sente a necessidade de intervir para ajudar como puder. E é isso que ela está fazendo comigo. Está tentando me consertar.

E eu estou me aproveitando disso.

Em um impulso, eu me aproximo e pego o braço de Violet, afastando-a do caminho.

— Deixe que eu faço isso — digo, inclinando-me para jogar Tia sobre meu ombro e carregá-la para a porta.

Tia ri sem parar durante todo o caminho pelo salão. Escuto Violet, obviamente se arrastando para nos acompanhar, sussurrando para Tia:

— Pare de rir ou você vai acabar vomitando.

Ela obviamente já passou por isso com a amiga inúmeras vezes. E sua amiga é obviamente a pessoa mais egoísta do mundo por nunca considerar o que Violet enfrenta por ela.

Quando eu chego à porta, Violet se adianta, abrindo-a e saindo antes de mim.

— Onde você estacionou? — pergunto.

— Logo ali — diz ela, apontando para os fundos do estacionamento, na parte mais escura.

Eu atravesso o chão de cascalho e fico cada vez mais irritado com a garota que estou carregando. Ouço o ruído dos passos de Violet caminhando apressada atrás de mim.

— Você não precisava fazer isso — diz ela.

AMOR SELVAGEM

— Eu sei.

Ela fica em silêncio por alguns passos.

— Pode colocá-la no chão. Nós podemos chegar bem até o carro.

— Não, ela está segura comigo — respondo. — Qual é o seu carro?

— O prata.

Faço uma varredura pelos carros até encontrá-lo e sigo em sua direção. Quando chegamos, coloco Tia de pé e a deixo recostada na porta do lado do motorista. Viro para Violet e estico a mão:

— Chaves.

Sem dizer uma palavra, ela me entrega as chaves. Aperto o botão até ver que a tranca da porta traseira destravou. Eu abro a porta e então me viro para carregar Tia novamente e deitá-la no banco de trás.

— Cuidado com a cabeça dela — diz Violet.

Resisto ao desejo de bater a cabeça dela de propósito na parte interna da porta. Talvez isso fizesse *eu* me sentir melhor, mas definitivamente *não* faria Violet gostar de mim. E não preciso de mais contratempos esta noite.

— Pode deixar.

Ajeito Tia no carro e fecho a porta. Gentilmente. Então eu me volto para Violet.

— Para onde vocês vão?

— Para casa.

— Vocês moram juntas?

— Ah, não. Eu quis dizer que vou deixá-la em casa e depois vou para a minha.

— Eu vou seguir você. Caso precise de ajuda.

— Não é necessário.

— Eu não me importo. Acho que você pode precisar de uma mãozinha.

— Não precisa mesmo. Posso lidar com ela.

— Tenho certeza de que tem bastante prática nisso. Mesmo assim, eu vou seguir você.

— Jet, sério, você...

Eu seguro as chaves de Violet no ar bem acima de sua cabeça, onde ela não consegue alcançá-las.

— É isso ou eu vou dirigir, o que significa que vou ter que pedir carona para voltar pra cá.

Violet inclina a cabeça para o lado, obviamente contrariada.

— Jet...

— Violet...

Finalmente, depois de me observar por longos segundos, ela balança a cabeça em resignação.

— Tá bom — diz ela, estendendo a mão para as chaves.

Sorrio com satisfação e entrego as chaves a ela.

— Sou bastante persistente.

— Estou vendo — responde ela. Seu tom é seco, mas eu posso ver a contração nos cantos de sua boca. Ela está tentando não sorrir. Não consigo me segurar e acaricio a pequena covinha que aparece no canto de seus lábios.

— Faria bem a você se lembrar disso.

Minha atitude muda o clima na mesma hora. Eu queria continuar com isso, insistir com ela um pouco mais. Mas sou experiente o suficiente para saber que agora não é a hora. O risco supera o benefício. Não, esta noite preciso me comportar da melhor forma para ela não se assustar.

Dou um passo atrás e digo a ela de forma casual:

— Lidere o caminho. — Depois me viro e vou em direção ao meu carro.

Quando escuto o motor de Violet ligar, penso que não consigo me lembrar da última vez que estive tão entusiasmado com alguma coisa.

Eu deveria me sentir uma merda por isso. Mas não me sinto — ao menos não neste exato minuto.

Eu sou apenas um grande idiota egoísta.

15
Violet

Por todo o percurso até a casa de Tia, meus olhos continuam espiando os faróis refletindo no espelho retrovisor. Por mais horrível que pareça, acho que praticamente tinha me esquecido de que Tia estava no banco traseiro até ela gemer:

— Estou enjoada.

Este é um lembrete muito desagradável.

— Só mais alguns minutos e você vai estar em casa. Tente dormir.

Já passei por isso várias vezes com Tia. E com meu pai. Os dois são iguais nisso: se permanecerem de olhos fechados e tentarem dormir, não vão vomitar. Mas assim que se sentam e tentam acordar durante a carona para casa...

Eu a ouço murmurar algo ininteligível, mas depois ela fica em silêncio. Na minha cabeça, estou cruzando os dedos para que ela não vomite. Suspiro de alívio quando a ouço roncar suavemente.

Eu me sinto grata quando enfim estaciono em frente ao prédio de Tia. Eu me apresso para desligar o motor e chegar até ela, no banco de trás, antes que Jet o faça. Já me sinto mal o suficiente.

Seguro suas mãos e a estou puxando para uma posição sentada quando Jet me empurra de leve para o lado.

— Deixa que eu faço isso.

Não discuto. É evidente que não me fará nenhum bem. Em vez disso, pego a bolsa de Tia no meu porta-malas, onde trancamos nossas coisas, e busco suas chaves. Guio Jet até o apartamento dela, no primeiro andar, e abro a porta, acendendo uma luz para que ele não tropece enquanto a carrega para a cama.

No quarto dela, puxo as cobertas e me afasto para que Jet possa colocá-la na cama. Tiro seus sapatos antes de endireitar suas pernas e jogar as cobertas sobre ela.

Estamos saindo pela porta quando ouço sua voz, digna de pena.

— Violet, eu vou vomitar.

Com um suspiro, eu volto e a ajudo a ficar de pé e ir ao banheiro. Eu mal levanto a tampa da privada e ela cai de joelhos em frente ao vaso sanitário e vomita suas entranhas.

Pego uma toalha de rosto e a umedeço antes de me ajoelhar ao lado dela, puxando seus cabelos para trás e limpando sua boca quando ela vira a cabeça para o lado. Seus olhos estão fechados e seu hálito cheira a vômito quando ela diz:

— Eu amo você, Vi.

— Eu também amo você, Tia.

Para garantir que ela não voltará a vomitar, espero alguns minutos antes de sugerir que ela volte para a cama. A esta altura, ela está pronta.

— Tudo bem — concorda ela, virando-se para rastejar de volta para o quarto. Quando ela alcança a cama, toma um impulso para subir e rola para o lado, começando a roncar quase que imediatamente.

Levo a toalha molhada de volta ao banheiro e a lavo antes de dar descarga, borrifar purificador de ar e fechar a porta atrás de mim. Sigo para a sala e paro quando vejo Jet encostado no batente da porta, braços e tornozelos cruzados.

Coloco o dedo sobre os lábios.

— *Shhh* — sussurro, saindo do quarto e fechando a porta atrás de mim.

— Ela vai ficar bem, mas, só para garantir, acho que vou ficar aqui esta noite.

AMOR SELVAGEM

Jet não diz nada. Ele apenas me observa, uma expressão estranha em seu rosto ofuscado pela sombra. Por fim, depois de algum tempo desconfortável, ele diz:

— Ela não merece você.

— Merece, sim. Ela é uma boa pessoa. Uma boa amiga. Só tem alguns... problemas.

— Você está sempre por perto para resgatá-la? Para mantê-la longe de problemas?

— Ah, não. Ela se mete em muitos problemas que eu só vou saber *depois* que já aconteceram.

— Eu aposto que você a socorre mesmo assim, né?

Franzo o cenho para Jet.

— Claro que sim. Ela é minha melhor amiga e eu a amo. Por que eu não o faria?

— Porque algumas pessoas não podem ser ajudadas.

— Eu não acredito nisso.

— No entanto, uma parte de você precisa entender que o que estou dizendo é verdade. Há quanto tempo isso vem acontecendo entre vocês duas?

Há tempo demais, sinto vontade de dizer. Mas não digo.

— Não importa. Não vou desistir dela.

Um canto da boca de Jet se ergue em um sorriso irônico.

— Até as últimas consequências, é isso?

Tenho a sensação de que ele não aprova. Eu levanto meu queixo desafiadoramente. A opinião de Jet sobre mim não importa. Eu não posso permitir isso.

— Sempre.

Ele faz um barulho no fundo da garganta enquanto balança a cabeça, aproximando-se de mim. Eu permaneço firme e continuo o encarando.

Quando ele para em minha frente, ele fita o meu rosto por um longo tempo antes de levantar a mão e acariciar minha bochecha com as costas dos dedos.

— Violet, a flor macia e delicada que é mais forte do que aço. Forte o bastante para apoiar todos ao seu redor. Mas você é forte o suficiente para consertar o mundo inteiro, linda?

Algo em sua voz soa... pensativo. E duvidoso. Isso me dá calafrios.

— Eu não preciso consertar o mundo — respondo calmamente, sem saber mais o que dizer.

— Então você pode me consertar? — pergunta ele, seus olhos ardentes mirando os meus.

Eu o vejo olhar de relance para a minha boca. Meus lábios reagem formigando e eu prendo a respiração. Sei que ele vai me beijar. E que vou deixar.

Jet abaixa a cabeça, inclinando o rosto o suficiente apenas para roçar os lábios em minha bochecha.

— Boa noite, Violet. Durma bem.

Então ele se vira e sai pela porta, fechando-a firmemente atrás dele.

O toque do meu telefone me acorda. Meu primeiro pensamento, que é ao mesmo tempo incômodo *e* ridículo, é que pode ser Jet. Eu tento chegar nele antes que pare de tocar. Luto para me desenrolar do cobertor, que de alguma forma se enroscou ao redor do meu corpo e de uma das almofadas do sofá de Tia e nos prendeu. Quando consigo chegar ao telefone para o atender, estou sem fôlego e muito bem acordada. Solto um suspiro de decepção quando vejo o número do meu pai na tela iluminada.

Com uma completa e absoluta falta de entusiasmo, deslizo o dedo pelo quadrado verde para desbloquear o telefone e ouço um alegre "Bom dia, luz do sol" quando meu pai me cumprimenta. Sinto vontade de rosnar, não de responder da mesma forma.

— Oi, pai — é a minha resposta morna.

— Posso trocar uma xícara de café quente por uma rápida carona a Summerton?

Estou rabugenta e não era assim que eu esperava que meu dia começasse. Fico boquiaberta. Summerton não é uma viagem rápida. Vinte minutos *não* é uma viagem rápida. Controlo minha vontade de reclamar e opto por:

— Aconteceu alguma coisa com a sua caminhonete?

— Nada de mais, acho que não. Tenho quase certeza de que são apenas as velas de ignição. Só não tenho tempo de consertá-las agora de manhã antes de me encontrar com o meu novo cliente.

AMOR SELVAGEM

Isso melhora o meu humor.

— Você conseguiu?

Posso ouvir o orgulho e o prazer em sua voz.

— Sim. Com certeza. Você não está orgulhosa do seu velho esta manhã?

— Eu estava orgulhosa de você ontem de manhã, pai, mas estou muito, muito feliz por você.

— Sabia que você ficaria. E sinto muito por ligar e ser um incômodo no seu dia de folga, mas estou em uma situação meio complicada.

Suavizo o meu suspiro e acrescento à minha voz o máximo de alegria que posso reunir.

— Estou na Tia. Você pode me dar quinze minutos?

Há um som de assobio quando ele puxa o ar pelos dentes.

— É queeee...

— Tudo bem, estarei aí em dez, então.

— Vejo você em dez minutos.

Por sorte, Tia mora mais perto do meu pai que eu, então, mesmo estando um pouco mais apressada para sair em dez minutos, ainda tenho tempo de pegar minha escova de dentes da bolsa de cosméticos que mantenho embaixo da pia do banheiro dela. Uma boca limpa e cabelos escovados é o máximo que consigo antes de ter que sair. A maquiagem da noite passada resistiu muito bem, e isso é bom, porque vou ter que sair assim mesmo. Isso é o melhor possível.

Tia ainda está roncando com o rosto enterrado no travesseiro quando deslizo silenciosamente pela porta da frente e corro para o meu carro.

Vinte e cinco minutos depois, tenho o banco traseiro cheio de ferramentas de jardinagem, uma roçadeira no meu porta-malas e estou seguindo as instruções de papai para chegar à casa para a qual ele foi contratado para o paisagismo. Por sugestão dele, em vez de dirigir por todo o círculo de cimento liso que percorre a bela frente da casa de três andares em estilo mediterrâneo, simplesmente estaciono no meio-fio para deixá-lo sair.

— Uau, vai levar uma eternidade para fazer a manutenção deste lugar — digo a papai conforme inspeciono a extensão do gramado e todos os canteiros elaboradamente plantados.

— Graças a Deus alguém já aparou a grama antes de eu conseguir o contrato, então só tenho que fazer o trabalho de poda e remover algumas ervas daninhas dos canteiros esta semana.

— É só que... você fala como se isso fosse um chalé, não uma mansão.

Meu pai dá um sorriso feliz para mim.

— Para minha sorte, eu amo o que faço.

Sinto o prazer dele refletir em meu rosto.

— Eu sei que ama, pai. E fico contente. Caso contrário, este seria um péssimo sábado.

Ele dá de ombros.

— Bom, seria o único. Normalmente, eu venho às terças-feiras, mas como *algum* trabalho já foi feito, esta é mais como uma visita intermediária. — Meu pai abaixa a voz e fala em tom conspiratório: — Sinceramente, acho que o proprietário está me testando.

— Por que ele faria isso?

Papai franze o cenho.

— Não sei. Esse é bem astuto, eu diria. Frio, até.

— O dinheiro faz isso com algumas pessoas.

— Nah. Como é que se diz? Ter dinheiro apenas permite que algumas pessoas sejam os idiotas que nasceram pra ser.

— Pa-ai! — Ele dá uma risada e um sorriso fofo quando eu bato em seu braço de brincadeira. — Vamos. Vou ajudá-lo a descarregar.

Deixo o carro em ponto morto e saio para descarregar algumas das ferramentas e as luvas do papai enquanto ele pega a roçadeira e o gás. Só posso imaginar quanto tempo levarei para tirar o cheiro de óleo e gás do meu carro.

— Então, quanto tempo você quer que eu espere antes de voltar para buscá-lo? — pergunto, espanando os pedaços de grama das minhas mãos, com medo até de pensar em tentar limpar meu banco traseiro.

Ele olha ao redor do terreno e balança a cabeça para frente e para trás.

— Hummm, que tal duas horas?

— Só isso? Este é um jardim e tanto, pai.

— Mas está em boa forma. Acho que consigo fazer tudo nesse tempo.

— Você quer que eu fique e ajude? Sabe, não é muito tempo. Provavelmente, seria mais fácil ficar e ajudar do que voltar para Greenfield.

— Vestida desse jeito?

Dou uma olhada em minhas roupas da noite passada. Botas e calça jeans pretas e minha blusa ombro a ombro branca.

— Certo, não é a ideal, mas não me importo se você não se importar.

Papai balança a cabeça.

— Não, querida, vá para casa. Não quero você aqui trabalhando na terra e arruinando suas roupas. Vou terminar isso em pouco tempo. Agradeço que você esteja sendo minha motorista.

— Não estou de motorista, pai. Sempre fico contente em ajudar. Você sabe.

Seu sorriso é doce e amoroso.

— Eu sei, Vi. Você é uma joia.

— Ou uma flor — brinco, voltando para o carro.

— Violet? — Uma voz diferente me chama.

Meu coração para. Não preciso me virar para saber quem está atrás de mim, quem acabou de falar meu nome. É bem provável que eu nunca esqueça o som dessa voz.

Eu me viro e encontro Jet na entrada da garagem, no que parece ser o pequeno carro preto em que ele me seguiu até Tia na noite passada. Meu cérebro dispara em centenas de direções diferentes — a minha aparência, o fato de estar usando as roupas da noite passada, o fato de meu pai estar parado bem atrás de mim, por que Jet está aqui, a minha aparência, a minha aparência, a minha aparência.

— Jet. O que você está fazendo aqui?

Um lado de sua boca se abre em um sorriso infeliz.

— Meu... é... meu pai mora aqui.

Fico boquiaberta. Fecho-a o mais rápido possível, mas tenho certeza de que Jet viu.

— Seu pai? Mora *aqui*?

— Sim, receio que sim.

— Quem é o seu amigo? — pergunta meu pai, movendo-se atrás de mim.

Meu coração dispara quando penso em todas as maneiras como essa simples interação pode dar muito errado. Para começar, meu pai nunca pode saber onde eu conheci Jet. Explicar isso para o meu pai seria o pesadelo mais humilhante já conhecido pelo homem. Em segundo lugar, há o fato de que a coisa mais importante que Jet sabe sobre mim não passa de uma mentira.

Sim, tem isso...

Meu coração dispara por uma razão totalmente diferente quando Jet estaciona seu carro e vem até onde meu pai e eu estamos. Seu cabelo escuro e desgrenhado ainda está úmido do banho, e sua camiseta preta sob a jaqueta de couro o faz parecer mais perigoso que nunca. Tudo o que ele precisa é de uma motocicleta para completar a imagem de bad boy por excelência.

— Jet Blevins — diz ele quando chega até nós, acenando com a cabeça e estendendo a mão para o meu pai.

Meu pai devolve o gesto.

— Royce Wilson, pai da Violet.

— Prazer em conhecê-lo, senhor.

Depois de alguns segundos irritantes de silêncio, meu pai fala novamente e me livra do desconforto.

— Bem, é melhor eu começar a trabalhar, querida. Duas horas?

Eu sorrio, meu corpo inundado de alívio.

— Duas horas.

Papai me beija na bochecha, agarra suas podas e se afasta, deixando-me parada ao lado de Jet enquanto o observamos partir.

— Então, o que são duas horas?

— Ele teve um problema com o carro hoje de manhã. Vou dar uma carona de volta para ele em duas horas.

— O que você vai fazer enquanto isso?

Eu dou de ombros.

— Voltar para Greenfield, acho.

— Grandes planos para o dia?

Eu dou de ombros uma segunda vez.

— Na verdade, não.

— Por que você não economiza combustível e me deixa te pagar um café?

AMOR SELVAGEM

Eu quero aceitar. Não consigo pensar em nada que eu gostaria mais do que passar a manhã com Jet. Mas minha maior preocupação é que eu não deveria querer, e ainda assim essa não é uma razão tão convincente quanto a que traz uma explosão de calor às minhas bochechas.

— Hum, eu adoraria, mas... hummm, eu, é...

— Simmmm — induz Jet.

— Bem, é só que eu... Quer dizer, não tive tempo... — Sinto meu rosto queimar.

Que constrangedor.

Jet sorri.

— Uau, isso deve ser *muito* bom. — Ele cruza os braços como se estivesse se preparando para uma ótima história.

— O que você quer dizer?

— Deve ser uma desculpa bem boa sendo criada.

— Ah, não é nada disso. Eu garanto. Vai ficar muito... óbvio que é verdade.

— *Se* você resolver me contar, você quer dizer.

Dou a ele um sorriso atrevido.

— Você quer saber? Está bem. Ainda não tomei banho hoje. Papai ligou e me acordou quando eu estava na casa da Tia e eu tive que sair imediatamente para buscá-lo. Estes são o cabelo *e* a maquiagem da noite passada, e tenho certeza de que você já reconheceu as roupas.

O sorriso de Jet se alarga.

— É com isso que você está preocupada? — Ele faz pouco caso do que eu digo e pega minha mão. — Vamos. Você fica melhor com a maquiagem do dia anterior do que a maioria das mulheres depois de passarem um dia no salão.

Eu resisto, puxando sua mão.

— Sério, estou um caco. Não posso sair assim em público!

Jet nem pausa, ele apenas continua me arrastando em direção à calçada, em direção ao meu carro.

— Vamos nos esconder em um canto, então.

Eu odeio admitir, até para mim mesma, como isso soa atraente. Como soa atraente e... íntimo.

81

M. LEIGHTON

— Jet. Eu de verdade não...

Ele alcança o interior do carro para desligar o motor e tira minhas chaves da ignição. Pega minha bolsa no chão atrás do banco, tranca a porta e a fecha com força.

Ele finalmente para e me olha, me dando toda atenção enquanto entrega a minha bolsa.

— Eu posso dizer, só de olhar para você, que a *única* coisa de que você precisa agora é café.

— E um banho — acrescento.

A voz de Jet é baixa e seus olhos são calorosos.

— Estou tentando não pensar muito em você no chuveiro. Você se importa de pegar leve com um cara?

Sinto-me quente e sem fôlego com sua insinuação, e tudo o que posso fazer é não demonstrar isso em meu rosto.

— Desculpe — murmuro.

— Deus — sussurra ele, pegando minha mão e se virando. — Temos que sair daqui.

Eu não discuto mais. Não faz sentido, e na verdade eu não quero mesmo.

Jet abre a porta do passageiro para mim, fechando-a de maneira protetora assim que eu entro. Enquanto coloco o cinto, observo Jet através do para-brisa. Tento não prestar atenção na maneira suave como ele caminha enquanto contorna o capô, ou na maneira como sua calça jeans de cintura baixa se apoia em seus quadris esguios, mas é impossível não notar.

Quando desliza para trás do volante, ele me dá um sorriso malicioso.

— Não dá para fugir de mim agora — diz ele, engatando a marcha e pegando a estrada. — Pelas próximas duas horas, você é toda minha.

À medida que avançamos pela rua, não consigo deixar de pensar que não me importo como isso soa. Nem um pouco.

16
Jet

Sei que tomei a decisão certa no instante em que me sento em frente a Violet numa mesa de canto no fundo da pequena cafeteria local que escolhi. Não é tão movimentada quanto as mais conhecidas e é duas vezes mais intimista. O café também não é ruim.

Observo Violet enquanto ela toma um gole hesitante de sua bebida espumosa. Ela estala os lábios algumas vezes, provando a mistura e depois me olha com olhos arregalados e satisfeitos.

— É muito bom.

Sorrio, sentindo sua satisfação chegar até as minhas bolas quando ela arrasta a língua ao longo do lábio superior para sorver o resíduo de espuma doce dali.

— Que bom que gostou — digo finalmente .

Ela dá um tapinha na ponta do canudo que atravessa o copo.

— Quer provar?

Inclino-me para a frente, estreitando os olhos para ela.

— Você faz isso de propósito?

Ela franze o cenho.

— O quê?

— Me pergunta coisas assim? Sabendo que eu adoraria mais do que tudo experimentar?

Nervosa, Violet coloca o cabelo atrás da orelha e toma outro gole de seu café.

— Desculpe. Isso soou mal.

— Eu não diria isso. Ao menos não foi mal de uma maneira *ruim*. Soou mal, mas de um jeito bom. Um jeito *muito* bom. — Suas bochechas ficam rosadas, algo pelo qual estou rapidamente ficando bastante afeiçoado. — Aí está.

— Aí está o quê?

— Esse rubor. Adoro quando você fica assim.

— Por quê? Eu odeio.

— Isso me lembra de outras coisas que eu gosto em você. Coisas que são diferentes das outras mulheres.

— Como o quê? Uma inaptidão social incapacitante?

— Pode *parecer* o caso, mas eu vejo de forma diferente.

— Sério? Como?

— Você esquece que eu sei o seu segredo. Sei o que você está escondendo por trás desse rubor.

— Talvez eu não esteja escondendo nada.

— Duvido. Todo mundo esconde alguma coisa.

— Esse é um ponto de vista muito ultrapassado, você não acha?

Dou de ombros.

— Talvez. Mas é verdade, ultrapassado ou não.

— E o que *você* está escondendo?

Eu não respondo. Apenas a observo. Obviamente, não posso contar a ela o meu maior segredo. Ela sairia porta afora em dois segundos.

— Me pergunte qualquer coisa — respondo.

— Acabei de perguntar.

Eu sorrio, concordando com a cabeça com sua mente rápida.

— Me pergunte qualquer coisa *específica*.

AMOR SELVAGEM

Ela estreita os olhos para mim como se estivesse decidindo quão cruel deve ser. Não sei bem o que pensar sobre como ela começa. Não sei o que isso diz sobre Violet, mas gosto do fato de que ela parece querer me conhecer. Embora eu não devesse, gosto bastante.

— Como é morar naquela casa grande e bonita?

— Não saberia dizer. Meu pai mora lá. Eu não.

— Você não cresceu lá?

— De jeito nenhum! Meu pai e a nova esposa dele se mudaram para lá há alguns anos.

— Ahhh. Você não parece muito feliz com isso.

— E não estou. Ele traiu minha mãe pelo menos uma dúzia de vezes. Mas esta última tinha dinheiro, então ele decidiu mantê-la por perto. Em vez de sua família *de verdade*, é claro.

Os olhos de Violet estão cheios de simpatia quando ela se estica sobre a mesa para envolver os seus dedos nos meus.

— Desculpe por trazer isso à tona. Podemos conversar sobre outra coisa.

— Não, está tudo bem. Eu fico mais bravo com isso do que com qualquer outra coisa.

— Acho que não preciso perguntar o motivo.

— Provavelmente não. Eu diria que metade do país pode se identificar com isso tudo. Ele se casou com a mulher perfeita, uma que idolatrava o chão em que ele pisava, deu a ele três filhos saudáveis, cuidou de sua casa, preparou suas refeições e o tratou como um rei. Mas isso nunca foi o suficiente. Ele não conseguia parar de olhar para outras mulheres. Simplesmente não podia dizer não.

— Você o culpa pelo *seu* problema? — pergunta ela.

A princípio eu fico confuso. Quero perguntar a ela: *Que problema?*, mas então eu me lembro.

Não consigo esconder o desprezo em minha voz.

— Eu não sou como ele.

Violet é perceptiva o suficiente para saber quando parar, então ela o faz.

— Ah.

Espero alguns segundos antes de continuar. Não *devo* explicações a ela, mas sinto a necessidade de lhe dar uma mesmo assim. Incomoda-me até

85

mesmo que ela tenha sugerido uma coisa dessas — que eu possa parecer com meu pai de alguma maneira.

— Meu pai magoa as pessoas com o jeito dele.

— Mas você não.

Não é uma pergunta, mas eu sinto como se fosse.

— Não, eu não magoo.

Ela parece incerta quando pergunta, como se soubesse que estou sensível e está tentando ser o mais gentil possível:

— E a sua mãe? Isso a machuca?

Violet está cutucando minha única ferida verdadeira — minha consciência. E, embora eu esteja *tentando* não deixar isso me incomodar, está me irritando.

— O que eu faço não é da conta dela — retruco com firmeza.

— Então tenho certeza de que ela está bem com isso — responde Violet.

Ela olha para o café e me deixa pensando. Suas palavras dizem uma coisa, mas seu tom diz algo diferente.

— Por que ela não estaria?

Por que não consigo deixar isso pra lá?

Violet dá de ombros.

— Bom, se ela te vê seguindo os passos dele, entendo que isso a incomodaria. Ou a magoaria.

— Para começo de conversa, eu não estou seguindo os passos dele, mas, mesmo que estivesse, não estou fazendo isso com *ela*.

— Mas você é filho dela. Ela quer mais para você. Pode machucá-la pensar em você acabando como ele. Ou que seus filhos acabem se sentindo como você. É um círculo vicioso, e tenho certeza de que ela sabe disso.

Meu sorriso é tenso quando digo:

— Droga. Não sabia que tomaria café *e* faria terapia.

Ela tem a seu favor o fato de parecer envergonhada.

— Desculpe. Risco ocupacional.

— E que ocupação é essa? — pergunto, no momento mais ansioso para tirar o foco de mim do que qualquer outra coisa.

— Assistente social. Não que façamos terapia. Eu apenas ouço e vejo muito. *Muito* — termina ela.

AMOR SELVAGEM

— Aposto que sim. Então, me conte sobre o histórico de uma assistente social. Como foi a *sua* infância perfeita?

Para acabar no vício em sexo, deve ter sido uma merda.

De repente, Violet parece interessada em seu guardanapo de forma incomum.

— Tenho sido cercada por vícios, de uma forma ou de outra, durante toda a minha vida. Minha mãe é groupie de uma banda de rock. Ela tem todos os hábitos aliados ao estilo de vida. Ela nem conseguiu parar de usar drogas e beber por tempo suficiente para levar a gravidez da minha irmã mais nova até o fim. A Marlene nasceu com um problema no coração. Ela morreu com dezesseis meses. Mamãe simplesmente não conseguiu fazer a transição para uma vida estabelecida. Ela desaparecia por meses e depois voltava como se nada tivesse acontecido. Até quatro anos atrás. Ela foi embora e nunca mais voltou.

Agora eu me sinto um idiota.

— Violet, eu não deveria ter...

Ela levanta a mão.

— Não, tudo bem. Não é segredo. Estou acostumada. Meu pai tem problema com bebida. Minhas duas tias têm problemas com abuso de substâncias. Minha prima é viciada em analgésicos e homens. Até minha melhor amiga tem um problema de controle de impulso bastante significativo. Acho que aprendi desde cedo a olhar além da superfície, a procurar as razões e as causas, a tentar e descobrir o porquê para poder ajudar a consertar. Mas eu não deveria ter feito isso com você. Suas razões e causas não são da minha conta. Eu sinto muito.

— Violet, por favor. Não precisa se desculpar. Eu fui um idiota e você não merecia isso.

— Eu não deveria ter bisbilhotado.

— Tudo bem. E a razão pela qual eu reagi irritado é porque você estava certa. Isso *machuca* a minha mãe. E eu me sinto um merda. — Respiro fundo e recosto na madeira fria do assento. — Não sei o que diabos há de errado comigo. Acho que gosto de me perder em coisas que me fazem sentir bem. Que me levam pra longe de tudo que está ruim. Talvez *essa* seja a verdadeira fraqueza que meu pai me deixou; eu não consigo enfrentar as coisas difíceis da vida e procuro encontrar algo para afogá-las: uma garrafa, uma mulher, uma música.

Cada palavra que sai da minha boca parece que está sendo puxada de debaixo de uma montanha de bagagem emocional reprimida. E me perturba demais saber que cada palavra que eu disse é verdadeira.

— Ninguém gosta de coisas difíceis. Todos nós lidamos com elas de maneiras diferentes, algumas boas e outras ruins. O truque é fazer algo sobre as ruins assim que as reconhecer.

Concordo com a cabeça lentamente, absorvendo a nova dimensão que vejo dessa mulher cada vez mais interessante. Ela não só é linda, sexy e um pouco tímida, mas também é inteligente, e reúne isso tudo de uma maneira que não vejo nas mulheres com muita frequência.

Antes que eu me dê conta do que estou fazendo, entrego a ela algo bem honesto.

— Você é uma mulher incrível, Violet. Wilson, né?

Ela sorri, um sorriso radiante e aliviado que espelha a... sensação mais leve que tomou conta das minhas entranhas. Evidentemente, a confissão é mesmo boa para a alma.

— Obrigada, Jet. Blevins, né?

— Sim — eu rio. — É muito bom conhecer você.

— E é muito bom conhecer você —ela responde com seu jeito tímido.

Enquanto eu a encaro do outro lado da mesa, pela primeira vez me pergunto se talvez os caras estivessem certos. Talvez nem *eu* seja *tão* frio.

Ou talvez eu seja. Porque eu ainda a *quero*. Eu a quero *mais* do que quero contar a verdade.

17
Violet

Fazia bastante tempo que eu não desabafava sobre os meus problemas como fiz com Jet durante o café no último fim de semana. Por um lado, eu me sinto bem. Ainda. Todos esses dias depois. Eu me sinto mais leve, purificada. Mas, por outro lado, sei que é um grande erro me aproximar muito, deixar que ele entre quando a base de toda a nossa relação é uma mentira. Isso poderia ser devastador para alguém como ele, que está apenas procurando ajuda. Por essa razão, decidi ser extremamente cuidadosa e não deixar que ele se aproxime muito.

Enquanto dirijo para a casa de um cliente, deixo minha mente vagar para a reunião do DASA de hoje à noite. Digo a mim mesma que não há nada de errado em ficar ansiosa por ela. Não só estou ajudando minha melhor amiga e a apoiando ao comparecer, como também estou ajudando Jet. Eu *deveria* estar animada em ir. Eu deveria me sentir radiante. Porque estou fazendo algo de bom para os outros. Ajudando-os. Consertando-os. Apreciar a companhia deles ao fazer isso é apenas um bônus. Nada para se preocupar.

Pelo menos é o que eu digo a mim mesma. Ignoro o fato de que meu estômago está agitado só de pensar em vê-lo novamente esta noite. Ignoro o fato de que não consigo esquecer como foi sentir os lábios dele ou a forma como seu corpo se encaixa no meu. Afasto todos esses pensamentos e relembro que estou apenas ajudando.

Apenas ajudando. Apenas ajudando, eu entoo, com a esperança de que a dor que sinto atrás dos meus olhos não se transforme em uma dor de cabeça.

Meu telefone toca e me desperta dos meus pensamentos. Olho para ele enquanto deixo o carro ir lentamente em direção a uma placa de pare.

Eu suspiro. Um suspiro profundo.

Não posso evitar. Sinto-me vinte quilos mais pesada do que dez segundos atrás e ainda nem atendi o telefone. Por um milissegundo, considero *não* responder. Mas essa não sou eu.

Aperto o botão de falar.

— Alô?

— Violet? — vem uma vozinha baixa.

— Oi, DeeDee. Como você está? — A pergunta é uma gentileza, uma cortesia. Tenho certeza de que *na verdade* não quero saber a resposta. DeeDee é minha prima muito mais velha. Ela é viciada em analgésicos e uma hipocondríaca não diagnosticada, e o único objetivo de sua existência é ter um homem em sua vida o tempo todo. Mesmo que seja uma porcaria de homem.

Normalmente, suas ligações envolvem algum tipo de drama que termina comigo indo ao apartamento dela para resgatá-la de algo ou alguém. Só mais um membro da família que estou tentando ajudar. Ou consertar. Ou, em alguns casos, apenas sobreviver a ele.

— Estou simplesmente péssima — lamenta ela, sua voz tremendo.

— Qual é o problema?

Eu a ouço respirar fundo enquanto estaciono na entrada de garagem do meu cliente. Em vez de sair do carro, eu só desligo o motor e encosto a cabeça no assento, preparando-me para o iminente ataque devastador.

— Bem, fiquei sem papel higiênico na semana passada e não tinha dinheiro suficiente para abastecer o carro e ir ao mercado, então usei toalhas de papel.

— DeeDee, por favor, diga que você está brincando.

— Por que eu brincaria sobre uma coisa dessas? — pergunta ela, perplexa. — Bem, evidentemente, todas aquelas toalhas de papel entupiram os canos e o esgoto começou a voltar. Violet, o cheiro era horrível!

— Imagino. — Eu sinto pena, aliviada por ela não poder me ver balançando a cabeça e apertando a ponte do nariz para afastar a enxaqueca que agora é mais uma certeza que uma possibilidade.

— Liguei para o senhorio e ele enviou a manutenção para consertar. Eles não conseguiram desentupir mesmo depois de arrancarem o vaso sanitário, então tiveram que deixar assim até que um encanador pudesse vir. Esses malandros abriram as comportas para esses gases e, depois de alguns dias, comecei a me sentir enjoada e com dores de cabeça. Eu me sentia tão fraca que mal conseguia sair do sofá — diz DeeDee, como se isso fosse algo anormal, mas considerando sua longa lista de problemas pseudomédicos, ela passa mais dias no sofá que fora dele.

— Você foi no médico? Talvez esteja ficando doente.

— Eu *fui* ao pronto-socorro e você não vai acreditar no que me disseram. — Eu penso: *provavelmente não*. Mas me abstenho de expressar esse pensamento. Em vez disso, espero ela contar, o que ela sempre faz. — Eles disseram que tenho intoxicação por gás metano. Aqueles homens da manutenção podiam ter me matado, Violet! — ela grita estridente. Tudo para DeeDee é uma questão de vida ou morte. Como tudo em sua personalidade, não há meio termo. É alto ou baixo, maravilhoso ou horrível, preto ou branco.

— O que sugeriram que você fizesse?

— Eles disseram que eu preciso sair de lá até consertarem essa bagunça e o local ser arejado.

Eu posso sentir meu dia dando uma virada para pior.

— Quando foi isso?

Vergonhosamente, estou rezando para que ela diga que isso foi dias atrás e que o perigo já passou e ela está de volta em seu apartamento. Mas percebo que isso é pedir demais.

— Ontem à noite.

Suspiro. De novo. Não posso evitar. Eu sei o que está por vir. Eu vou lhe oferecer um lugar para ficar, porque eu sou assim. E ela vai aceitar a oferta, porque ela é assim. E vai transformar a minha vida e minha casa limpas e organizadas em um chiqueiro em pouco mais de dois segundos, porque é assim que as coisas acontecem. Ela não sabe o significado da palavra *limpeza*, e eu diria que ela nem vê uma vassoura há um ano ou mais.

Mas então, o milagre dos milagres, ela continua a falar, salvando minha quinta-feira do apocalipse de hóspedes.

— Mas John, o cara que mora no 3C, de quem já falei para você, perguntou se eu queria ficar com ele, pois assim eu poderia ficar perto das minhas coisas.

—John? Aquele que te contou que tem um problema de temperamento? Aquele John?

— Sim. Mas ele nunca me destratou ou foi cruel comigo.

— Só que isso não significa que não vai ser. Você mal o conhece, DeeDee. Você acha uma decisão inteligente? Por que você não vem ficar comigo?

DeeDee tem o melhor histórico na história dos históricos em escolher o *pior* homem em um raio de oitenta quilômetros e se apegar a ele. Ela já foi casada mais vezes do que posso contar e está convencida de que não pode viver uma vida feliz sem um homem.

— Eu vou ficar bem. Eu acho que realmente pode haver algo entre nós, Vi.

— Mas DeeDee, você disse que ele...

— Ele pode ser o cara certo — interrompe ela, desencadeando em mim uma combinação vergonhosa de suspiros e sibilos. Já ouvi isso *muitas vezes* antes. Todos são "o cara certo", e, ainda assim, nenhum deles fica por perto.

— Mas e se não for? E se ele tiver *mesmo* problemas em controlar a raiva? O que você vai fazer?

— Eu posso sair quando quiser. Ele não está me obrigando a ficar lá.

— Eu sei, DeeDee, mas...

— Vai ficar tudo bem, não se preocupe à toa — garante ela com seu estilo distraído. Quando ela está assim, não há nada que a faça mudar de ideia. Menos do que em um dia normal.

AMOR SELVAGEM

— Você liga se precisar de mim? Se ele ficar bravo, agressivo ou começar a esbravejar você me liga? Eu posso ir buscar você na mesma hora.

— Eu ligo se ele ficar agressivo, Vi, mas ele não vai ficar. Garanto.

— Você conhece o cara há dois meses e esteve em dois encontros que não foram muito bons. Como você pode garantir isso?

— Uma mulher sabe dessas coisas — declara ela misticamente.

Ah, Deus!

— Que tal eu passar aí mais tarde para te ver?

— Eu não estarei aqui. John vai me levar para jantar hoje.

— E amanhã?

— Ele vai me levar no mercado. Eu disse a ele que compraria comida, já que estarei lá comendo a dele. Vou mostrar a ele a ótima cozinheira que sou.

Eu seguro a língua. Não faz sentido discutir com DeeDee quando ela cisma com alguma coisa. Ou alguém. Eu fico quieta no interior silencioso do meu carro esperando que ela diga a razão pela qual ligou. Ela *deve* estar precisando de algo.

— Mas tem uma coisa...

Aí está...

— O que é, DeeDee?

— Comprei todos os meus medicamentos há uns dias, então não tenho dinheiro para *comprar* mantimentos. Você tem algum dinheiro para me emprestar? Só até eu receber meu cheque?

DeeDee recebe ajuda de todos que podem ajudá-la — o estado, o governo federal, as igrejas locais e, é claro, a família. "Família", neste caso, sou eu. Os demais estão cansados de seu estado interminável de angústia, mas eu não consigo dar as costas a ela. Ela é da família. E não é isso que uma família faz. Família permanece quando todos os outros se afastam. Pelo menos é como deveria ser. A maioria dos meus familiares não percebeu isso ainda.

— Levarei algo depois que sair do trabalho.

— Apenas deixe na minha caixa de correspondência. Não vou parar na maior parte do dia.

— Certo. Só... só tenha cuidado, está bem?

— Eu sempre tomo cuidado, querida.

Engulo o riso irônico antes que ele possa sair.

93

— Ligue se precisar de mim — digo, mas nem precisava. DeeDee sempre liga quando quer alguma coisa.

— Ah, ligarei. — E eu não tenho dúvidas de que vai. Só espero que não seja do hospital ou de um abrigo para mulheres agredidas.

Depois de desligar, fico em silêncio, relembrando que amo isso, que amo ajudar as pessoas. Preciso de vários minutos de convencimento antes de me sentir paciente o suficiente para entrar na casa do meu cliente. Enquanto caminho em direção à porta da frente, ouço uma criança gritando e sei que esta será uma quinta-feira longa e desagradável.

Estou me sentindo um pouco desconfortável quando Tia e eu chegamos à reunião. Não sei por que, mas de repente me sinto idiota por ter corrido até em casa para tomar banho e dar atenção especial ao meu cabelo e maquiagem hoje à noite. Normalmente, eu não faria isso e sei que tem tudo a ver com a expectva de ver Jet.

Sinto-me ainda pior com essa decisão tola quando, quinze minutos depois da reunião começa, Jet ainda não apareceu.

Parte de mim está um pouco preocupada com o fato de algo ter acontecido. Quer dizer, ele parecia bastante sério sobre o processo até agora. Outra parte de mim está decepcionada porque talvez ele tenha me enganado e eu acreditei porque *queria* acreditar nele, queria acreditar que há esperança para ele. Agora percebo que eu estava envolvida um pouco pessoalmente demais nessa esperança.

A maior parte de mim, no entanto, está chateada por não poder vê-lo e por ele não querer me ver o suficiente para vir à reunião. E *isso* é incomum para mim, o que prova que eu estava *mesmo* me aproximando demais. Só por isso, o fato de ele não ter vindo provavelmente é uma coisa boa. Hoje estou oficialmente cancelando meu posto de sua madrinha. Se ele não está tão comprometido com sua cura, não vou perder meu tempo.

Embora eu não seja uma madrinha de verdade e tenha mentido para ele desde o começo, penso.

Eu me recuso a deixar que a culpa que sinto por causa disso assuma o controle, no entanto. É melhor assim. Eu só preciso ver Tia passar por essas reuniões e depois deixar tudo para trás. Fim.

AMOR SELVAGEM

Como se fosse assim tão fácil. Não é.

Quando a reunião termina, estou ansiosa e com raiva, além de sentir uma necessidade desesperada de espairecer, algo que nunca senti antes. Normalmente, eu lido bem com o que aparece em meu caminho. Mas esta noite, não é o caso. Não sei explicar, só sei que quero sair e provar algo a alguém, seja para mim, para outra pessoa ou para o mundo.

Quando Tia e eu estamos sentadas em meu carro, pergunto a ela:

— Você quer ir a algum lugar?

Ela franze o cenho.

— Aonde?

Eu dou de ombros.

— Não sei. A qualquer lugar. Eu quero fazer... alguma coisa.

— Hein? — Ela está me olhando como se uma segunda cabeça tivesse crescido sobre o meu ombro. Até Tia percebe que isso não é do meu feitio.

— Eu não sei. Estou me sentindo... agitada. Eu só quero ir a algum lugar e fazer alguma coisa.

— Que lugar? Um bar, um clube ou algo assim? — Ela parece estar em dúvida, porque eu *nunca* quis fazer esse tipo de coisa.

Até hoje.

— É, talvez algo assim.

— Por quê?

— Tia, eu não sei. Por que você está fazendo tantas perguntas? Você é a festeira. Não pode simplesmente tomar a iniciativa como costuma fazer?

— Eu sempre fiz essa parte sozinha. Ou com outros amigos, amigos que saem. Nunca com você. Você está desvirtuando o meu esquema.

— Bem, talvez isso seja uma coisa boa. Talvez, pela primeira vez, você não precise de um esquema. Talvez *eu* que precise de um.

— O que deu em você?

— Não sei. E não quero passar o resto da noite pensando nisso. Agora, nós vamos a algum lugar ou não?

Seus olhos se arregalam e ela levanta as mãos.

— Tá bom, tá bom, tá bom. Libere a calcinha. Nós vamos sair. Droga.

— Ótimo — digo a ela com um sorriso aliviado. Eu ligo o motor e saio do estacionamento. — Para onde?

— Para o que você quer, o único lugar é Summerton. Então vá em direção à interestadual.

Eu vou. E já me sinto melhor.

Quase meia hora depois, estou entrando no estacionamento grande e lotado de um bar chamado Whiskey River. Só quando saímos do carro e eu endireito minha calça jeans skinny e a blusa com decote V profundo que me ocorre que talvez eu não esteja vestida adequadamente para um lugar como este.

— Estou vestida para este lugar? Quer dizer, não é como se eu...

Tia me dá um sorriso por cima do carro.

— Ah, não. Confie em mim. Você está ótima.

Quando estamos caminhando para as portas da frente, Tia para, ofegante, e estende a mão para agarrar meu braço.

— O que foi? — pergunto, meus olhos seguindo os dela para a enorme placa iluminada perto da entrada anunciando que a banda Saltwater Creek está tocando hoje à noite.

— Caramba! Pelo amor de todas as coisas sexy, eu *sabia* que tinha visto aquele cara em algum lugar!

— Quem? Do que você está falando?

Tia não responde. Ela apenas olha para mim e sorri o maior e mais satisfeito sorriso que acho que já a vi exibir.

— Você vai ver. Vamos.

Com isso, ela pega minha mão e praticamente me arrasta pela porta da frente e pelo posto de verificação de identidade.

Assim que entramos, vejo que o grande salão é dividido em duas metades, separadas por uma monstruosa área de bar. Ouço música alta e gritos surgindo da minha esquerda. Meu palpite é de que é onde a tal banda Saltwater Creek está tocando.

Eu tento dar uma olhada no palco, mas Tia está me puxando para o lado oposto do bar, onde minha visão fica obstruída. Ela chama a atenção do bartender, com bastante facilidade, devo acrescentar, e pede dois coquetéis de melão.

— Dois?

AMOR SELVAGEM

Ela me ignora até que o bartender coloca as duas bebidas verdes brilhantes à sua frente. Ela oferece uma para mim.

Balanço a cabeça.

— Você sabe que eu não bebo.

— Hoje você vai beber. Foi *você* quem insistiu para fazermos isso. Se você quer se soltar, é assim que começa, com uma bebida. Esse drinque é como bicicleta com rodinha. Há álcool suficiente apenas para dar um estímulo a você ou a uma criança pequena.

— Então por que você está bebendo isso?

— Porque, se a sua tolerância for *pior* que a de uma criança, alguém terá que te levar para casa. Mas eu tenho fé em você. Se a bebida fizer o que eu acho que vai, você ficará apenas... relaxada, e aí vou pedir uma vodca com tônica na próxima rodada.

— Não há necessidade disso.

— Você está brincando comigo? É a sua primeira noite na cidade. De todas. Seria uma tragédia se eu *não* comemorasse.

— Por que *você* vai celebrar a *minha* libertação?

— Solidariedade, oras.

Reviro os olhos e experimento um gole da bebida. Apesar da cor desagradável, tem um gosto muito bom. Não consigo detectar o álcool de jeito algum.

Tia está me observando como um falcão, é claro.

— Tá bom, agora eu já experimentei. Podemos ir ver essa sua banda agora?

— Não é *minha* banda. E não conte ao Dennis. Ele odiava que eu os seguisse tanto, então parei com quase tudo. Na verdade, esta é a segunda vez que os vejo desde que Collin, o antigo vocalista, foi substituído.

— Então vamos lá ouvir. Parece que eles são bons com covers de rock antigo.

Eles estavam terminando uma música do Great White quando chegamos. Agora começaram uma música do Def Leppard chamada "Animal" que eu adoro.

— Não até você acabar.

— Ti-a!

— Não discuta. Beba.

Tomo um gole maior da minha bebida, depois outro maior ainda, até sugar o líquido ao redor dos cubos de gelo.

— Feliz? — pergunto, segurando o copo vazio para ela inspecionar.

— Sim — responde ela. — Certo, sua selvagem, aqui vamos nós.

Mais uma vez, ela segura minha mão e me puxa pela multidão. Contornamos a parte traseira do bar, que ainda bloqueia minha visão, até pararmos atrás de um grupo de pessoas, todas em pé.

— Com licença — diz Tia enquanto se acotovela e abre caminho através da aglomeração de corpos, me puxando atrás dela. Viro para um lado e para o outro, tentando ficar atenta às pessoas e sua bebida. Quando paramos, coladas em um grupo de mulheres de várias idades se debatendo perto do palco, todas disputando a atenção da banda, eu começo a me concentrar no que elas estão dizendo. É aí que percebo de quem é a atenção *específica* que elas estão buscando. Ouço um nome ser repetido várias vezes.

Jet.

É quando eu olho para cima. E o vejo.

Jet. *Meu* Jet.

Eu mal o reconheço. Mas também não poderia confundi-lo com outra pessoa. A maneira como ele se move, como sua voz soa, como me sinto quando olho para ele — é tudo *muito* familiar.

Mas esse não é o cara que eu conheci. Esse cara é selvagem e provavelmente está bêbado. Ele tem uma tira de guitarra por cima do ombro e está usando uma regata rasgada que mostra uma tatuagem detalhada no braço e ombro direitos. Eu nunca a vi antes porque ele sempre está vestido casualmente quando o vejo. Mas não esta noite. Porque hoje ele não é uma pessoa comum. Ele é um roqueiro. Vivendo a vida de um roqueiro, tem até fãs gritando.

Enquanto eu assisto, estupefata, uma das garotas na multidão de alguma forma sobe no palco. Ela corre para Jet e, sem vergonha alguma, cola seu corpo quase sem roupa na lateral dele, contorcendo-se contra o corpo dele. Ele sorri para ela, passando um braço em volta de sua cintura enquanto ela beija seu pescoço e coloca as mãos no rasgo de sua camisa, perto do peito.

Eu vejo o lampejo de metal em um mamilo exposto. E depois vejo a ondulação de seus músculos abdominais enquanto a garota desliza as mãos pela barriga dele. É quando ela descaradamente alcança entre suas pernas para acariciá-lo que sinto meu estômago revirar, e o verdadeiro peso do que estou vendo se assenta em meus ombros. No meu coração.

Então este é o *verdadeiro* Jet. Quem ele é quando não está nas reuniões do DASA e visitando seu pai rico. E mentindo para mim.

Sinto uma dor no peito quando Jet se lança no refrão de "Animal". As palavras são perfeitas para a cena diante de mim, para a maneira como ele está agindo. É como se essa pessoa, alimentada apenas pelo que quer e precisa, por seu animal interior, fosse um total estranho para mim, como se eu nunca o tivesse conhecido, como se o Jet que eu pensava conhecer, aquele que eu estava animada para ajudar, para passar algum tempo junto e conhecer, estivesse morto. Ou talvez ele nunca tenha existido.

Na minha mente, essa percepção é como as chamas de um fogo furioso que consome meus equívocos e me deixa apenas com fumaça e cinzas. Isso traz uma sensação de mal-estar ao meu estômago e lágrimas aos meus olhos. Não sei por que me sinto tão ferida e traída, mas me sinto. Sem dúvida.

Estou me afastando do palco, para longe de Jet, me afogando em minha desilusão, quando ele levanta o olhar para sondar a multidão. Eu percebo o instante em que seus olhos me encontram. Mesmo se não parassem em mim, eu saberia. Eu posso *senti*-los. Eles iluminam meu interior como napalm, feroz e destrutivo.

Estou com o peito apertado conforme me afasto. Um bolo de emoção incomum e indesejável está alojado na minha garganta, e eu não consigo fugir rápido o bastante.

Ziguezagueando através dos corpos o mais rápido que posso, chego até a porta. Só quando estou do lado de fora, no ar fresco, cercada por nada além da noite e de humilhação, eu me lembro que não vim sozinha. Antes que eu possa pensar em voltar, sinto uma mão no meu ombro e me viro para ver Tia atrás de mim. A tristeza está no rosto dela. Tristeza por mim. E isso só aumenta o meu constrangimento.

— Sinto muito, Vi. Se eu soubesse antes, teria te avisado.

Minha barriga vibra quando coloco todo o meu foco em ser indiferente.

— Tudo bem, Tia. Ele obviamente não é o tipo de pessoa que preciso perder meu tempo ajudando. Melhor descobrir agora do que mais tarde.

Dou a Tia meu sorriso fácil e confiante, mas o sinto vacilar. Embora as palavras saiam suavemente de meus lábios porque são cem por cento verdadeiras, elas deixam um gosto de um ácido de bateria em minha boca.

Tento meu sorriso novamente, virando-me em direção ao carro.

— Vamos para casa. Acho que estou pronta para dormir agora.

Eu preciso me controlar para *não* correr até o carro.

18

Jet

Estou confortável em minha névoa. Eu entorpeci a culpa que senti ao faltar à reunião do DASA e agora estou no único lugar onde nada mais importa. Estou em um palco, cercado por pessoas que me querem. Minha cabeça está zumbindo com o álcool, meu sangue está cantando com a música e meu pulso está batendo com a energia da multidão. Não há sentimento melhor do que estar aqui, agora. Desnorteado. Confortável. Livre.

Os rostos na frente do palco são um borrão, e é assim que eu gosto. Não preciso de rostos para combinar com essas mulheres. Tudo de que preciso são suas mãos, a boca e o corpo. A adoração delas. O anonimato delas.

Nossos seguranças sabem que devem deixar uma gostosa subir no palco de vez em quando. Isso mantém as outras selvagens, e eu com certeza não me importo com isso. Essas meninas estão preparadas e dispostas. Bem preparadas. E muito, muito dispostas.

Quando a bela loira se arrasta para o palco e vem na minha direção, eu me preparo, pronto para ela se lançar contra mim em uma colisão de peitos grandes, pernas longas e lábios que nunca param.

M. LEIGHTON

Eu canto as palavras de cor, mal me concentrando nelas enquanto a garota ao meu lado arrasta os dedos sobre o piercing em meu mamilo e provoca meu pau pelo zíper. Ela está montada na minha perna, praticamente transando com ela. Eu posso sentir o calor úmido entre suas coxas atravessando minha calça jeans.

Ela deixa suas mãos vagarem enquanto eu deixo meus olhos vagarem, sem me esforçar muito para ver através da névoa.

Até que eu encontro familiares olhos esfumaçados, em um rosto assustadoramente bonito, me observando com todo nojo e decepção que eu costumo ver no espelho.

Até do palco consigo enxergar as lágrimas enchendo seus olhos. Cada gota abala o meu âmago. De todos os olhares envergonhados que já vi nos olhos de minha mãe, nenhum deles parecia estar arrancando o meu coração. Nenhum.

Empurro a garota excitada de cima da minha perna e olho de esguelha para a esquerda, acenando com a cabeça para Trent, da Segurança. Ele corre para tirar a garota do palco e levá-la para os bastidores. Automaticamente, meus olhos voltam para onde Violet estava, mas ela não está mais lá. Quando a encontro de novo, ela está abrindo caminho através da multidão. É óbvio que ela está tentando fugir. Que ela *quer* fugir. Ela quer se afastar de mim.

19

Violet

Não apenas me recusei a chorar, a derramar uma única lágrima por algo que nem era *nada*, mas também decidi não dormir, evidentemente. Estou deitada aqui há mais de duas horas, tentando relaxar e limpar a mente o suficiente para adormecer, mas está ficando óbvio que isso não vai acontecer. Sentada na cama, estendo a mão para acender a luz do abajur e pegar um livro na gaveta da mesa de cabeceira.

Apesar do que sinto sobre amor e relacionamentos, não consigo resistir a uma boa leitura romântica. Se é porque os personagens sempre têm um final feliz ou porque eu gosto de me perder em um mundo de ficção com problemas ficcionais, não sei. De qualquer forma, eles são minha droga preferida sempre que preciso fugir da realidade.

Dez minutos depois, estou começando a cair nos braços de um homem lindo quando ouço minha campainha tocar. Espio os números de LED azul-claro do meu despertador. Eu registro duas coisas. Número um, já passa de uma da manhã. Número dois, a cor não é muito diferente da cor dos olhos de Jet.

103

A pontada no meu peito é interrompida pelo surgimento imediato de preocupação. É muito tarde para eu receber visitas. Algo está errado. E se alguém estiver machucado? E se algo aconteceu com meu pai ou Tia? E se DeeDee finalmente fez sua pior escolha?

Meu pulso está acelerado quando pulo da cama e corro até a porta da frente, parando apenas por um instante para olhar pelo olho mágico. Mal dá para perceber que é Jet e que eu provavelmente não deveria abrir a porta ou dar atenção a ele. Eu apenas ajo.

Abro a porta bruscamente.

— O que aconteceu? Alguém está machucado?

— Eu acho que vai depender do que você disser — responde Jet lentamente, com um tom calmo e reservado.

Respiro fundo, dando à minha mente confusa tempo para se acalmar e processar antes de eu falar. Procuro por frieza, mas não consigo encontrar. Apenas mágoa e um pouco de irritação.

— Você quer dizer se eu vou falar para você sair ou se simplesmente vou direto ao ponto e chamo a polícia?

Uma resposta um tantinho exagerada, mas Jet fez por merecer ao me deixar ainda mais irritada no meio da noite, sendo que tenho que trabalhar amanhã. Não estou me sentindo muito caridosa.

— Não são bem as escolhas que eu esperava.

— Tenha certeza de que suas esperanças não são da minha conta.

— Eu mereço isso, Violet. Eu sei disso, mas você poderia me dar a chance de explicar?

— Não acho que uma explicação seja necessária. Tudo ficou bem claro de onde eu estava.

Eu odeio que haja mágoa em minha voz. Eu não quero isso nela. Não quero *sentir,* muito menos demonstrar.

— Posso pelo menos entrar? Só por alguns minutos? — Quando não me mexo para responder ou deixá-lo entrar, ele acrescenta: — Por favor.

Com um suspiro pesado, eu me afasto da porta para que ele possa entrar. Amei minha casinha desde o primeiro momento em que pisei na acolhedora sala de estar. Eu nunca achei que fosse pequena até hoje. Mas a presença de Jet é tão grande, tão notoriamente descomunal, que sobrecarrega o espaço e faz com que pareça minúsculo.

— A propósito, como você me encontrou? — pergunto, enquanto me preparo para me aconchegar em uma das pontas do meu confortável sofá cor de chocolate. Estou bem ciente das minhas pernas e braços nus e do material fino do meu short e da camiseta de dormir.

— Tia. Ela não ficou muito entusiasmada com uma visita tarde da noite, nem o namorado dela.

— O Dennis estava lá? — pergunto, suavizando uma careta. — Ah, Deus.

— Não estou preocupado com Dennis. Ou Tia. Estou preocupado com você.

— Você pode não estar, mas eu estou. A Tia não tem sido exatamente fiel ao Dennis, e você aparecer na porta dela no meio da noite não fará nenhum bem a eles.

Jet suspira.

— Mais uma coisa pela qual eu preciso me desculpar, então. — Ele se senta na beirada do sofá com o corpo inclinado em direção ao meu, os cotovelos sobre os joelhos. — Olha, isso não está saindo como eu planejei.

— Você tinha um plano?

— Bom, não. Eu apenas saí assim que o show terminou e vim direto para cá. Eu não pensei no que diria. Só sabia que precisava ver você. Falar com você. Explicar.

Seus olhos são tão sinceros quanto suas palavras. Mais uma vez, ele é o Jet que conheci no DASA, não o que vi no palco esta noite. Mas resisto à vontade de pegar leve com ele, lembrando a mim de que *é* o mesmo cara. Um em quem não posso confiar.

— Não precisa. Sério. Não estamos namorando nem eu tenho qualquer direito sobre você. — E isso é verdade. Não há nenhuma razão *lógica* para eu ficar chateada.

— Mesmo assim, ver aquele olhar no seu rosto hoje à noite me incomodou.

— Que olhar?

— Um olhar magoado. E decepcionado, enojado.

— Eu não estava...

— Você estava, Violet. Você pode negar quanto quiser, mas eu vi. Conheço bem esse olhar. Só que nunca... nunca...

— Nunca o quê? — induzo.

Observo os olhos de Jet se derreterem em poças de dor e arrependimento.

— Esse olhar nunca *me* machucou antes. Já fez eu me sentir um merda. Culpado pra cacete. Mas nunca como me senti esta noite.

— Bem, não deveria. Você não me deve nada.

— Talvez não, mas eu agradeceria se você me ouvisse de qualquer jeito.

— Está bem. Diga o que você precisa. — Eu tento manter meu exterior glacial, embora possa sentir meu gelo interior derretendo com cada palavra que sai da boca dele.

— Eu estava sendo completamente honesto com você no fim de semana passado quando disse que afogo meus problemas, que eu sou como o meu pai nesse sentido. Mas meu oceano é o palco. — Jet se levanta e caminha lentamente até minha lareira apagada para encarar o coração frio e escuro dela. — Eu não sou alcoólatra, mas tenho um problema com bebida. Não sou narcisista, mas tenho um problema de ego. Não sou viciado em drogas, mas tenho um problema com drogas. As drogas que uso não são as fumadas ou injetadas. São aquelas que vêm na forma de mulheres que não querem nada além de me agradar e fãs que não querem nada além de me ouvir. Música nas quais posso me perder. Um lugar onde posso ser outra pessoa, uma que não tem problemas e que pouco se importa com as consequências. *Esse* é o meu vício. *Essa* é a minha fraqueza.

Eu esqueço por um momento como me senti magoada e traída a noite toda.

— Isso funciona? Realmente faz você se sentir melhor?

— Talvez por um tempo. E isso costumava ser suficiente. Mas...

— Mas?

Jet vira para olhar para mim, seus olhos profundos, brilhantes e sinceros.

— Mas hoje não funcionou. Pareceu exatamente o que era. Falso. Raso. Temporário.

Eu sei que meu coração não deveria acelerar dessa maneira. Eu não deveria reagir ao seu olhar ou à rouca gentileza em sua voz.

Ainda assim, reajo. Parece que eu não consigo me ajudar.

— Talvez um dia você pare. Talvez encontre uma maneira melhor de lidar, algo que seja mais importante para você do que fugir.

— Eu nunca quis isso antes. Nunca procurei por isso. Mas estar com você, o pouco tempo que passamos juntos, me faz pensar que eu poderia ser diferente. Que eu poderia ser a pessoa que costumava querer ser.

— E quem é essa pessoa?

Um lado de sua boca se estende em um sorriso levemente amargurado.

— Eu queria ser compositor. Estar no centro das atenções nunca foi minha intenção. Apenas... aconteceu. Quanto mais louca ficava a merda em casa, mais eu sentia que precisava me afastar. — Ele se senta no sofá de novo, inclina a cabeça para trás e estica as pernas para a frente enquanto olha para o teto. — Pouco tempo depois do meu pai ir embora, minha mãe disse que não me queria perto dos meus dois irmãos mais novos. Eles têm doze e quatorze anos agora. Ela disse que, até que eu tomasse um rumo na vida, ela não queria que eles fossem expostos ao meu "jeito", que um modelo masculino negativo era suficiente. Por um tempo, eu parei com tudo. Voltei a estudar, adicionei mais algumas aulas de arquitetura no currículo. Essa era a minha segunda escolha, se eu não pudesse escrever músicas. Mas aí o Collin, o vocalista da Saltwater Creek, foi embora e eles me pediram para assumir em tempo integral. Os shows aumentaram, os fãs também, o que significava mais dinheiro. Só que isso também significava que eu poderia mergulhar em todas as coisas que me tornavam a pessoa que a minha mãe odiava. Como o meu pai. — Jet ri, o som amargo. — Eu só não tinha percebido até contar a você. Acho que também venho afogando isso.

— Você está começando a perceber que afogar os seus problemas em o *que* ou *quem* quer que seja não irá resolvê-los?

Jet rola a cabeça na almofada para olhar para mim. Seus olhos estão escuros e pensativos na luz fraca que sai da porta aberta do meu quarto.

— Acho que nunca esperei por isso. Era uma maneira mais conveniente de ser feliz nesse meio-tempo.

— Meio-tempo para quê?

— Encontrar uma forma de ser uma pessoa melhor.

Essa declaração abala um pouco o meu coração relutante.

— Jet, ter vícios, dificuldades ou problemas avassaladores em sua vida não o torna uma pessoa má. Todos estamos evoluindo. Mas agora que você entendeu o que está acontecendo, talvez possa tomar providências para *se* consertar.

— Por que você acha que eu escolhi você? — pergunta ele suavemente.

— Ter uma madrinha não é a resposta para todos os seus problemas, Jet, mas talvez seja um começo para voltar ao caminho certo.

— Talvez eu não estivesse falando de você como minha madrinha — sussurra ele.

— Jet, eu... Eu não posso... quer dizer, nós não podemos...

— Não comece a surtar — adverte ele com um sorriso torto. — Eu não estou esperando nada. Sei que você está fazendo isso por... seja qual for o motivo pelo qual está fazendo. E não vou tirar proveito da sua gentileza. Mas sinto que devo pelo menos ser sincero com você sobre como me sinto.

— Jet levanta a cabeça e se inclina em minha direção no sofá. Ele não está perto o suficiente para me beijar, mas está perto o suficiente para me tocar. E é o que ele faz. Ele estende o braço para a minha mão, que está apoiada sobre a perna. Ele a segura e começa a acariciar meus dedos, um a um, enquanto fala. Seus olhos estão abatidos ao observar nossas mãos, mas estar livre de seu olhar hipnótico não significa que estou livre do seu feitiço. Meu coração acelera. — Desde o momento em que você se levantou naquela reunião, fiquei atraído por você. Não vou mentir. Mas, quando falei com você, eu também fiquei intrigado. Eu me sentia mais atraído por você a cada segundo que passávamos juntos. E hoje — diz, pausando como se doesse falar sobre isso —, quando vi a expressão no seu rosto, isso acabou comigo. Saber que fui eu que coloquei ali aquela mágoa e decepção. A última coisa que quero é machucar você.

— Jet, eu... — começo, mas ele me interrompe.

— É o que eu faço, Violet — confessa ele, seus olhos finalmente se levantando para encontrar os meus. — Eu machuco as pessoas. Não é de propósito.

É sempre resultado de como sou e das coisas que faço. A pior parte é que eu nunca tinha me importado antes. Não até você. Eu não *quero* te machucar. Mas tenho medo de que, não importa quanto eu precise de você, quanto eu *queira você* em minha vida, isso não fará diferença. Tenho medo de acabar te machucando de qualquer jeito. E prefiro ter minha bunda chutada todos os dias pelo resto da vida do que ver aquele olhar em seu rosto novamente.

Aprecio o que Jet está dizendo, mas isso me lembra por que não posso me envolver emocionalmente com ele. Não preciso desse tipo de problema em minha vida. Mas também não posso abandoná-lo. Eu menti para o cara e agora ele depende do meu apoio. De jeito nenhum eu conseguiria viver com essa culpa se ao menos não tentar ajudá-lo.

— Jet, eu agradeço a sua honestidade. De verdade. E agradeço a sua preocupação, mas você não vai me machucar porque eu não vou deixar. Evito ficar muito apegada e muito envolvida com as pessoas exatamente por esse motivo. Vi o que gostar demais, investir demais e se apaixonar pode fazer com alguém. Eu não quero nada assim. Mas isso eu considero uma força minha, especialmente em um caso como este, sem dúvida. Eu posso ajudá-lo sem me envolver demais. Isso me lembra onde eu entro e como as coisas devem ser. Então, obrigada por me dizer.

E isso é quase tudo verdade. Serviu como uma grande confirmação de por que não posso gostar *tanto assim* dele e de sua companhia.

O sorriso que se forma em seus lábios não alcança os olhos, o que me deixa curiosa para saber o que eu disse que o deixou incomodado. Mas não vou perguntar. Não preciso saber. É assim que as coisas devem ser. Ponto-final.

— Então, contanto que eu não me apaixone por você, nós podemos nos entender — diz ele. Eu ignoro o jeito que meu pulso dispara com suas palavras.

Retribuo o sorriso.

— Exatamente. Embora não ache que isso será um problema para você.

— E por que você acha isso?

— Um cara como você provavelmente gosta de vários tipos de mulheres, e eu posso apostar que não me encaixo na descrição de *nenhuma*

M. LEIGHTON

delas. — Minha risada é descontraída, por mais que a verdade por trás das palavras me doa.

— Acho que eu não sabia qual era o meu tipo até conhecer você.

Minha respiração fica presa na garganta. Eu não sei o que dizer diante disso.

E eu odeio desejar que Jet me beije agora. E odeio *ainda mais* o *quanto* eu quero que ele me beije agora.

Depois de muitos segundos, eu me recupero. De alguma maneira.

— Jet, se eu for mesmo te ajudar, você provavelmente não deve dizer coisas assim.

— Você está dizendo que não vai me ajudar se eu for honesto com você sobre como me sinto?

Colocado assim, eu seria uma babaca se dissesse que sim.

— Não, mas...

— Isso te deixa desconfortável?

— Não, é só que...

— Isso faz você sentir algo que não quer sentir?

Ele está sendo bastante honesto comigo, por isso minha resposta é rápida e verdadeira. Tem que ser.

— Provavelmente.

O sorriso de Jet é deslumbrante.

— Não posso dizer que estou decepcionado ao ouvir isso. Mas o meu palpite é de que é melhor eu deixar por isso mesmo esta noite. Não quero abusar da sorte.

Ele não faz nenhum movimento para se levantar, então, com relutância, eu me ponho de pé.

— Acho uma boa ideia — provoco com um sorriso e torço para que ele não veja quanto estou trêmula.

Jet se levanta e vai até a porta, virando-se quando a abre. Meus pulmões se fecham completamente com o desejo de que ele me beije e com medo de que ele possa fazer isso.

— Sei que é muito cedo e provavelmente audacioso pra caramba pedir, mas eu tenho shows seguidos neste fim de semana. Acho que você não consegue encontrar tempo na sua agenda para ajudar um cara como eu, né? — Só a lembrança do que vi hoje à noite e de como me senti faz com que eu queira recusar, mas é isto que *preciso* fazer: ajudá-lo. — Seria muito importante para mim. Parece que muitas coisas ruins da minha vida estão concentradas naquele palco.

— Então por que continuar?

Jet suspira.

— Bom, eu preciso trabalhar, obviamente. E eu amo música. Ainda espero ter algum reconhecimento pelas minhas canções, e isso é uma ótima exposição para elas, então... E não quero passar a vida fugindo de uma fraqueza. Fugir não é a resposta, assim como aceitar também não é.

— Não, você está certo. Eu entendo. Concordo. Se você precisa estar lá e é isso é o mais difícil, é claro que eu irei.

— Obrigado — diz ele calmamente, seus olhos baixando até a minha boca. Mais uma vez, meus pulmões ficam apertados. — Sabe, nunca pensei que a cor que seu nome representa tivesse tanta luz. Mas agora provavelmente nunca mais vou vê-la da mesma forma. — Ele estende a mão e desliza o dedo pela lateral do meu rosto. — Pode ser que eu nunca mais veja muitas coisas da mesma maneira novamente.

Não sei dizer se ele flutua em minha direção ou se *eu* flutuo na direção *dele*. De qualquer maneira, seus lábios ficam próximos o suficiente para eu sentir o calor deles. Só por um segundo. Então ele se afasta e sussurra:

— Boa noite, Violet.

Por mais que eu queira ficar na porta e vê-lo partir, não fico. Estou com frio e preciso fechá-la. O mais estranho é que não me sinto mais quente quando a fecho. E, sendo sincera, sei exatamente o porquê. Jet saiu e levou seu calor com ele.

E eu não quero ser honesta sobre isso.

20
Jet

De certa forma, espero que Violet não apareça.

    Que diabos você está fazendo, cara?

Quanto mais a conheço, mais eu sei que ela merece coisa melhor que eu. Merece mais do que posso dar a ela. Mais do que já estou dando a ela. Enquanto escuto os caras se aquecendo no palco, penso que eles ficarão felizes em saber que estavam certos sobre mim. Eu *tenho* meus limites. *Há* algumas coisas que eu me sinto um merda por fazer.

Violet Wilson é uma delas.

Eu resisto ao impulso de jogar minha guitarra na parede. Por que agora? Por que ela? Por que eu não a conheci em circunstâncias diferentes?

Fecho os olhos e respiro fundo, me acalmando antes de sair.

Talvez ela não me causasse nenhuma reação.

Não, eu definitivamente a teria notado. Mas talvez eu não insistiria diante de seu comportamento legal. Ou talvez isso teria me intrigado, exatamente como aconteceu. Quem sabe?

Ouço as notas familiares da nossa primeira música cover começarem e tiro todas as perguntas fúteis da minha mente. O fato é que isso é o que é e eu estou onde estou. E não vou desistir agora. Violet está na posição infeliz de ser algo que eu quero. Algo que eu quero *muito*. E eu sou um babaca egoísta. Qual é a novidade?

Subo no palco. Em questão de segundos, sinto todos os outros pensamentos se afastarem. Tudo o que vejo, ouço e sinto é adoração. Como se estivesse tendo uma experiência extracorpórea. Como se eu fosse outra pessoa, só por alguns instantes. É a melhor droga que eu conheço.

Ando até o microfone e paro. Todas as luzes da casa se apagam. A multidão fica em silêncio. Meus dedos pairam ansiosamente sobre as cordas da minha guitarra. O *tum tum tum* da bateria é o único som que penetra o grito silencioso de antecipação no ambiente. Fecho os olhos e absorvo tudo, sem nem tentar negar o prazer que sinto *nisso. Nisso tudo.*

Oito batidas depois, com a minha pulsação ritmada e a energia aumentando, as luzes voltam com o estrondo da música. Sem nem pensar, meus dedos flutuam sobre as cordas do meu instrumento enquanto deixo a corrente de gritos tomar conta de mim.

Mas então eu a vejo. E tudo muda.

No calor do momento, eu havia esquecido que Violet estaria aqui. Num piscar de olhos, eu era outra pessoa, alguém que não a conhece. Mas agora, no piscar de olhos seguinte, eu a vejo e não quero mais ser essa pessoa.

Quando começo a cantar, *Lá estava ela...* Nunca *senti* tanto as palavras como agora. Parece que estou cantando para Violet. Quer ela saiba ou não.

21

Violet

Assistir a Jet desta vez é totalmente diferente de encontrá-lo por acaso ontem à noite. Não só é um local muito maior, como também agora me sinto preparada para o que estou prestes a ver. Desta vez, posso curtir o show. Posso curtir o *Jet*.

A voz dele é incrível. É profunda e suave e dá calafrios mais vezes do que posso contar. E a maneira como ele toca sua guitarra é tão natural, como se ele nem precisasse pensar nisso.

Porém, mais que tudo isso, posso ver que Jet é um verdadeiro artista. Isso pode não ser o que ele *quer* fazer da vida, mas ele é bom no que faz. E posso ver por que ele gosta.

As mulheres ficam enlouquecidas com ele. E ele as conduz como um mágico comanda uma varinha. Ele faz contato visual enquanto canta. Sorri e gesticula. Ele as deixa selvagens.

Como eu sei disso? Porque toda vez que ele faz isso comigo, eu me derreto. Algumas vezes, ele encontrou meus olhos e piscou para mim durante certas letras. Estou tentando não levar isso muito a sério, mas é difícil. E ele olha para mim com frequência, mais que para qualquer outra pessoa. Claro que ele *deveria* fazer isso. Eu sou seu ponto focal.

Mesmo assim, eu sinto. Sinto seu carisma, seu magnetismo e fico atraída. Por mais que eu não queira, definitivamente fico atraída.

Algumas vezes, mulheres subiram no palco, muito parecido com o que vi ontem à noite. Mas hoje Jet gentilmente as entrega à segurança, um fato que me agrada mais do que eu gostaria de admitir.

É quando as luzes diminuem e Jet troca sua guitarra por um violão e se senta na beira do palco que percebo que não sou tão forte quanto achei que fosse.

Depois que ele se situa, um holofote se acende e concentra seu brilho em Jet. Com a cabeça inclinada para baixo enquanto ajusta as cordas do violão, seu cabelo parece uma tinta derramada na luz. Todo mundo ao meu redor fica em silêncio enquanto esperamos, hipnotizados, por nada além de sua presença.

Ele fecha os olhos com o primeiro dedilhar do violão. O som simples vibra através de mim, me puxando para o ritmo, para a música. Para Jet.

Ele ergue a cabeça, virando o rosto para a luz enquanto escolhe as notas. Quando abre seus olhos, fitando a claridade, eles brilham como claros diamantes azuis. Jet olha para a multidão por alguns segundos, até que começa a cantar.

É quando seus olhos me encontram. E eu esqueço que estamos em um ambiente cheio de gente e que não deveria estar me sentindo assim com relação a ele. Estou perdida. Perdida no momento, perdida no sentimento. Perdida por Jet.

Suavemente, ele começa a cantar as palavras de "Through Glass". A letra flutua ao meu redor. Sua voz me atravessa. Mas é Jet... É aquilo que faz Jet ser *Jet* lançando um feitiço ao meu redor, um feitiço como uma fita de seda que me segura exatamente aqui. Agora. Onde ele me quer, e onde eu quero estar.

Seus olhos nunca deixam os meus enquanto ele canta. Nem uma vez. Ele não olha para baixo ou para os lados, não olha para mais ninguém. Nem por um segundo. E ninguém fica entre nós. É como se o oceano de pessoas reverenciasse o que está acontecendo e ninguém se atrevesse a interromper.

Quando ele toca o último acorde, ninguém se move. Nem Jet, nem eu, nem as pessoas na plateia. Todos nós ficamos perfeitamente imóveis, observando-o me observar.

Jet não sorri nem pisca, nem torna esse momento fofo ou artificial. Ele apenas me encara como se estivesse me vendo pela primeira vez. Ou talvez me *sentindo* pela primeira vez. Assim como o estou sentindo.

É a batida da bateria que traz um fim a minha servidão. Os holofotes se apagam e as luzes fracas da casa se acendem novamente. Outra música está começando ao nosso redor, mas nenhuma jamais vai se comparar com a beleza da que ele acabou de cantar. Dela em particular. E de como Jet a cantou para mim.

Não conversei com Jet antes do show e não pensei em perguntar o que eu deveria fazer depois dele. Mas, como alguém estava me esperando quando cheguei para me aproximar do palco, eu deveria saber que alguém estaria me esperando depois, para me levar daqui.

Acontece de também ser o mesmo cara. Trent, acho que ele disse que era seu nome. Evidentemente, ele trabalha como segurança para a banda. E também deve lidar com as mulheres de Jet, porque é para ele que Jet as entrega quando elas rastejam para o palco.

— Violet — diz ele quando toca meu braço — Vamos lá. Vou levá-la aos bastidores.

Eu concordo com a cabeça e o sigo, sentindo-me mais retraída que nunca. Quero me afastar de todos os olhares tortos que recebo das mulheres conforme passo. Não há dúvida de que todas elas gostariam de ir aonde estou indo, e fica fácil para mim entender como um homem pode se perder nisso, nesse tipo de adulação. Especialmente quando tantas meninas são jovens, bonitas e vestem pouca roupa.

Trent me leva através de uma série de portas até uma que diz SOMENTE PESSOAL AUTORIZADO. Há um guarda uniformizado parado à esquerda. Trent mostra seu passe para o homem de cara séria, dá um aceno breve com a cabeça e então nós entramos.

Atrás da porta existe outro mundo com o qual ainda não estou familiarizada. Há garotas por toda parte, mas aqui não parece que *elas* são o problema. Os caras é que são.

AMOR SELVAGEM

Vejo os vários membros da banda espalhados pela sala. Um dos outros guitarristas tem uma garota curvada sobre seu braço, a quem beija e apalpa como se estivessem em um local privado. Olho rapidamente para o outro lado, sentindo o rubor queimar minhas bochechas.

Examino o restante da sala, absorvendo-a com o mesmo constrangimento. O cara que toca violão e teclado está sendo fotografado por uma garota delirante que não parece ter mais de vinte anos. Ele tem uma mulher debaixo de cada braço. Uma está lambendo seu mamilo, a outro está beijando seu pescoço e tem a mão sobre sua virilha. Logo atrás deles, há um sofá onde está sentada uma bela loira com a cabeça jogada para trás, o peito estufado, deixando o baterista derramar champanhe sobre seus seios. É evidente que ela não está vestindo nada além de mamilos firmes sob a camiseta branca e justa.

Meu coração está disparado enquanto continuo procurando por Jet, com medo de não encontrá-lo e apavorada com a possibilidade de o achar. Mas quando o vejo, ele está saindo do que parece ser um banheiro, esfregando uma toalha sobre o peito nu. Seu cabelo está molhado como se ele tivesse enfiado a cabeça na pia, o que ele pode ter feito.

Ele sai e vasculha o ambiente, seus olhos não param em nenhuma cena em particular. Ele não parece surpreso com o que está acontecendo, o que é muito revelador.

Finalmente, seus olhos me encontram. Eles se iluminam, o que me dá um frio na barriga, então um sorriso toma seu rosto e ele atravessa a sala em minha direção.

Não posso deixar de admirá-lo enquanto ele caminha. Além de seu rosto deslumbrante, Jet é a perfeição física absoluta. Seus ombros são inacreditavelmente largos e musculosos, fazendo sua cintura estreita parecer ainda mais fina. Seu peito é liso e amplo, e os dois mamilos têm piercings. Sua barriga é plana e marcada por músculos que atraem meus olhos mais para baixo.

Na parte inferior de seu abdome há uma tatuagem que eu não vi através das aberturas da blusa dele na noite passada. Ela atravessa sua barriga e desaparece sob a cintura baixa de sua calça preta. Só quando meus olhos vagam ainda mais para baixo que percebo que Jet parou de andar.

Em choque e aflita, levanto meus olhos até os dele. Eles não estão rindo ou brincando, não são provocantes nem leves. Eles estão sérios. E intensos. E tão quentes quanto as chamas tatuadas em suas costelas.

Minha boca fica seca e eu me lembro repetidamente de por que estou aqui e *não posso* me envolver de jeito nenhum. Uma parte de mim está gritando que já é tarde demais, é tarde demais, mas eu ignoro essa voz. Ignoro esse apelo. Eu ainda estou no controle. Não preciso ir embora.

Finalmente, Jet começa a se mover novamente. O ar fica preso em meus pulmões quando ele para na minha frente, olhando para o meu rosto e ainda sem dizer uma palavra. Umedeço meus lábios secos com a ponta da língua e vejo os brilhantes olhos azuis de Jet baixarem para me observar, fazendo minha boca inteira formigar quando noto.

— Você foi incrível — elogio quando o silêncio é demais, muito *intenso* para suportar.

Seu olhar se ergue de volta para o meu e vejo sua expressão suavizar.

— Obrigado. A única coisa que poderia melhorar esta noite é se eu estivesse cantando minhas próprias músicas.

— Eu pensei que você tocasse algumas das suas músicas originais.

— Na maioria das vezes, sim, mas aqui queriam apenas as músicas cover.

— Sinto muito.

Com um sorriso atrevido, Jet estende a mão para tirar a franja dos meus olhos.

— Não sinta. Esta noite foi a melhor que tive em muito tempo.

Meu coração dispara dentro do peito.

— Por quê?

Ele se aproxima ainda mais, suas coxas levemente roçando as minhas. Eu sei que deveria recuar. Sei que deveria manter isso mais... *clínico* e menos emocional, mas juro que não consigo encontrar força de vontade para fazer minhas pernas se moverem. E acho que nem quero.

— Ver você ali fez com que...

— Quem é esta? — pergunta em voz alta o baterista da banda, chegando atrás de Jet para se inclinar sobre seu ombro, garrafa de cerveja em uma mão e cigarro na outra.

AMOR SELVAGEM

Eu sinto e ouço o suspiro de Jet. Seu hálito quente dança sobre meus lábios e traz calafrios aos meus braços.

Tão perto...

— Esta é Violet. Violet, este é Grady, o baterista.

Grady enfia o cigarro de volta na boca por tempo suficiente para me oferecer sua mão direita grudenta.

— Prazer, Violet. Você não se parece com o... tipo de garota que vemos aqui atrás. Você é da Cruz Vermelha ou algo assim? Porque eu doaria alegremente qualquer um dos meus... fluidos para a sua causa — debocha ele.

Minha boca se abre uma pequena fração. Jet se desvencilha de Grady e o empurra para trás com uma cotovelada no estômago.

— Cara, se manda! Qual o seu problema?

— O quê? — pergunta Grady com uma expressão inofensiva se formando em seu rosto. — Eu estava brincando. Pensei que ela fosse... que ela fosse...

Embora Grady esteja obviamente a caminho de ficar bêbado, vejo que ele realmente pensou que sua proposta seria aceita.

— Tudo bem, Grady. Eu imagino o que se passa nessas salas. Sem danos, sem problema. Eu conheço o Jet de... nós nos conhecemos em uma... atividade em grupo.

As sobrancelhas de Grady se erguem e eu fico corada. Eu deveria ter ficado com a boca fechada. Eu ia dizer "reunião", mas percebi que poderia parecer suspeito se Jet não quisesse que alguém soubesse.

— Uma "atividade em grupo"? Puta merda, eu sou o melhor jogador em equipe que você já conheceu!

Não posso deixar de rir do entusiasmo dele.

— Não *esse* tipo de atividade em grupo.

— Ah, droga — murmura ele, desanimado. — Bem, qualquer que seja o tipo de coisa em grupo, se todo mundo se parece com você, conte comigo. — Ele faz uma pausa como se reconsiderasse. — A menos que isso tenha algo a ver com voyeurismo. Não é a minha praia.

— Nem a minha, idiota, e não é isso que ela quer dizer. Nós nos conhecemos em uma... reunião.

119

M. LEIGHTON

Jet olha significativamente para Grady e, depois de alguns segundos, ele finalmente parece entender.

— Ahhh, entendo — diz ele ao sacar. Então, como se algo mais lhe ocorresse, ele diz claramente: — Ah! Sério? Esta é...

— Acho que você já deixou isso estranho o suficiente, Grady. Por que não diz boa noite a Violet? Tenho certeza de que ela está mais do que pronta para ir para casa.

— Você não vai apresentá-la aos outros?

Jet suspira e corre os dedos pelos cabelos úmidos. Ele olha para mim e pergunta:

— Você se importa?

— Claro que não — digo educadamente, mesmo estando pronta para sair.

Jet pega a minha mão e caminhamos para o centro da sala. Ele olha em volta para os colegas de banda, assim como eu. Estranhamente, todos parecem iguais — cabelos escuros, roupas de roqueiro, tatuagens e piercings. E todos rodeados por mulheres. Até Grady, que já fez o caminho de volta para a garota com a blusa encharcada de champanhe.

Vendo que estão todos ocupados com seus... entretenimentos, Jet olha para mim e sorri, dizendo:

— Talvez eu devesse fazer as apresentações em outra oportunidade.

Sorrio para ele.

— Talvez seja melhor.

— Que tal eu apenas apontar para eles?

— Pode ser.

Eu o vejo avaliar seus amigos. Ele começa à esquerda, apontando para o membro da banda que *tinha* uma garota em cada braço. Agora ele está fazendo malabarismos com três, já que a que estava tirando foto se juntou à diversão. — Aquele é o Leo. Ele faz um pouco de tudo.

— Estou vendo.

Jet sorri enquanto continua.

— Ele toca teclado, faz alguns vocais. É um cara muito divertido — diz Jet, com um sorriso quase irônico. — Só não dá pra perceber isso agora.

— Ah, dá, sim. Parece que ele está levando a *diversão* bastante a *sério* — digo com ironia.

Jet ri.

— Geralmente, ele não é *tão* divertido. Tem muita coisa acontecendo na vida dele. Ele deve estar aliviando a tensão. — Ele volta sua atenção para a próxima pessoa esparramada nos móveis, uma que eu já conheci. — Você conheceu o Grady. Ele é o baterista.

— Sim, como eu poderia esquecer?

— Aquele ali — diz ele, apontando para o que estava com a língua enfiada na garganta de uma pobre garota cinco minutos atrás e agora está fumando algo com uma totalmente diferente — é o Sam. Ele toca baixo e quase todas as outras coisas com cordas. — Ele desvia rapidamente de Sam, apontando para dois caras conversando no canto. Eles parecem envolvidos em algo sério. Talvez negócios. — E você conheceu o Harley na despedida de solteiro. Ele é nosso empresário. Está falando com o Trent. Você já o conheceu também. — Trent é o enorme segurança.

— Sim, eu me lembro dos dois.

Ele finalmente se volta para mim.

— Então é isso. São todos. Por enquanto. Parece que sempre tem alguém indo ou chegando. Pode ser um lugar totalmente diferente em uma semana.

— Eles são como imaginei que fossem as estrelas do rock — digo desconfortavelmente.

Jet franze o cenho.

— Você está bem?

Dou de ombros.

— Estou bem. Pronta para ir assim que você estiver.

— Que tal agora?

Suspiro de alívio.

— Agora parece bom.

Com a minha mão ainda na dele, Jet pega sua camisa e me leva para a entrada dos fundos e contorna o prédio até o estacionamento. Ele para apenas por tempo suficiente para colocar a camisa, depois pega minha mão novamente e continuamos nossa caminhada silenciosa até o meu carro, onde ele para e gesticula pedindo minhas chaves. Eu as entrego a ele. Ele destranca a porta e a mantém aberta para mim.

— Por que você não me segue de volta a Greenfield? Quero mostrar um lugar para você.

Concordo com a cabeça, com um sorriso contido em vez do sorriso largo que eu gostaria de mostrar. Fico feliz que a noite não acabou. Não quero que acabe.

— Certo. Estarei logo atrás de você.

— Vou dar a volta e piscar os faróis, está bem? Em cinco minutos.

Faço que sim com a cabeça e vou para trás do volante. Jet fecha minha porta e pisca para mim pela janela do motorista enquanto se afasta. O gesto deixa agitadas as borboletas do meu estômago. Minha pulsação está zumbindo graciosamente em sintonia no momento em que ele se vira para percorrer o caminho por onde viemos.

Três minutos depois, vejo o carro de Jet enquanto ele serpenteia pelas fileiras para chegar até mim. Como prometido, ele pisca os faróis ao passar. Posso ver seu sorriso enquanto dirige. Minhas borboletas reagem de acordo.

Eu o sigo pelo caminho até Greenfield. Minha mente vagou por todo o percurso, tentando adivinhar aonde ele poderia estar me levando, curtindo a expectativa. Quando ele entra no estacionamento escuro de um parque perto da escola, estou um pouco mais confusa que animada.

Jet estaciona, sai do carro e vem abrir a minha porta quando meu motor é desligado. Ele não diz uma palavra, não oferece uma explicação, apenas pega a minha mão e me leva através da escuridão e das árvores até um conjunto de balanços voltado para o playground e a frente da escola.

Ele segura um balanço para mim e eu me sento nele, envolvendo meus dedos em torno da corrente de metal fria e empurrando. Gentilmente, eu me movo para frente e para trás enquanto Jet se senta no que está ao meu lado. Seus pés ficam apoiados no chão conforme ele balança, e seus olhos não deixam a vista sombria e enluarada adiante.

— Tem alguma coisa errada? — pergunto finalmente.

Ele fica em silêncio por um longo tempo. Tanto que me pergunto se ele chegou a me ouvir. Mas aí, minutos depois, ouço ele responder baixinho.

— Sinto muito por ter levado você aos bastidores hoje à noite.

— Por quê?

— Você me contou sobre sua mãe e os... problemas dela. Foi incrivelmente insensível da minha parte expor você a essa merda. Roqueiros, drogas, as mulheres. Deus, Violet, como eu pude ser tão idiota?

— Você não é...

— Quero que você saiba que isso foi imprudente da minha parte e não vai acontecer de novo.

— Ei — digo, parando meu balanço e alcançando seu braço. — Não se martirize com isso. Eu sou adulta. Os problemas da minha mãe são *dela*, não meus. Estou bem. De verdade.

Jet suspira e olha para o céu estrelado.

— Estou tentando ser melhor, mas momentos como o desta noite me fazem pensar que nunca vou ser mais que um babaca egoísta.

— Você não é um babaca egoísta, Jet — declaro veementemente.

Ele fica em silêncio de novo e eu seguro minha língua, sem saber o que dizer.

— Eu venho aqui para ver os meus irmãos — começa ele. Finalmente.

— Seus irmãos?

— Sim. Eu te contei que a minha mãe não me deixa vê-los, até eu arrumar a minha vida. Então, venho aqui para vê-los. Chad, o mais velho, traz o Todd aqui depois da aula para ele brincar um pouco antes de irem para casa. Minha mãe meio que surtou depois que o meu pai foi embora, e ela é bem dura com eles. Ela não sabe que eu os vejo, é claro. Eu os fiz prometer não contar a ela.

— Mas você os ama. Isso não é ser egoísta.

Jet vira os olhos para mim. Ele me encara profundamente buscando... alguma coisa.

— Não é? Mesmo ela me pedindo para não fazer isso, e por uma boa razão? Não é egoísta da minha parte expor os meus irmãos a toda a minha merda?

— Mas você não é. Você vem aqui para vê-los enquanto eles brincam. Você não está os levando a bares, Jet.

— Não. Eu não sou tão ruim assim.

— Não foi isso que eu quis dizer.

— Eu sei — diz ele com um sorriso pequeno e triste. — Eu nunca me senti mal com isso. Não até recentemente.

— Por que agora? O que aconteceu?

— Eu conheci você. Você me faz querer *ser* o tipo de pessoa que eles podem admirar, que minha mãe ficaria orgulhosa de ter na vida deles. Não o tipo que vive de qualquer jeito e depois sai escondido para vê-los mesmo assim. O tipo egoísta. O tipo que sempre fui.

— Jet, assim faz parecer que você é um monstro. Eu acho maravilhoso você querer ser uma pessoa melhor. *Todos* devemos nos esforçar para melhorar. Todo dia. Todo mundo precisa de alguma melhoria. Mas querer ver seus irmãos não torna você um idiota egoísta. Você não é uma má pessoa só porque tem alguns problemas, Jet. Todos nós temos problemas. Até a sua mãe.

Os olhos de Jet penetram nos meus. Algo neles me dói.

— Você não diria isso se soubesse todas as coisas que eu fiz. Se soubesse o tipo de pessoa que *realmente* sou.

— Eu não sou burra, Jet. Eu sei quem você é. Sei dos seus problemas. Mas, apesar deles, você está aqui. Comigo. Sentindo-se culpado pelas coisas que fez, pela forma como vive sua vida. Isso dificilmente soa como uma pessoa fora do alcance da redenção.

— Mas Violet, você não sabe...

— E não preciso. Porque eu não ligo. Não importa. O importante é o que você faz daqui em diante. O importante são as coisas que você pode controlar, como o futuro e as escolhas que faz hoje e amanhã. Você não pode consertar o ontem.

Jet segura as correntes do meu balanço. Ele me vira em direção a ele e me puxa para perto, o rosto determinado e os olhos desesperados.

—— Você acredita mesmo nisso? Poderia ignorar todas as coisas ruins que eu fiz? Você consegue perdoar *assim* tão fácil?

Tenho a sensação de que ele está me perguntando muito mais, mas não sei o quê. E não sei mais como responder. Então digo a ele o que *espero* ter força para fazer.

— Sim, eu perdoo *facilmente*.

AMOR SELVAGEM

Posso ouvir a respiração dele. Parece que Jet está travando uma batalha interna e a situação com seus irmãos apenas arranha a superfície. Se eu pudesse adivinhar, diria que ele estava se sentindo culpado por algo que fez *comigo*. Mas é impossível. Ele não *fez* nada para mim.

— Espero que isso signifique que você começará agora.

Antes que eu possa perguntar por que preciso perdoá-lo, Jet me mostra a resposta pressionando seus lábios nos meus. Eles são quentes. Famintos. Urgentes.

Eles são macios, porém firmes, como eu me lembrava. E o sabor de Jet é o mesmo. Inebriante. Sedutor. Masculino. Mas há algo no beijo que parece diferente. Como se ele estivesse agindo sem restrições. Esta noite marca uma mudança e não tenho certeza do que isso significa para mim.

Só sei que significa alguma coisa.

Jet inclina a cabeça e aprofunda o beijo. Eu não resisto. Nem me ocorre tentar. Estou apenas sentindo. Não estou pensando.

Sua língua desliza por entre os meus lábios para provocar a minha, acariciá-la, incitar uma reação. Sem um pensamento consciente, meu corpo responde. Deslizo minha língua ao longo da dele, deliciando-me com seu gosto, com o suave calor de sua carne.

Então ele me orienta para fora do balanço e me coloca de pé, puxando-me contra ele. Suas mãos estão nos meus cabelos, nas minhas costas, na base da minha coluna. Elas estão segurando e implorando, pressionando e exigindo.

Ele é firme onde eu sou macia. Rígido onde sou flexível. Sedutor quando hesito.

Eu me derreto nele, incapaz de fazer qualquer outra coisa. Deixo meus dedos deslizarem por seus cabelos. Agarro um punhado, segurando-o comigo, mesmo sabendo que eu deveria empurrá-lo para longe.

Ele geme na minha boca. Eu inspiro. Sinto seu gemido como se calda quente escorresse por minhas veias e me afogasse em um desejo açucarado, no poder inebriante de nossa atração.

Quando Jet se afasta para olhar meu rosto, sua respiração tão difícil quanto a minha, seus olhos estão em chamas. Mas no meio do fogo vejo preocupação.

— Você pode me perdoar por isso?

— Sim — digo sem hesitar, questionando se conseguiria perdoar se ele *não tivesse* me beijado.

— Você pode me perdoar se eu não puder ser *apenas* o seu projeto? Se eu não puder deixar por isso mesmo?

— Jet, eu... — Eu não sei o que dizer. Sei o que sinto, mas sei que devo guardar isso para mim.

— Porque eu não posso ficar longe de você, Violet. Não quero. Sei que deveria. Mas preciso de você. Preciso ter você, estar com você. Preciso ver se posso ser o homem que você me faz querer ser.

— Jet, não posso fazer de você outra pessoa. Ajudarei você da maneira que puder, mas não posso mudar quem você é.

— Então você pode me aceitar como eu sou?

Como uma bola de neve jogada bem no meio do meu rosto, sinto suas palavras como gelo, esfriando o fogo da minha paixão.

— Não podemos só continuar fazendo o que estamos fazendo? Ver como vai ficar?

Ele suspira. Posso ver a decepção em seus olhos. Eu sei o que ele *queria* que eu dissesse, mas não posso mentir para ele. Não posso dizer a ele o que sei que seria uma mentira. Já fui desonesta por uma vida inteira. Não posso acrescentar meias verdades.

Jet solta seus braços de mim e dá um passo para trás para me dar espaço. Uma cortina opaca cai sobre seu rosto. Embora um olhar casual não mostre qualquer mudança em sua expressão, há uma sombra de algo mais à espreita logo atrás do que se vê.

— Então, farei o possível para honrar isso, pelo tempo que puder. Apenas saiba que não podemos ficar aqui para sempre.

— Onde é aqui?

Jet não me responde. Ele simplesmente pega minha mão, enrola seus dedos nos meus e beija os nós dos meus dedos.

Então, com uma curva desanimada em seus lábios, ele me leva de volta por onde viemos. De volta para onde começamos.

22
Jet

Pela primeira vez em muito tempo, ao que parece, as palavras simplesmente fluem. Enquanto estou sentado aqui no estacionamento do lado de fora da reunião do DASA, a letra da música surge em uma sinfonia ininterrupta. Eu escrevi dezenas de músicas em minha vida. Algumas são muito boas. Só que menos, desde que meus pais se separaram e minha vida se tornou uma merda.

Mas esta é diferente. Esta é ouro. Posso sentir isso. Em minha alma, posso sentir. Esta música vai *significar* algo. E não somente para mim.

Estou olhando fixamente através do para-brisa, ouvindo as notas na cabeça, quando vejo o carro dela parar. Seu nome flutua pela minha mente. Quase à deriva, como uma névoa vibrante. Mas é mais que isso. Mais que um nome. É uma cor, uma pessoa e uma beleza que nunca vi na vida.

Violet.

Abaixo a cabeça e rabisco mais palavras. Eu deveria entrar, mas preciso anotar isso antes que esqueça. Não posso parar de escrever. Não agora.

Olho de relance e a vejo entrar com a amiga. Eu sei que também deveria entrar, mas não posso. Ainda não. Não até terminar isso.

Fico com uma sensação pesada no peito quando escrevo as palavras seguintes. É culpa. E pavor.

Ela vai me odiar quando souber? Vai pegar seu amor e partir?

Levanto os olhos novamente e ela se foi. Imagino quanto tempo levará até que ela se *vá* de verdade.

23

Violet

Fico um pouco decepcionada quando olho pelo grupo e não encontro Jet em lugar nenhum. Ele não disse que viria, mas também não disse que não viria. Acho que eu apenas presumi.

— Qual é o problema? — pergunta Tia enquanto nos sentamos na fileira quase vazia dos fundos.

Dou a ela o meu sorriso mais brilhante e despreocupado.

— Nada. Estou feliz por você ter vindo esta noite.

Ela revira os olhos.

— Claro que vim. Eu sou mais confiável do que você *pensa*.

— Desde quando?

— Desde sempre.

— Claro. E vacas podem voar — digo ironicamente.

— Não com *essa* atitude — bufa ela, altiva.

Eu rio, e voltamos nossa atenção para Lyle quando ele começa a reunião. Depois de vários minutos resistindo para *não* continuar a procurar Jet a cada quatro segundos, finalmente fica um pouco mais fácil, mas então ouço um barulho no fundo da sala. Eu me obrigo a continuar voltada para a frente. Eu me recuso a olhar.

Irrita-me o fato de eu esperar que ele viesse, de querer que ele viesse. De querer tanto acreditar que ele estava melhorando. E que ele estava certo e eu estou fazendo uma diferença positiva em sua vida. Então eu me puno, reiterando que é exatamente por *isso* que não me envolvo demais. Não há nada além de decepção e mágoa. Só isso.

Toda essa resolução some — de novo — no instante em que sinto alguém deslizar no assento ao meu lado e colocar um braço casualmente nas costas da minha cadeira. Antes mesmo de virar a cabeça para olhar, sinto o seu cheiro. Antes mesmo de confirmar com os olhos, eu o sinto. Sinto Jet na forma como minha pulsação acelera. Eu o sinto na forma como meus pulmões ficam apertados. Eu o sinto na forma como meu sangue canta.

Olho de relance para ele. Ele está me observando. Quando meus olhos encontram os dele, ele pisca para mim e esfrega a parte detrás do meu ombro com o polegar. E, pela primeira vez desde que tudo isso começou, percebo que, por mais que eu tenha tentado evitar e ser mais esperta, ainda assim consegui me meter em problemas. Com um viciado. Um roqueiro sexy que tem um problema de controle de impulso e uma pequena parte do mundo a seus pés.

Mas sinto algo mais nele. Sinto a alma de alguém melhor, alguém que quer *ser* melhor. E sinto esperança. Seja minha ou dele, eu sinto. E talvez essa seja a razão pela qual não consigo me afastar.

Talvez...

Durante toda a reunião, Jet toca meu ombro, meu pescoço e meu cabelo. Com a ponta dos dedos, ele puxa cada pedacinho do meu foco em sua direção. Inevitavelmente. Em uma sala cheia de viciados em sexo, não consigo pensar em nada além de como seria a sensação dos dedos de Jet em minha pele nua, em um quarto escuro, sem ninguém por perto, só nós dois.

Minhas bochechas estão quentes e coradas quando Lyle termina. Eu me levanto, pronta para me dirigir até o banheiro, quando Jet segura meu braço. Ele me mantém imóvel e estuda meu rosto enquanto olho para ele. Sob as luzes intensas, vejo suas pupilas dilatadas e sei que *ele* sabe por que estou me retirando.

Ele se inclina para perto de mim, tão perto que posso sentir sua respiração, mas não tão perto para eu não conseguir mais ver seus olhos. Eu vejo os pontinhos brancos brilhantes que se lançam de suas pupilas como explosões de estrelas.

Ele fala comigo baixinho, de modo que só eu posso ouvir.

— Você sabe que eu posso cuidar disso para você. Só você. Você tem a minha palavra.

Sinto falta de ar. Ele não precisa explicar mais o que quer dizer, porque eu já sei. Eu sei *exatamente* o que ele disse. E eu quero dizer sim. Mais do que eu já quis dizer sim a qualquer coisa.

O toque abafado do meu telefone destrói o momento, dando-me um adiamento de que sei que preciso, mas não tenho certeza se quero.

— Merda! Esqueci de colocar o celular no silencioso — digo, me afastando dos olhos dele para procurar o telefone. Quando o encontro e o tiro da bolsa, meu coração afunda com o número exibido nele.

— Oi, Stan — respondo, muito mais animada do que me sinto.

— Parece que as quintas-feiras não são a noite dele, Violet. Ele apagou mais cedo de novo.

Eu sufoco um suspiro.

— Estarei aí o mais rápido possível.

— Não tenha pressa. Ele ainda não está incomodando ninguém.

Ainda, penso com pavor. Isso deve significar que ele está difícil hoje.

Aperto o botão de finalizar a chamada e jogo o telefone de volta na bolsa. Tia fala atrás de mim.

— Seu pai?

— Quase. Era o Stan. — Encontro os olhos de Jet novamente. — Preciso ir.

— Espera. E quanto a mim? — diz Tia, ficando na minha frente. — Eu pedi pro Dennis me deixar aqui, lembra?

— Merda! — digo novamente, sentindo meu nível de frustração aumentar. Esta noite não foi *nada* como eu esperava.

— Qual é o problema? — pergunta Jet.

Sinto a vergonha crescendo dentro de mim. Eu sei que não deveria. O problema não é *meu,* é do meu pai. Mas ainda assim... é meio humilhante.

— É... é o meu pai. Preciso ir buscá-lo.

— Bom, por que você não deixa a Tia com o seu carro? Posso levar você até o seu pai e depois buscamos o carro.

Estou dividida entre a sensação de *"ohhhh"* que vem de uma oferta inesperadamente gentil e a vontade de gaguejar uma desculpa para me livrar dela.

— Ele, hum, não há realmente... quer dizer...

— Pare de tentar arrumar desculpas. Tia — diz ele, entregando suas chaves para ela —, pode levar o meu carro para a sua casa. Vou buscá-lo mais tarde. Eu vou com a Violet.

Quero perguntar por que ele apenas não oferece uma carona para Tia, mas já sei a resposta. E pelo sorriso dela, Tia também.

Ela apanha as chaves dos dedos de Jet e olha para o chaveiro.

— BMW? Legal — aprecia ela com um sorriso.

— Por favor, não faça eu me arrepender de confiar em você — acrescenta Jet quando Tia passa apressada por ele.

— Pode deixar. Vocês dois se divirtam. — E com isso, ela some em um borrão.

— Você realmente não precisava fazer isso — digo.

O sorriso dele é sincero.

— Eu sei. Mas não me importo de ajudar. É o mínimo que posso fazer.

Algo em seu rosto me diz que ele está sendo sincero.

Eu suspiro.

— Bom, então eu provavelmente deveria te dizer que o meu pai está em um bar. Bêbado.

Jet descarta minhas preocupações com um aceno de mão.

— Você se lembra como é a minha banda? Você *sabe* quantas dessas chamadas eu já recebi? E quantas foram *feitas* por *minha* causa? — Ele ri e me pega pela mão, guiando-me até a porta. — Talvez não tenha uma pessoa no mundo mais bem preparada para ajudá-lo do que eu.

Eu sorrio, já me sentindo melhor com a noite.

24

Jet

Quando chegamos ao nosso destino, estamos em um ponto de encontro de pessoas mais velhas chamado Teak Tavern. Estive nele uma ou duas vezes, anos atrás. Sempre me pareceu um lugar aonde sonhos e homens vão para morrer. É uma pena que seja aqui que o pai de Violet venha. Isso me diz tudo o que preciso saber sobre a situação.

Abro a porta para Violet e deixo que ela vá na frente. Vejo o bartender olhar para ela e sorrir. E não é um sorriso qualquer. É um que eu reconheço. Um que me irrita um pouco.

Inclino-me para a frente o suficiente para falar no ouvido de Violet:

— Parece que ele quer levar você até a geladeira de cervejas para mostrar sua coleção de garrafas long neck.

Violet olha para mim por cima do ombro e ri.

— Pare!

— Só estou dizendo — falo, e começamos a atravessar o bar em direção a um cara deitado em uma mesa de canto. À medida que nos aproximamos, eu o reconheço como o homem que conheci na casa do meu pai. O pai da Violet.

Ela se curva para bater suavemente na perna dele.

— Pai, você está pronto para ir pra casa?

Ele rola a cabeça para o lado e murmura alguma coisa. Apesar de não o conhecer, percebo que seu tom é agressivo. Parece que ele pode ser um bêbado cruel.

— Vamos, pai — insiste Violet baixinho, sua voz calma e uniforme. — Vamos pra casa. Você tem que trabalhar amanhã.

— Eu não dou a mínima — geme ele com ódio. — Por que devo trabalhar e manter uma casa esperando por ela se ela nunca vai voltar?

Violet olha para mim e desvia rapidamente, como se estivesse envergonhada.

— Você mantém sua casa para *você*, pai, não para ela.

— Não, é *tudo* para ela. Ela é tudo que eu sempre quis. E se foi. Como vou viver sem ela?

— Você está indo muito bem sem ela, pai.

O pai de Violet se esforça para se sentar, o rosto contorcido em uma carranca furiosa.

— Como você saberia? Você é fria demais para se apaixonar. Não tem ideia de como é isso.

Sua expressão se desmancha em outra na qual seu queixo está tremendo e ele está lutando contra as lágrimas.

— Eu amo você, pai. Não é o suficiente?

— Você não deve me amar *tanto* assim. Você me abandonou, como ela.

Violet suspira.

— Eu não deixei você. Eu me mudei para alguns quilômetros longe de você.

— Você me abandonou, como ela. Se você se importasse um pouquinho comigo, não teria ido embora. Você *sabia* que eu ficaria solitário. Mas foi embora mesmo assim.

— Eu vou visitá-lo mais vezes, pai. E eu vou ficar com você esta noite, assim eu posso fazer o seu café da manhã. Eu farei tudo o que você mais gosta.

Como uma criança grande, o pai de Violet olha para ela com olhos esperançosos e lacrimejantes.

AMOR SELVAGEM

— Você promete? — murmura ele.

— Prometo.

— E vai jantar em casa no fim de semana?

— Eu vou para o jantar também.

Seu pai desliza até a ponta do banco e segura a mão dela, agora todo sentimental e doce.

— Você sabe que eu amo você, né, Vi?

A voz de Violet é tão suave quanto sua expressão.

— Claro que sim, pai.

Ele segura a mão dela em sua bochecha e começa a ficar trêmulo. Quando está se balançando instavelmente na frente dela, ele olha para mim como se tivesse acabado de notar que Violet não está sozinha.

— De onde eu conheço você?

— Você faz alguns trabalhos na casa do meu pai.

Seus olhos ficam sem expressão por alguns segundos até ele se dar conta. Eu vejo a mudança no mesmo instante.

— Ah, certo. Um lugar lindo que você tem lá.

— Obrigado, senhor.

— Estou pensando em plantar algumas azaleias ao longo daquela cerca em direção ao fundo da propriedade.

— Vai ficar ótimo, senhor.

Ele se estica para me dar um tapinha nas costas, e eu o levo em direção à porta enquanto ele conversa.

— Precisa de um pouco de cor lá atrás. E elas ficarão verdes durante todo o inverno. Perfeito para contrastar com a casa atrás da sua.

Aceno com a cabeça e concordo com tudo o que ele diz, chegando cada vez mais perto da porta. Ele tropeça uma vez e se segura em mim. Ele é um cara pesado, mas eu o seguro com facilidade. O problema é que eu aposto ser difícil pra caramba para a Violet lidar. Olho de relance para ela. Ela está andando atrás de nós, apenas observando e escutando, sua expressão nublada e indecifrável.

Eu noto duas coisas enquanto sigo para o carro de Violet, rebocando o pai dela pelo caminho. Um, entendo por que ela estacionou perto da porta. E dois, ela é uma santa. Se não é, ela tem a *paciência* de uma santa.

135

M. LEIGHTON

Ele quase cai duas vezes. Uma enquanto tentou se curvar para falar com alguém que encontramos, e outra no meio-fio. Sinto mais simpatia por Violet a cada minuto que passa.

Assim que o ajeito no banco do passageiro de Violet, entro no banco de trás. Ela já está dentro do carro. Eu posso vê-la me olhando pelo espelho retrovisor, sua expressão ainda visivelmente inquieta. Ela não diz nada a caminho da casa do pai, então eu também não digo. Ele adormeceu em questão de um ou dois minutos depois de pegarmos a estrada. Imagino que ela esteja tentando não o acordar.

Ela vira em rua tranquila ladeada por pequenas casas de tijolos e dirige até o fim da rua. No retorno da rua sem saída, ela para na entrada de uma garagem e desliga o motor. Sem uma palavra, eu saio e abro a porta do passageiro, pronto para ajudar o pai dela.

— Espere eu abrir a porta e então você pode trazê-lo — instrui ela. Concordo com a cabeça, observando-a subir a calçada rachada até a porta lisa e branca.

Ela tira algo de um arbusto (presumo que seja uma chave reserva) antes de abrir a porta, acender uma luz e depois voltar apressada para o carro.

— Pai, estamos em casa — diz ela, empurrando seu ombro para acordá-lo. Ele nem para de roncar. — Pai — sussurra ela mais bruscamente. Mais roncos. — Pai, acorde. Você precisa entrar. — Violet balança o braço dele novamente, um pouco mais forte desta vez, mas ele apenas ronca muito mais alto. Então ela se vira para mim, com manchas rosadas em suas boche-chas visíveis até na luz fraca do poste duas casas abaixo. — Acho que ele vai dormir aqui fora hoje. — Seu sorriso diz que ela não está feliz com isso, mas que não é uma novidade. E eu odeio isso por ela. Odeio que a vida dela seja assim sabe-se lá há quanto tempo.

— Você se importa? — pergunto, inclinando a cabeça na direção dele.

— Eu não quero que você se machuque. Ele vai ficar bem aqui fora. Não deve fazer muito frio esta noite.

— Eu posso levá-lo para dentro. Só se afaste. — Sua boca se abre e ela começa a argumentar. Coloco meu dedo sobre seus lábios. — Nem uma palavra — digo. — Me deixa ajudar.

AMOR SELVAGEM

Eu vejo ao mesmo tempo gratidão e humilhação em seus olhos. Mas ela cede, dando alguns passos para trás e gesticulando para que eu comece a agir.

Seguro as pernas do pai dela e o viro no assento, puxando seus pés para fora do carro e os colocando no chão. Pego um de seus braços e puxo seu tronco para a frente o suficiente para poder apoiar meu ombro em sua barriga. Eu o puxo e me inclino para ficar de pé ao mesmo tempo, carregando-o como um bombeiro faria.

Ouço seu grunhido quando a pressão atinge seu estômago. Eu fico parado até que ele possa se acostumar. Quando ouço a respiração dele ficar profunda novamente, ando devagar pelo caminho, carregando-o através da porta principal e entrando na pequena sala de estar. Eu me viro para obter mais orientações de Violet. Ela está no meu encalço, lutando para fechar a porta e depois ficar à minha frente. Ela me leva por um curto corredor até outro cômodo pequeno. Um quarto, desta vez, tomado por uma cama tamanho *queen* e um gaveteiro que fica encostado em uma parede sob a janela. Ela puxa as cobertas e dá tapinhas no colchão. Eu me inclino, depositando o pai dela gentilmente a alguns centímetros da beirada. Seguro a mão dele enquanto me afasto para que ele não desabe antes que Violet possa tirar seus sapatos.

Assim que eles são jogados no chão, eu o deito de costas, depois pego suas pernas e as coloco na cama perpendiculares ao seu corpo, enquanto Violet ajusta o travesseiro e o cobre.

Silenciosamente, saímos do quarto. Eu a ouço suspirar assim que fecha a porta atrás de nós. Ela não olha para mim, mas mantém os olhos voltados para a frente enquanto me leva de volta à sala de estar.

Finalmente, nervosa, ela se vira e pergunta:

— Você quer algo para beber?

— Violet — começo.

Ela passa o polegar por cima do ombro, indicando a cozinha.

— Tem cerveja ou refrigerante. Ou água, se você preferir.

— Violet — começo de novo.

— Ou, se estiver com fome, tenho certeza de que ainda há algo para lanchar. Ou eu poderia fazer alguma coisa para você.

M. LEIGHTON

— Violet! — digo com mais severidade, agarrando seus ombros. Ela para e me encara com os olhos inocentes arregalados.

— O quê?

— Pare. Eu não preciso de nada. Não preciso que você cuide de mim. Por que você não se senta e *me* deixa pegar algo para *você* beber?

— Não tem problema. Eu posso...

— Violet, sente-se. Isso não é um pedido — digo o mais gentilmente que consigo.

As sobrancelhas dela se erguem, mas ela não parece zangada. Apenas surpresa.

— Você não sabe onde estão as coisas — argumenta ela.

— Eu encontro. Agora, sente-se — repito, apontando para o velho sofá decaído.

Eu caminho pela casa até a cozinha estreita. Encontro os copos e a geladeira com facilidade, é claro. Há uma caixa com latinhas de Sprite no fundo da despensa, então eu pego uma e abro. Abro o freezer para pegar gelo e encontro uma garrafa de vodca de lado, com as comidas congeladas. Pego um pouco de gelo para cada copo, adiciono uma dose de vodca e completo o restante com Sprite. Imagino que Violet precisa de algo para acalmá-la, quer ela saiba ou não.

Eu carrego os copos até a sala, apagando a luz da cozinha com o cotovelo. Violet está sentada no sofá, o braço dobrado na parte de trás da almofada, a cabeça apoiada na palma da mão. Quando ela olha para mim, percebo que parece cansada. Mais do que aparentava na reunião.

Sento-me ao lado dela, entregando-lhe uma bebida.

— Isso tem só o suficiente para relaxar você.

Ela cheira o copo e franze o cenho.

— Obrigada, mas eu não preciso de nada.

— Talvez não, mas confie em mim, você parece que precisa disso.

— Você está dizendo que eu pareço péssima?

Dou a ela um sorriso irônico.

— Você *nunca* ficaria péssima. Só quero dizer que você parece cansada. Isso irá te ajudar a relaxar e dormir.

— Mas não quero nada que me ajude a relaxar.

AMOR SELVAGEM

— Você não precisa renunciar a cada coisinha na vida sob o pretexto de poder se viciar, Violet. Para a maioria das pessoas, não é assim que funciona. *Uma* bebida *uma* vez não vai matar você.

— Eu sei disso. São as circunstâncias. Se eu *quisesse* uma seria diferente. Eu não quero *precisar* de uma. Tornar-se dependente que é o problema.

— Então você evita tudo o que sente que precisa?

— Claro que não. Quer dizer, existem necessidades na vida. Mas há perigo ao querer *muito* algo, ou gostar tanto que você tem a sensação de que *precisa* disso.

— Foi isso que aconteceu para que você fosse às reuniões?

Sua expressão se fecha totalmente.

— Prefiro não falar sobre isso agora, se você não se importa.

— É justo — concordo de forma agradável, tomando um gole da minha bebida.

Após um longo e tenso silêncio, Violet fala:

— Obrigada por hoje à noite.

— Não foi nada. Não precisa agradecer.

— Você foi muito bom com ele.

— Eu estava pensando a mesma coisa sobre você.

Ela sorri.

— Algumas vezes são mais fáceis do que outras.

— Esta foi uma noite ruim?

— Não. Ele se acalmou facilmente. Esta noite foi uma ótima em comparação com outras.

— Com que frequência você tem que fazer isso?

— Agora? Umas duas vezes por mês. As quintas-feiras parecem ser suas noites mágicas, ultimamente.

— É porque você tem ido às reuniões nas noites de quinta-feira?

Violet me lança um olhar estranho.

— Sabe, eu não tinha pensado dessa maneira, mas acho que pode ser. Estou frequentando as reuniões há apenas algumas semanas.

— Onde você ia antes? — Ela me dá um olhar intimidador, e eu levanto as mãos em sinal de rendição. — Desculpe. Retiro o que eu disse.

— Eu pensei que ficaria mais fácil para ele, mas às vezes acho que ele nunca a esquecerá.

— É por isso que ele bebe?

— É por isso que ele bebe *em excesso*. Ele nunca se embebedava quando ela estava aqui. Às vezes ele simplesmente não consegue lidar com a vida sem ela.

Finalmente, compreendo o que vejo em seu rosto. É pena. E frustração. E desgosto.

— Você acha que ele é fraco.

— O quê?

— Acabei de perceber que você acha que o vício te torna fraca. Você acha que *ter* uma fraqueza te torna *fraca*. — Por alguma razão, estou chateado com essa percepção dela.

— Eu... Eu... — ela gagueja, sua expressão é a de um animal encurralado.

— É assim que você me vê? Como se eu fosse um tipo de pessoa fraca que não consegue se controlar?

Suas bochechas queimam num tom vivo de rosa e sua boca se abre e fecha com palavras que ela não consegue dizer. Porque qualquer explicação que ela der não será verdadeira.

— Ter uma *fraqueza* não significa que uma pessoa *seja* fraca. Eu achei que você, entre todas as pessoas, entenderia isso.

— Não é... Eu só...

Eu me levanto, sentindo-me cada vez mais irritado e sabendo que não há uma boa razão racional para estar. Apenas estou.

— Sabe, Violet — digo, colocando meu copo sobre um porta-copos na mesa de centro avariada —, talvez um dia você encontre alguém ou alguma coisa que te faça ver a diferença.

Com isso, eu me viro e caminho até a porta. Quando olho para trás, Violet está de pé, me observando.

— E o seu carro?

— Eu tenho um amigo que mora aqui perto. Vou pedir que ele me leve até a Tia. Não é longe.

Ela não diz nada enquanto abro a porta e saio para a noite, e eu prefiro assim. Não quero suas desculpas. Ou sua simpatia. E com certeza não quero sua pena.

AMOR SELVAGEM

Respiro calma e profundamente várias vezes enquanto desço a rua. Não tenho intenção de parar na casa de ninguém. Vou caminhar toda porcaria do percurso.

Não sei o que me irrita mais — que ela tenha uma opinião de merda sobre mim ou que eu esteja pouco me lixando.

Eu lembro a mim mesmo por que estou nisso. Aposto que ela não pensaria tão pouco de mim se soubesse o tipo de babaca que eu sou de verdade. Ela provavelmente me odiaria, mas com certeza não pensaria que sou fraco.

Não que eu me importe com *o que* ela pensa a meu respeito. Eu posso fazer isso não importa quais sejam seus pensamentos e sentimentos com relação a mim.

E fico me relembrando disso até a casa de Tia. Toda vez que vejo aquele olhar de desgosto no rosto de Violet.

25
Violet

Depois da pior noite de sono da minha vida, só consigo pensar em Jet. Assim como ele foi tudo em que pensei durante a noite.

Crescer cercada por vício de uma forma ou de outra me deixou um pouco cansada tanto do vício *quanto* do viciado. As palavras amargas de Jet me fizeram perceber que *vejo* as pessoas com fraquezas como fracas. Talvez porque eu as tenha assistido machucar a si mesmas e a outros sem conseguir parar, ou talvez porque elas não conseguem parar e ponto. Não sei, mas Jet está certo. E a maneira como me sinto está errada.

E Jet me faz ver isso.

Não há nada de fraco nele. Embora tenha alguns problemas de autocontrole, nem uma vez ele me passou a impressão de que não é forte. Talvez um pouco hedonista, mas não fraco. Nunca fraco.

Não me considero fraca, mas, pelos problemas que tive para me afastar de Jet, pela dificuldade que tive para manter meus processos racionais de pensamento intactos, percebo como a fraqueza pode aparecer. E como isso não torna a pessoa fraca. Apenas vulnerável. E há uma diferença.

AMOR SELVAGEM

Rolo para fora do sofá, ignorando o rangido dos meus músculos. Eu me sento e determino que, embora Jet provavelmente não me queira por perto hoje à noite, eu vou assisti-lo e apoiá-lo mesmo assim. Preciso que ele veja que eu não o considero fraco. Preciso que ele veja que não vou a lugar algum e que quero ajudá-lo.

Mesmo que *agora* uma grande parte disso seja porque eu só quero estar com ele.

Ponto-final.

Depois de fazer o café da manhã do papai, ir para casa tomar um banho, limpar minha casa como se eu estivesse esperando pela rainha da Inglaterra e tomar outro banho, descubro que esperar pode não ser a coisa mais fácil. Então eu ligo. Não porque sou fraca, mas porque preciso que ele saiba como eu o vejo.

— Pronto — responde Jet abruptamente após quatro toques.

— Oi, Jet. É a Violet. Você tem um minuto?

Há uma longa pausa, durante a qual me convenço de que ele nunca mais vai querer me ver ou falar comigo novamente.

Mas ele fala.

— Na verdade, eu estava de saída.

Ou talvez não.

— Ah. Tudo bem. Bom, eu... é... Eu vou...

— Você está ocupada agora?

— Não, eu só... não.

— Eu passo aí em dez minutos para pegar você. Tudo bem?

Eu provavelmente deveria perguntar por que ou para onde estamos indo. Mas não pergunto. Porque eu não me importo.

— Tudo bem.

Com um clique, a ligação termina e meus nervos entram em pânico.

Sem saber como me vestir, escolho uma calça jeans e uma bata verde--escura de mangas curtas. Segundo Tia, faz meus olhos parecerem esfumaçados e sensuais. Não paro para pensar por que eu deveria me importar se estou sexy. Só sei que estou satisfeita com meu reflexo quando apago a luz do banheiro para ficar na sala esperando Jet.

143

Quando ouço o motor de seu carro se aproximando do meio-fio, tranco a porta e saio, caminhando para encontrá-lo antes que ele possa vir até mim. Eu sorrio timidamente. Ele devolve o sorriso de maneira descontraída e educada antes de abrir a porta do passageiro para eu a entrar no carro.

Ele não fala muito, então sou forçada a perguntar:

— Então, para onde estamos indo?

— Para a casa da minha mãe.

Sinto como se não tivesse entendido direito.

— O quê?

Jet olha para mim e sorri. Um sorriso de verdade. E isso faz com que eu me sinta muito melhor sobre as coisas. Simples assim. Fácil assim. Não tinha percebido quanto eu sentiria falta se nunca mais pudesse ver seu sorriso novamente.

Mas sentiria. Eu sentiria muita falta desse sorriso. Eu sentiria muita falta *dele*.

— Ela ligou. Do nada. Precisa ir a Summerton e não quer deixar os meninos sozinhos.

— Eu pensei que o mais velho tivesse catorze anos.

— Ele tem. Ela é só superprotetora, acha que eles vão se meter em encrenca se ela os deixar sozinhos por dez segundos. Mas eu não me importo com os motivos dela. Estou feliz por ter me ligado. Por confiar em mim ao menos para isso. Já faz um tempo que algo assim não acontece.

Eu posso notar o prazer que ele sente como uma coisa tangível, inebriando o interior do carro. E isso faz meu coração desejá-lo.

— Então isso é bom o suficiente para mim.

Ficamos em silêncio novamente. Parte de mim hesita em mencionar a noite passada para não prejudicar a frágil paz que alcançamos no momento. Mas, para mim, isso é importante demais para não ser mencionado.

— Jet, sobre a noite passada... — Faço uma pausa para medir sua reação. Vejo seu maxilar em um movimento, como se ele estivesse rangendo os dentes, mas é tarde demais para parar. — Depois de pensar por algum tempo, percebi que você estava certo. Bem, ao menos em partes.

Eu vejo uma sobrancelha escura arquear. Sua voz é sarcástica quando ele diz:

AMOR SELVAGEM

— Em partes, é?

— Sim, em partes. Eu acho que vejo, *sim*, muitas pessoas na minha vida como fracas por conta de suas fraquezas. E, embora eu entenda que você tenha algumas... questões para resolver, posso dizer honestamente que nunca, nem por uma vez, eu considerei ou pensei em você como fraco.

Ele não diz nada, apenas assente com a cabeça.

Eu me viro no assento para encará-lo de frente, desesperada para fazê-lo entender meu ponto de vista.

— Jet, quaisquer que sejam os hábitos ou vícios que você tenha, seja qual for o motivo para você fazer o que faz, não há nada de fraco em você. Você é forte. Em todos os sentidos. Mas mesmo pessoas fortes têm trincas em suas armaduras. Isso não o torna fraco. Só o torna humano.

Desta vez, Jet olha para mim, seus olhos se estreitando nos meus, analisando.

— E o que te torna humana? — pergunta ele calmamente.

Até *eu* me espanto com as palavras que saem de mim. Fico surpresa com a veracidade delas.

— Minha aversão à fraqueza. Eu acho que, por si só, isso me torna humana. É quase uma fobia. Eu vi como ter uma fraqueza destruiu a felicidade de tantos entes queridos, então eu desprezo isso em mim. Eu evito a todo custo. Mas é por essa razão que acho que resistir seja a minha fraqueza. Não querer senti-la. Evitá-la. Sempre considerei isso uma força, mas estou começando a pensar que me escondi de fraquezas por muito tempo, eu menosprezei esse sentimento por tanto tempo que quando eu me deparar com algo que me tente... — É impossível não pensar em Jet... — Isso vai virar meu mundo de cabeça para baixo. E eu não vou estar preparada de jeito nenhum.

— Você quer dizer quando encontrar *outra* coisa que te cause tentação.

Levo alguns segundos confusos para entender a que Jet está se referindo. Mais uma vez, sou forçada a reconhecer o pouco que ele sabe sobre mim. E quanto do que ele *pensa* que sabe é uma mentira. Ele está se referindo ao meu suposto vício em sexo.

— Certo. *Outra* coisa.

145

Até pronunciar as palavras me parece traiçoeiro. Manter a mentira, mesmo tentando me convencer de que é por um bom motivo (ajudá-lo, ajudar Tia), ainda parece... lamentável.

— Bom, se minha opinião importa, também não vejo você como fraca. Acho que você deve ser uma das pessoas mais fortes que eu já conheci. Acho que é por isso que não quero que você pense que *eu* sou fraco. Eu odiaria decepcionar você.

Jet volta a olhar para a estrada. Vejo sua testa franzida como se suas próprias palavras o machucassem, um testemunho da veracidade delas.

— Eu nunca me decepcionaria com você — digo a Jet suavemente.

Ele não olha para mim quando responde.

— Não tenha tanta certeza disso.

Antes que eu possa pensar na melhor maneira de responder, Jet está entrando na garagem de uma bela casa de dois andares em um bairro de classe média alta. Embora seja agradável, muito melhor que a casa em que cresci, é bem simples comparada ao local onde o pai dele mora. Já considero fácil simpatizar com a amargura da mãe de Jet.

Ele desliga o carro e dá a volta para abrir a minha porta. Jet não segura minha mão enquanto subimos pelo caminho para a casa. Não que ele devesse. Ou que eu esperasse que ele fizesse isso. Mas com certeza estou percebendo (e sentindo falta). Parece que ele a tem segurado com mais frequência do que nunca. Até hoje.

Quando chegamos à porta da frente, ele me surpreende ao bater. Em segundos, a porta é escancarada e um garotinho muito animado se atira nos braços de Jet.

Eu observo enquanto Jet gentilmente brinca de luta com o garoto, jogando-o de um lado para ou outro como uma boneca de pano, algo com que os dois parecem se divertir. Então, com a criança gritando e rindo, Jet anuncia "Golpe final!", vira o garoto de barriga para cima e finge dobrá-lo sobre o joelho.

Então, respirando pesadamente, Jet endireita o menino e se agacha para nos apresentar.

— Todd, esta é a minha amiga Violet.

AMOR SELVAGEM

Timidamente, Todd olha para mim com olhos que são da mesma tonalidade que os do irmão mais velho e diz um breve "Oi". Então desaparece dentro da casa.

Quando Jet olha de relance para mim, seus olhos estão brilhantes e felizes. Fico aliviada e igualmente feliz quando ele pega minha mão e aponta com a cabeça em direção à porta.

— Venha. Vamos lá ser massacrados.

Não pergunto o que ele quer dizer com isso. Porque eu não me importo. Eu topo tudo desde que esteja com Jet.

26
Jet

A sala está vazia quando entramos, então Violet e eu seguimos Todd até a cozinha. Chad está sentado à pequena mesa que fica encostada em um canto e mamãe está de pé ao lado do fogão, recostada no balcão. Seus braços estão cruzados sobre o peito defensivamente, e ela está de frente para a porta, como se estivesse apenas esperando por mim. Para atacar.

Seus olhos brilham e o queixo está levantado, o que faz com que eu me prepare para uma luta. Essa é a aparência dela quando está pronta para dilacerar alguém. No caso, eu.

Ela se endireita e eu penso: *Lá vamos nós!* Mas então ela me surpreende. Ela para com a boca aberta, como se fosse falar, mas não diz nada assim que coloca os olhos em Violet.

Atordoada, ela pergunta em voz baixa:

— Você trouxe uma garota?

— Não, eu trouxe a Violet. Ela é minha amiga.

— Amiga, é?

Não tinha me ocorrido que ela poderia não querer Violet aqui, mas agora que estou olhando para ela, percebo que foi um grande erro da minha parte trazê-la.

— Sim, senhora. Sou Violet Wilson. Moro no outro lado da cidade. Frequentei a faculdade aqui em Greenfield. Eu me formei alguns anos depois de Jet. Agora sou assistente social — dispara Violet, dando um passo à frente para oferecer a mão à minha mãe.

Fico um pouco chocado com a ousadia dela. Normalmente Violet é tão tímida, às vezes até comigo. Ainda. Mas não agora. Parece que minha mãe trouxe à tona o lado profissional de Violet, um que eu nunca vi. Ela parece amigável, pé no chão e competente. Nada como as mulheres com quem eu normalmente saio. Não que minha mãe tenha conhecido alguma desde que eu era adolescente. Mas ainda assim, ela deve saber. É uma cidade pequena.

Vejo um princípio de cenho franzido entre as sobrancelhas da minha mãe.

— Gail. Gail Blevins. Prazer em conhecê-la, Violet.

O sorriso de Violet é largo e genuíno.

— A senhora tem uma bela casa. E uma família linda também — diz ela, olhando de relance para Chad. — Você deve ser o Chad. — Observo enquanto ela se aproxima e se inclina o suficiente para ficar quase no mesmo nível de Chad onde ele está sentado. Ela oferece a mão para ele também. — Eu sou Violet.

Chad dá a ela um pequeno sorriso e aperta sua mão, mas quando ela se afasta, ele olha para mim e me dá um sorriso de verdade. Como qualquer outro garoto adolescente cheio de hormônios faria quando uma mulher linda lhe dá alguma atenção.

Mamãe ainda está franzindo o cenho quando seus olhos correm de Chad para Violet, para mim, depois de volta para Chad.

—- Primeiro o dever de casa, ouviu, rapaz?

— Eu sei — responde Chad, revirando os olhos.

Mamãe olha para mim.

— Certifique-se de que a lição de casa do Chad esteja pronta antes de você sair, Jet.

— Sim, senhora.

Sei que ela quer dizer mais, mas não quer fazer isso na frente de Violet, o que é incomum para ela. Normalmente, minha mãe não segura a língua na frente de ninguém.

— Volto às oito, no mais tardar — diz ela quando passa por mim para pegar a bolsa na mesa perto da porta. Eu a sigo, deixando Violet e os meninos na cozinha.

— Não tenha pressa.

— Você não tem planos para esta noite?

Merda. Espero que isso não comece uma briga.

— Eu tenho, mas posso me atrasar se precisar. Fico aqui até você voltar. Não se preocupe.

Ela me olha com cautela.

— Estou confiando em você...

— Eu sei, mãe. E agradeço. De verdade. Agradeço.

— Eu pensei que talvez você pudesse vir aqui e ficar com os meninos por um tempo, em vez de se esgueirar para vê-los no parque.

Pego no flagra!

— Você sabe disso?

— É claro que eu sei. — Eu me preparo para o que pensei que aconteceria no segundo em que entrei. Mas *ainda* não acontece, o que me surpreende muito. — Vamos tentar dessa forma e ver como vai ser.

— Eu não vou decepcionar você. Prometo.

Ela resmunga, olhando por cima do meu ombro em direção à cozinha.

— Eu gostei dela. Onde você a encontrou?

— No fundo do poço, mãe — digo a ela significativamente.

Seus olhos se fixam nos meus e a vejo procurando algo a mais. Mas ela não encontra. Ela encontra a verdade. Porque é verdade. Acho que não percebi o quão baixo cheguei até este minuto. Quão baixo eu estive até encontrar Violet.

AMOR SELVAGEM

— Providencie para que você fique no topo então, filho.

— Estou tentando.

Com um espectro de sorriso, mamãe dá um tapinha em meu braço e pega a chave do carro.

— Meninos, comportem-se. Volto logo — grita ela, olhando por cima do meu ombro para os meus irmãos, e depois sai.

27
Violet

Observar Jet com seus irmãos é diferente de tudo que já experimentei. Nunca me senti tão dominada por tantas emoções. É como ver um outro lado de Jet. Um lado de que eu gosto muito. E eu não precisava de mais nada para gostar dele.

Joguei xadrez com Todd enquanto Jet ajudava Chad com a lição de álgebra. Só de ouvi-los, foi fácil perceber que Jet é muito inteligente. Até a maneira como ele explicou o conteúdo para o irmão foi brilhante.

Depois que eles terminaram, Jet fez pipoca com a intenção de nós quatro assistirmos a um filme, mas os meninos insistiram em brincar de luta livre. Todos tinham que lutar um com o outro ao menos uma vez. Os dois que vencessem o maior número de combates teriam um confronto pelo ilustre título de *vencedor*.

Eu estava cética no começo, mas não demorou muito para que eu visse diversão na brincadeira, especialmente quando chegou a minha vez de lutar com Jet.

AMOR SELVAGEM

Como em todas as lutas anteriores, começamos o embate de joelhos, encarando um ao outro. Jet tinha uma curva sensual e divertida nos lábios e um brilho nos olhos que fez meu estômago agitar.

— É melhor você não me machucar — falei, tentando não sorrir enquanto me afastava dele.

— Prometo não fazer nada que você não vá gostar — respondeu ele sugestivamente, uma das sobrancelhas levemente arqueada.

Então ele avançou contra mim. Com um grito, tentei fugir, mas ele era muito grande, muito forte e tinha braços e pernas muito compridos. Em questão de segundos, ele me colocou de lado, metade da minha barriga pressionada contra o chão, e ficou esticado em cima de mim, segurando-me nessa posição.

— Ah, espera! Meu quadril — reclamei empertigadamente. Na mesma hora, Jet rolou um pouco, tirando a maior parte de seu peso de cima de mim. Aproveitei seu lapso momentâneo, me apoiei nos cotovelos e rolei para cima dele.

Prendi seus braços acima de sua cabeça e me inclinei em direção ao rosto dele.

— Há! Peguei você.

Jet estava olhando para mim, seus olhos tão intensos como nunca vi, e murmurou:

— Talvez tenha pego.

Sua voz estava baixa e sedosa. A barriga estava firme e quente. Meu coração saltou, meu estômago apertou, e cada lugar em que seu corpo tocava o meu parecia estar em chamas.

Mas, tão rápido que eu mal consegui reagir, ele me virou para me prender embaixo dele. Seu corpo todo estava esticado sobre o meu. Eu podia sentir cada proeminência e cavidade. E, assim como eu tinha feito com ele, ele segurou meus braços acima da cabeça, deixando-me impotente contra ele.

— Ou talvez *eu* tenha pegado *você*.

Por um momento, esqueci que não estávamos sozinhos. Tudo em que conseguia pensar era quanto eu queria que Jet me beijasse, quanto queria que ele corresse as mãos pelos meus braços e descesse pelas laterais do meu corpo. Quanto eu queria que ele me tocasse em todos os lugares de uma só vez.

Mas então seu irmão impetuoso interrompeu e me lembrou que de fato tínhamos uma audiência.

— Arranjem um quarto — debochou Chad.

Com os olhos fixos nos meus, Jet inclinou a cabeça para a frente apenas o suficiente para morder meu queixo. Senti o toque de sua língua por apenas um segundo antes de ele se afastar e depois sair de cima de mim.

Ele não tirou os olhos de mim, no entanto. E eu pude ver que ele ficou tão... incomodado pelo contato quanto eu. E foi bom que não estivéssemos sozinhos.

Finalmente, decidimos ao menos começar o filme antes que a mãe de Jet chegasse em casa, mas nem isso ajudou a aliviar a tensão entre nós. Cada segundo com a lateral de seu corpo pressionada contra a minha no sofá parece um tipo especial de tortura. Senti desejo durante os vinte e dois minutos inteiros em que fingi interesse no programa.

Fico aliviada e nervosa quando ouço a porta se abrir. Todas as cabeças se viram para encontrar Gail arrastando algumas sacolas pela porta. Os meninos se levantam e correm para ver o que ela trouxe.

— Ah, ah, ah! Fiquem aí mesmo. São coisas de aniversário. Nada que vocês precisem ficar bisbilhotando — declara ela, segurando as sacolas para trás, fora de vista.

— Ah, mãe — diz Todd, mas é fácil notar que eles estão satisfeitos e animados com o que quer que ela tenha comprado.

Gail dirige suas próximas palavras para Jet.

— Vou guardar essas coisas e vocês dois podem ir.

Jet se levanta, estendendo a mão para mim. Deslizo meus dedos pela palma de sua mão e ele os aperta, colocando-me de pé. Quando eu me levanto, ele não recua. Apenas olha fixamente para o meu rosto, seu corpo tão perto que eu ainda posso sentir seu calor.

— Já que vamos apenas tocar no Lucky's hoje à noite, você quer ir comigo?

AMOR SELVAGEM

O Lucky's é um bar local, um dos únicos lugares aonde o pessoal mais jovem pode ir. Eu sei disso, mas nunca estive lá. O clima de festa nunca foi minha praia, por razões óbvias.

— Hummm, estou vestida de acordo? Quer dizer, eu não...

— Você está de dar água na boca. Não precisa mudar nada — responde ele suavemente.

Sinto a descarga de prazer subir da minha barriga para o peito e para o rosto.

— Então, tudo bem, eu vou. Se você não se importar de me levar para casa depois.

Jet está deslizando o polegar lentamente de um lado para o outro sobre as costas da minha mão.

— Eu não me importo nem um pouco.

Gail volta e caminha até o sofá, pegando alguns grãos de pipoca restantes.

— Obrigada por terem vindo. Agradeço aos dois.

Jet assente.

— Sempre que precisar. Fico contente de você ter ligado.

Eu assisto à interação me sentindo desconfortável, querendo desaparecer para deixá-los sozinhos no momento. Parece que há muito mais a ser dito entre eles que apenas palavras.

— Você ainda está escrevendo? — pergunta ela, caminhando lentamente até a porta.

— Não estava até bem pouco tempo. Mas acho que estou retomando.

Gail olha rapidamente de relance para mim. Ela assente com a cabeça.

— Ótimo. Não desista. Fará todo esse absurdo de banda valer a pena, se você conseguir.

Tenho certeza de que Jet gostaria de fazer algum comentário, mas ele faz a coisa certa e apenas deixa passar. Não há razão para discordar ou argumentar.

— Estou tentando.

— Bom para você — diz ela ao abrir a porta, uma dica não muito sutil de que é hora de irmos embora. Suponho que sua tolerância esteja no fim. Ao menos por enquanto.

M. LEIGHTON

— Ligue se precisar de mim.

— Talvez eu ligue — diz ela, sem querer se comprometer. E, justo quando eu penso que ela não está nem aí para nada e sinto vontade de dar um tapa nela, a mãe de Jet me surpreende agradavelmente. — Amo você, Jethro.

Quase consigo sentir Jet soltando a respiração. E seus dedos chegam mesmo a ficar mais apertados nos meus quando ele se inclina para beijar a mãe na bochecha.

— Também amo você, mãe.

Ela lhe dá um sorriso caloroso que depois dirige para mim antes de nos botar porta afora e trancá-la atrás de nós. Jet parece andar um pouco mais leve pelo caminho que subiu algumas horas antes. Eu sei que isso foi muito importante para ele. E para sua mãe também, tenho certeza. Mas provavelmente mais para Jet.

Quero tomá-lo em meus braços e abraçá-lo, mas sei que não posso. Eu não deveria. Então, seguro a mão dele com um pouco mais de força, esperando que ele entenda o que estou dizendo sem eu ter que abrir a boca. E, quando ele olha para mim ao abrir a porta do lado do passageiro, sei que ele entendeu. Em alto e bom som.

O Lucky's é um pouco diferente dos outros locais onde vi Jet tocar. Não há área de bastidores para eles se vestirem e aguardarem a hora do show. Não há uma grande equipe de pessoas para coordenar tudo. Na verdade, é mais como se alguns membros da plateia simplesmente pulassem no pequeno palco e cantassem para um monte de amigos.

E eu gosto bem mais.

Vejo em Jet uma felicidade que não estava lá quando ele tocou em outros lugares. Posso ouvir tranquilidade em sua voz, ver conforto em sua linguagem corporal, tudo me dizendo que ele se sente seguro quando está entre amigos.

E deve ajudar o fato de ele ter passado uma tarde agradável com sua família. Isso parece contaminar tudo, para o bem e para o mal.

Jet me colocou em uma mesa perto do palco e me pediu para permanecer ali, pois alguns amigos dele se juntariam a mim. Mas o show acabou de começar e eu ainda estou sentada sozinha.

AMOR SELVAGEM

Até que a loira aparece.

— Você deve ser a Violet — diz a bela mulher.

— Eu mesma — respondo, esperando que ela se apresente.

Ela puxa a cadeira mais próxima a mim e se joga, olhando por cima do ombro para alguém. Finalmente, ela volta sua atenção para mim.

— Desculpe. Que grosseria da minha parte! Eu sou Laney. Laney Theopolis.

— Olá, Laney. Prazer em conhecê-la.

— Ouvi dizer que você teve que testemunhar os pagãos brincando na despedida de solteiro do meu marido. — Ela está sorrindo como se houvesse uma piada interna.

— Bom, eu estava lá. Mas não sei quanto presenciei, na verdade.

— Ah, garota, não se preocupe em dar com a língua nos dentes. Jake me contou tudo assim que chegou em casa. — Ela acena com a mão como se não fosse grande coisa. — Homens!

Eu me lembro vagamente dos outros daquela noite. O que deu em cima de Tia é bem nítido na minha cabeça, mas não consigo me lembrar de Jake. Provavelmente, porque só conseguia prestar atenção em Jet.

É quando Jake vem até a mesa e se senta que eu me lembro perfeitamente dele. Ele é muito lindo!

— Prazer em vê-la novamente — diz ele, piscando um olho âmbar e me mostrando um sorriso de tirar o fôlego antes de se virar para beijar os lábios de sua esposa. — Eles estão sem Sprite, mas vão enviar alguém para buscar do outro lado da rua.

— Amor, você não precisava fazer alguém sair para buscar! Eu posso beber outra coisa.

— Não. Somente o melhor para a minha esposa — ele brinca.

Laney sorri para ele.

— Diga isso de novo.

— Não.

Ela dá um tapa de brincadeira em seu braço.

— Isso não! A outra parte.

— Somente o melhor — diz ele.

157

Laney o encara fingindo uma ameaça. Finalmente, ele cede com um olhar que pode derreter o mais frio dos corações.

— Minha esposa.

Ela se afunda nele, e acho que, no momento, eles não têm ideia de quem mais está no mundo com eles, e invejo seu amor fácil. Não sei exatamente há quanto tempo eles estão casados, mas não deve ser muito. Duas semanas, talvez. Mas fica óbvio que eles estão apaixonados e são destinados a ficarem juntos.

Volto minha atenção para Jet, que está terminando uma música. Meu coração dá um pulinho quando seus olhos encontram os meus e ele pisca para mim. Por mais bonito que seja Jake Theopolis, ele não chega aos pés da beleza incrível de Jet. Na verdade, ele não chega aos pés de Jet, ponto-final.

Quando as luzes do palco diminuem e a música acalma, sinto uma agitação no estômago. Adoro quando ele canta músicas lentas. De certa forma, parece que ele está cantando para mim. Só para mim. Sei que não deve ser o caso, mas é fácil fingir.

Como de costume, Jet se senta na beira do palco com as pernas penduradas, o violão gentilmente colado no corpo. Quando ele começa a dedilhar as notas da música, eu a procuro em algum lugar de minha memória, mas ela não soa nem familiar. É linda, no entanto. Sou sugada para ela em apenas alguns compassos.

Quando ele começa a cantar, seus olhos encontram os meus novamente e, mais uma vez, sinto que ele está cantando para mim, *para* mim. Só *para* mim.

Ela veio devagar junto com a noite, faixas violetas ao vento.
Ela viu minha alma, roubou meu coração, encontrou o lugar onde sou um
*   homem melhor.*

Se eu me importasse o suficiente, acho que a deixaria ir.
Ou eu me importo demais para deixá-la em paz? (Para deixá-la em paz,
*   deixá-la em paz, deixá-la em pa-az.)*

AMOR SELVAGEM

É quando ele chega ao refrão que eu percebo que ele *está* cantando para mim. E que está cantando *sobre mim*.

Ela me puxa para baixo, me leva por baixo, faz o barulho do mundo parecer mais suave.
Tocar seu corpo, sentir seus lábios, me perder em seu doce, doce beijo.
Afogando em violeta, afogando em violeta. Não me puxe, estou me afogando em violeta.

Meu coração está batendo tão forte que me pergunto se meu peito não explodiu com a pressão. E, quando começa o segundo verso, vejo a dor e a preocupação nos olhos de Jet e tenho certeza de que minhas costelas não vão aguentar.

Ela vai me odiar quando souber?
Ela vai pegar seu amor e partir?

Mas elas aguentam. Por mais que meu coração dilate, palpite e doa, está seguro dentro de mim. Mas por quanto tempo posso mantê-lo assim? Quanto tempo antes que ele não seja mais meu para mantê-lo seguro, meu para mantê-la de algum modo?

Eu sei a resposta para isso quando a música termina e Jake se inclina para a frente sentado e coloca a cabeça na minha linha de visão.

— Então é você, né?

— Perdão? — pergunto, ainda atordoada.

— Foi você quem finalmente conseguiu agarrá-lo.

Eu luto para entender o que ele está dizendo, o que ele quer dizer.

— Você é quem finalmente conquistou o coração de Jet Blevins. Na minha opinião, aquele garoto está apaixonado por você.

E, de repente, tudo muda.

28
Jet

Eu me sento com o telefone no colo, chocado, satisfeito e animado pra cacete. Repriso os últimos dez minutos na minha cabeça, como se me beliscasse para ter certeza de que não estou sonhando.

Recebi a ligação quando eu estava no palco. Quando o show terminou, fui para os fundos ouvir a mensagem.

Aqui é apenas uma área de descanso para os funcionários do Lucky's e as poucas bandas que eles recebem. Nada mais do que um banheiro, uma pequena cozinha e uma mesa no estilo refeitório, repleta de pacotes de substitutos de sal e adoçante e cinzeiros cheios pela metade.

Mas tudo de que eu precisava era de uma cadeira e um pouco de silêncio. Era me sentar enquanto eu escutava a mensagem de toda uma vida. Mesmo digerindo o que ouvi, preciso colocar para repetir. Só para ter certeza de que eu não estava sonhando.

Eu sei que não vou ser capaz de socializar o resto da noite, agindo casualmente com os outros membros da banda e alguns dos meus amigos. Não, eu preciso cair fora daqui e encontrar um lugar para pensar. Pensar mesmo.

AMOR SELVAGEM

Depois de respirar fundo algumas vezes, volto para a área principal do bar, para Violet, que está sentada com Jake e Laney. Os três estão com as cabeças próximas, conversando sobre alguma coisa, até um deles dizer algo engraçado e todos rirem. Laney está de frente para mim. Não é difícil entender por que Jake se apaixonou por ela. Ela é uma loira de beleza clássica. Mas quando Violet se vira na cadeira, provavelmente para me procurar, e seus olhos param nos meus, mal consigo me lembrar do rosto de Laney. E isso me assusta pra caramba. Por várias razões, e a mais importante é pela forma como enganei Violet. Se ela descobrir, sairá da minha vida tão rápido que me deixará tonto. E ainda não estou pronto para deixá-la ir.

Mas isso não faz com que eu me sinta menos merda sobre a coisa toda.

O que diabos você estava pensando, irmão?

Quando paro à mesa, seguro o olhar dela por alguns segundos, curtindo o jeito que ela lambe os lábios de nervoso e a forma como parece querer desviar o olhar timidamente, mas não consegue. Finalmente, olho para Jake.

— Obrigado por vir, cara.

— O prazer foi meu. A Laney odiou cada minuto — provoca ele.

Laney dá um tapa no braço dele e sorri gentilmente para mim.

— Ele está mentindo com esse charme todo, Jet. Não acredite em uma só palavra que ele diz. Você foi incrível! E aquela música lenta... como se chama? Acho que nunca a ouvi — diz ela.

— Você não ouviu — é a minha única resposta.

— Ah. — É a resposta *dela*, embora o olhar que ela lança a Jake me diga que ela suspeita saber o que está por trás disso. Ou melhor, *quem*.

— Adoraria ficar, mas prometi uma carona a esta linda mulher — digo, referindo-me a Violet.

— Podemos ficar o tempo que você quiser — diz Violet gentilmente.

— Estou pronto se você estiver. — Não quero dar uma desculpa ou explicação meia-boca na frente dos meus amigos. Eu os respeito demais para tratá-los como idiotas.

— Bom, então podemos ir. Eu só pensei... — Violet hesita, e, quando não me ofereço para ficar, ela se levanta, pega a bolsa na cadeira e se despede

161

M. LEIGHTON

de Jake e Laney. — Foi um prazer conhecê-la, Laney. E parabéns aos dois pelo casamento.

— Gostaria que tivéssemos nos conhecido um pouco antes para você ter ido. Faríamos o Jet levar você — diz Laney, piscando para mim.

— Duvido que o uso da força seria necessário — diz Jake, lançando-me um olhar conhecedor.

Eu resmungo e coloco a mão na lombar de Violet, acenando com a cabeça para Jake antes de ir.

— Falo com você semana que vem, cara.

Jake assente de volta antes de dar total atenção à sua esposa. Fico feliz que ele tenha voltado para Greenfield. Senti falta desse bombeiro louco babaca e fico satisfeito de vê-lo feliz.

Quando chegamos ao carro e Violet entra, ela olha para mim do banco do passageiro.

— Nós poderíamos ter ficado, Jet. Sério. Eu não me importo.

— Eu sei — digo a ela, curvando-me para sussurrar —, mas há algo que preciso te contar.

Eu vejo sua boca se abrir e os olhos arregalarem. Fico imaginando se ela pensa que estou prestes a confessar meu amor eterno ou algo assim. Eu pisco para ela, ainda sem tirá-la de seu sofrimento. Uma risada borbulha no meu peito enquanto contorno a frente do carro.

Deslizo para trás do volante, mas ainda não me mexo para dar partida no carro. Eu me viro para encarar Violet.

— Acabei de receber uma ligação da Kick Records. Eles querem ouvir minhas músicas.

— O quê? — pergunta ela, surpresa, mas visivelmente animada. — Jet, você está falando sério? O que eles disseram?

— Eles estão interessados em algumas músicas. Querem ouvir mais. Disseram que estão procurando algo novo e querem que eu faça uma apresentação particular.

— Ah, meu Deus! Quando? Onde?

— Bem, eles estão localizados fora da Califórnia, o que seria uma viagem de merda, mas estão abrindo um escritório em New Orleans e estão dispostos a me encontrar lá.

AMOR SELVAGEM

— Quando?

— Neste fim de semana.

Mesmo que eu não pudesse ver o prazer em seu rosto, poderia dizer que ela está entusiasmada. Posso ouvir no tom de sua voz.

— Estou tão, tão feliz por você. Ah, meu Deus! — diz ela novamente, colocando as mãos sobre a boca.

Então ela me surpreende. Com um gritinho estridente, ela se joga contra mim, passando os braços em volta do meu pescoço e apertando.

Eu a abraço de volta, com cuidado para não colocar muito as minhas mãos nela. Neste ponto, isso poderia ser perigoso. Aqui não é o lugar.

Quando ela se recosta de volta, seu rosto está brilhando. Parece que ela está tão feliz por mim quanto eu.

Não consigo parar de sorrir.

— Eu sabia que não conseguiria ficar lá nem mais um minuto. Estava prestes a explodir e não quero que ninguém saiba ainda.

— Não vou dizer uma palavra — promete ela, fingindo trancar os lábios e jogar a chave fora.

— Não os tranque ainda — digo, incapaz de parar de olhar seus lábios carnudos e me lembrando do gosto deles. — Eu preciso deles por mais um tempo.

O rosto dela está sério agora. Sério e quente.

— Precisa?

Eu ranjo os dentes. Preciso, mas não para o que ela está pensando. Droga! Pelo menos, não esta noite.

— Preciso. Eu preciso de uma resposta.

— Para quê?

— Olha, eu sei que está em cima da hora, mas você gostaria de vir comigo? Eu realmente preciso de apoio.

Minha consciência me alfineta um pouco. Essa não é a verdadeira razão do convite. Bem, talvez uma parte microscópica dela. *Será* bom ela estar lá. Mas há muito mais nisso do que algo profissional. Não, eu quero que Violet vá por uma longa lista de razões pessoais, a mais importante é que não posso mais esperar para ficar sozinho com ela. Sozinho de verdade. Com ela só para mim.

— Eu adoraria — diz ela com um sorriso hesitante. Sua resposta é baixa e tímida, fazendo meu sangue correr para o meu pau. É aquela coisa de mulher gostosa de novo. Se eu fechasse os olhos, poderia facilmente imaginá-la de calcinha e um par de óculos recatados, mordendo a ponta do dedo, olhando para mim com aqueles olhos incríveis e fingindo ser inocente, tímida. Sexy pra caramba.

Eu sorrio.

— Ótimo. Você consegue estar pronta para sair às seis da manhã? Assim chegaremos lá com tempo suficiente para tomar banho antes que eu precise encontrá-los à noite.

— Consigo. Devo levar algo específico?

— Algo meio moderno e sexy, talvez. — Dou o meu sorriso mais lascivo. — Mas não para mim. Para esses executivos da gravadora. Acho que levar um colírio para os olhos pode aumentar minhas chances.

— Então eu sou um colírio para os olhos? É isso?

— Ah, você é um colírio para os olhos, com certeza. Mas, para mim, você também dá água na boca de muitas outras maneiras.

Eu vejo suas bochechas ganhando cor. E isso me afeta até chegar no meu pau, deixando minha calça apertada.

— Verei o que posso encontrar — diz ela, ainda segurando meu olhar.

— Então, me deixa te levar pra casa. Amanhã será um dia longo. Mas espero compensá-la à noite.

O sorriso de Violet diz que ela concorda. Eu me pergunto se ela estaria tão bem-disposta se soubesse exatamente o que eu tenho em mente.

29
Violet

Eu não sei o que eu esperava de uma longa viagem de carro com Jet. Quieta. Chata. Introspectiva. O que quer que eu tenha imaginado, eu estava errada.

Embora a viagem tenha *começado* um pouco mais calma, ela rapidamente ganhou força depois de um café da manhã de um drive-thru. Jet me brindou com uma montagem musical de algumas de suas canções favoritas, bem como algumas das composições *dele*, todas me mostrando o que eu já sabia — Jet tem um grande talento.

Eu não pergunto e ele não menciona a música que ele cantou ontem à noite. Eu sinto um arrepio, um nervosismo na boca do estômago, só de pensar nisso. Mesmo tendo ouvido apenas uma vez, não consigo esquecer a letra. E provavelmente nunca vou.

Na metade do caminho, nós paramos para almoçar.

— Então me diga — começa ele, abaixando o volume do aparelho de som —, o que uma mulher bonita como você gosta de comer? Eu sei que você deve sentir fome.

Jet não está olhando para mim, então não sei dizer se ele está me provocando ou não. *Parece* que sim, mas isso pode ser apenas a minha mente, meu corpo e minha imaginação, todos trabalhando excessivamente.

— Gosto de todo tipo de coisa. Depende do meu humor, do que estou desejando.

— E o que você está desejando hoje?

Um desejo, que está se tornando familiar demais, está se formando na parte mais baixa da minha barriga, fazendo com que meu apetite por *comida* ceda lugar ao meu desejo por... outra coisa.

— Estou aberta a sugestões. Eu topo o que você quiser.

Agora Jet olha para mim. E vejo que não foi apenas *minha* imaginação que decolou na direção errada. Ou talvez seja a direção *certa*.

— Eu esperava que você dissesse isso — admite ele, com os olhos escuros e fumegantes.

Ele não diz mais nada, apenas me deixa com meus pensamentos enquanto conduz o carro para fora da rodovia na direção de uma estrada secundária ladeada por restaurantes.

Quando ele para em frente a um restaurante de frutos do mar com um pátio ao ar livre com vista para um trecho do rio, fico pensando por que ele o escolheu. Ele responde a minha pergunta antes de eu verbalizar.

— Como estamos com um cronograma bastante apertado, precisamos ser rápidos. — Ele desliga o motor e remove a chave da ignição. Antes de sair do carro, ele vira aqueles olhos quentes para mim e diz: — Só para você saber, "rápido" não significa "menos satisfatório" quando você está comigo.

Ele me deixa com esse sentimento enquanto sai do carro e dá a volta para abrir a minha porta. Quando deslizo meus dedos nos dele, sinto a fricção em cada nervo do meu corpo, como se seu toque estivesse arranhando cada um deles, trazendo-os à vida de forma gritante. Ele não diz nada ao fechar a porta e colocar a mão na minha lombar para me guiar para dentro. E eu acho bom. Com Jet me tocando, acho que não conseguiria me concentrar no que ele dissesse agora de qualquer maneira.

Jet solicita a área externa, então a recepcionista nos leva a uma mesa no canto do pátio. O dia está bem quente, mas o ventilador de teto ajuda a manter a área fresca.

Nossa garçonete traz água e dois cardápios. Olho para o meu sem ver muita coisa, com toda a minha atenção focada nos joelhos de Jet, que estão roçando os meus debaixo da mesa.

— Você já comeu ostras cruas?"

— Na concha?

— É.

— Hummm, uma vez.

— E?

Dou de ombros

— Elas estavam boas.

Jet sorri.

— Bem, hoje elas estarão deliciosas. Porque eu vou mostrar a você como comê-las da maneira certa.

— Eu topo — respondo, ainda um pouco atônita com a crescente tensão que parece permear todos os nossos olhares e palavras.

— Eu esperava que você dissesse isso — diz ele novamente com o sorriso malicioso.

Como eles não precisam ser cozidas, a garçonete retorna com nossa comida alguns minutos depois de Jet fazer o pedido. Ela deixa dois pratos lisos na mesa, cada um cheio de gelo coberto com ostras colocadas lindamente na metade inferior da concha.

Observo Jet soltar cada uma das duas dúzias de ostras das conchas e pegar o molho picante. Está sobre a mesa com o sal e a pimenta, como se fosse um condimento usual. Obviamente, em um local que serve comida crua, *pode* ser um condimento usual.

Ele borrifa algumas gotas em uma das ostras e depois olha para mim para perguntar:

— Você prefere comer direto na concha ou com um garfo? Se você comer da concha, não se surpreenda se tiver um areia. Mas não se preocupe, não é nada que vá fazer mal.

Não sei como, mas consigo impedir que meu lábio superior se encolha com asco. Orgulhosa do meu autocontrole, dou minha resposta calmamente.

— Garfo, por favor.

Jet usa o próprio garfo para espetar a ostra e depois estendê-la para mim.

— Venha aqui — diz ele roucamente, seus olhos esfumaçados me dizendo que ele está ansioso para colocar algo em minha boca. E, sendo sincera, agora estou tão ansiosa quanto ele.

Eu me levanto um pouco na cadeira e me inclino para a frente, apenas o suficiente para que eu possa pegar a comida do garfo dele facilmente. Observo seus olhos enquanto faço isso. Eles estão escuros e sensuais, e grudados em minha boca.

Mal me dou conta da ostra salgada, picante e viscosa que desliza pela minha garganta. Tudo o que sinto é o calor do olhar de Jet. Eu lambo os lábios e Jet faz o mesmo, como se desejasse provar os meus.

Seus olhos se levantam até os meus.

— Bom?

— Delicioso — respondo, sem nenhuma referência à ostra.

Jet abaixa o garfo enquanto volto ao meu lugar. Ele não diz nada por alguns segundos enquanto me observa.

— Por mais que eu fosse alimentar você com todas as ostras desta maldita mesa, não tenho certeza se conseguiríamos sair do estacionamento antes do pôr do sol.

— Por quê? — Se eu não estivesse tão fascinada por ele, ficaria surpresa com a minha pergunta curiosamente descarada.

— Porque — diz ele, estendendo a mão sobre a mesa para passar a ponta do polegar sobre meu lábio inferior — não consigo observar seus lábios se fecharem em volta do meu garfo ou ver sua língua lambê-los sem lembrar do seu gosto. E então *imaginar* que gosto você tem nos *outros lugares*. — De repente, o ar parece mais quente, mais espesso do que alguns segundos atrás, e sinto um rubor me inundar das bochechas até o meu âmago. — Espero que você não se importe.

Estou sem fôlego e completamente hipnotizada por suas palavras e pelas imagens que elas trazem à mente.

— Não, claro que não — digo automaticamente.

— É uma pena, porque, se você quisesse muito *mesmo* que eu continuasse colocando coisas em sua boca, você seria a única pela qual eu perderia essa reunião.

AMOR SELVAGEM

O prazer corre atrás da onda de calor que se moveu através de mim, o prazer de que ele estragaria algo tão importante só para estar comigo.

— Eu não poderia deixar você fazer isso, nem se quisesse.

O sorriso de Jet é malicioso.

— O fato de que talvez você queira me dá algo pelo que ansiar.

Não digo nada. Não posso admitir nem que eu consideraria isso — mas considero. Não apenas estou *considerando*, como duvido de que serei capaz de parar de pensar nisso pelo resto da viagem.

Finalmente, quando o silêncio se prolonga e a tensão é quase insuportável, Jet fala.

— Coma — diz ele. — Você precisará de força.

É uma promessa. Não apenas as palavras, mas o seu olhar. E, ainda que eu tenha dito muitas vezes a mim mesma que isso é um erro e que eu não deveria me envolver, sei que agora não tem mais volta. Parece que, por mais que eu tenha tentado evitar, por mais que eu tenha tentado argumentar contra e mentir para mim mesma, como um viciado faria, eu finalmente encontrei minha fraqueza.

É o Jet.

30
Jet

Não sei como diabos cheguei até aqui sem colocar as mãos em Violet. Tem que ser por causa da expectativa desta noite. Ela está me fazendo seguir em frente. *Tem que ser* isso. Se eu não acreditasse que o alívio estava por vir, acho que não teria chegado tão longe.

Mas aqui estou eu. Parado no saguão de um hotel histórico e elegante no coração de New Orleans, esperando para fazer o check-in.

Depois de observar o recepcionista franzir a testa e bater furiosamente em seu computador antes de pegar o telefone e falar baixinho, não me surpreendo quando vejo o concierge se aproximar com um sorriso que diz que ele está pronto para puxar o saco de alguém.

Não é preciso ser um gênio para perceber que algo está errado.

— Sr. Blevins, enquanto a suíte que a Kick Records reservou para o senhor está pronta para a sua chegada, houve um problema com o segundo quarto. Como estava reservado em seu nome e não associado à suíte, as datas foram inseridas incorretamente, mostrando uma vaga quando, na verdade, não tínhamos nenhuma. Peço desculpa pela inconveniência. Eu ficaria feliz em fazer um arranjo e disponibilizar uma suíte em um de nossos outros hotéis, se isso for adequado para o senhor e sua hóspede.

— Você está dizendo que encontraria um quarto para *ela* em *outro hotel*?

— Sim, senhor. Eu ficaria feliz em providenciar.

Olho para Violet.

— *Não* era minha intenção te trazer aqui e deixar você sozinha em outro hotel. Eu espero que você saiba disso.

Ela enruga a testa.

— Claro que sei.

Eu me viro para o concierge.

— Apenas cancele a minha suíte aqui. Vou arrumar um quarto onde quer que ela fique.

— Sim, senhor — assente o concierge.

— Espere — diz Violet, colocando a mão em meu braço. — Não faça isso só por minha causa. Não me importo de ficar em outro lugar. A Kick colocou você *aqui*, então você deve ficar *aqui*.

— De jeito nenhum. Se você não pode ficar, eu também não vou ficar. Nós *vamos* ficar no mesmo hotel.

— Bom... você tem uma suíte. Quantos quartos tem? Quer dizer, quantas camas?

Olho para o concierge, que observa discretamente nossa interação. Ele olha para a tela do computador.

— Senhor, a suíte reservada para o senhor possui dois quartos.

— Ótimo! — exclama Violet. — Se você não se importar, eu fico no outro quarto. A menos que você esteja esperando companhia.

Seus olhos brilham com travessura e seu sorriso diz que ela está me provocando. Como eu adoraria carregá-la para cima e ver esse sorriso se transformar em um mais suave seguido de um longo e voluptuoso gemido.

— Tem certeza? — confirmo. — Quer dizer, *você tem certeza?* — Eu me pergunto se ela entende que minha pergunta é sobre *muito mais*.

Ela encontra meus olhos com os seus, esfumaçados e sensuais, e me encara. Calma. Firme. Resoluta.

— Sim, eu tenho certeza.

M. LEIGHTON

Ela não desvia o olhar. Apenas me observa. Posso ver que ela sabe exatamente no que está se metendo. Ela está pronta. E eu também, como comprova a minha ereção. Eu ranjo os dentes contra essa sensação.

Odiando desviar o olhar, mas precisando, eu me viro para o concierge e confirmo com a cabeça. Ele sorri e digita furiosamente no teclado. Um minuto depois, algo está sendo impresso e ele está colocando duas chaves com aparência de cartão de crédito em um envelope que tem o logotipo do hotel na frente e o número da nossa suíte rabiscado na aba.

— Os elevadores estão atrás do senhor. Insira o seu cartão e pressione o botão S1. Isso lhe dará acesso ao andar da suíte. Vou enviar suas malas imediatamente, senhor.

— Obrigado — digo a ele.

— Se houver mais alguma coisa com a qual possamos ajudá-lo, não hesite em pedir. Estamos aqui para atender às suas necessidades.

Sorrio e aceno com a cabeça, pensando comigo mesmo, enquanto guio Violet para os elevadores, que a única coisa de que preciso agora é a garota ao meu lado. Nua. E molhada. E implorando por mim.

Tento me concentrar em coisas mundanas enquanto o elevador sobe. Nem Violet nem eu falamos até eu abrir a porta do nosso quarto e mantê-la aberta para ela. Embora não fale muito, posso dizer que ela está impressionada.

— Isto é... isto é muito legal — comenta ela. Eu sorrio atrás dela. *É uma suíte muito agradável, o que é ótimo. Mas eu sou um cara. Isso dificilmente é o tipo de coisa que me deixa animado. Ver a reação de Violet, no entanto, me agrada. Eu gosto de ver prazer no rosto dela, *qualquer* tipo de prazer, embora eu esteja bastante ansioso para ver nele um tipo *melhor* de prazer. Mas por enquanto, eu fico com esse.

Nós damos uma volta pelas acomodações caras. Desde a luxuosamente equipada combinação de sala de estar e jantar até as suítes master em cada extremidade; esta unidade exala dinheiro.

— Qual quarto é de quem? — pergunta ao sair do banheiro privativo do quarto à direita da sala de estar.

— Eu não acho que isso importe. Pode escolher.

AMOR SELVAGEM

Ela sorri para mim.

— Você é sempre tão bem-disposto?

— Eu posso ser. Posso ser ainda mais bem-disposto do que isso nas circunstâncias certas.

Sua risada é leve e arejada, como se ela estivesse um pouco sem fôlego. Isso, com praticamente tudo o que ela disse e fez desde o almoço, está me destruindo por dentro.

— Nesse caso, eu vou ficar com o outro. Acho que gosto mais das cores de lá.

— O que fizer você se sentir bem — respondo. Estou a uma fração de segundo de ceder ao meu impulso de tocá-la quando ouço uma batida na porta.

Com um suspiro de frustração, meus punhos ficam cerrados. Em vez de colocar as mãos em Violet, como eu estava prestes a fazer, eu vou abrir a porta.

É o carregador trazendo nossas malas.

— Onde devo deixá-las, senhor?

— Eu fico com esta — declaro, levantando minha bolsa de viagem do gancho formado pelos dedos do carregador. — A outra fica ali — explico, indicando a direção do primeiro quarto com a cabeça.

Ele assente e leva a mala de Violet para o quarto que ela escolheu. Espero-o ressurgir para lhe dar uma gorjeta e mandá-lo seguir seu caminho.

— Obrigado, senhor — diz ele com um aceno de cabeça enquanto aceita minha nota dobrada. Aceno em retorno e fecho a porta atrás dele.

A interrupção indesejada foi exatamente o que eu precisava para colocar minha cabeça de volta no lugar.

Espio o relógio e me viro para Violet.

— Acho que está na hora de eu deixar você se arrumar. Temos cerca de quarenta e cinco minutos antes de precisarmos descer.

Não sei se os olhos de Violet realmente me mostram que ela também está decepcionada ou se é apenas minha imaginação.

— Acho que preciso ir para o chuveiro então — diz ela, balançando os braços como se estivesse esperando alguma coisa.

Não posso resistir a mais uma cutucada.

— A menos que você precise de ajuda lá. Eu ficaria feliz em adiar por algumas horas se suas costas precisarem ser lavadas.

O sorriso de Violet é lento e sexy pra caramba.

— Acho que posso fazer isso sozinha.

Ela mantém os olhos nos meus enquanto se afasta. Na minha cabeça, sua expressão está preenchendo o que não foi dito.

Talvez mais tarde.

Mais tarde precisa chegar logo.

31
Violet

É irritante saber que Jet está a poucos metros de distância enquanto eu estou parada sob a água quente completamente nua. Cada centímetro da minha pele está supersensível. Não é difícil fechar os olhos e imaginar suas mãos ensaboadas em mim, deslizando suavemente por todo o meu corpo. Na verdade, estou tão envolvida nesses pensamentos enquanto me lavo com *minhas próprias* mãos que pulo, culpada, quando Jet bate na porta do banheiro.

— Violet, tudo bem por aí?

Mesmo atrás de uma porta fechada onde ninguém pode me ver, sinto o rubor queimar minhas bochechas.

— Sim. Estou quase terminando.

— Certo, eles ligaram e querem que eu os encontre no bar do hotel para tomar uma bebida primeiro. Você se importa de ir para lá quando estiver pronta?

— Não, de jeito nenhum. Não vou demorar.

— Não tenha pressa. Tenho certeza que vamos apenas falar de negócios até você chegar.

M. LEIGHTON

— Tudo bem. Boa sorte!

— Obrigado — responde ele, e aí eu não ouço nada além de silêncio.

Embora eu não tenha realmente o *visto*, isso faz com que voltar para o banho se torne ainda mais desconcertante. Mas sei que não posso demorar muito mais. Preciso ficar pronta para que eles não precisem esperar por mim.

Terminando rapidamente o meu banho, saio e me enxugo antes de passar uma camada espessa e agradável de hidratante. Depois de me vestir, seco o cabelo e aqueço o modelador de cachos enquanto passo maquiagem. Vinte e dois minutos depois, examino meu reflexo, esperando que eu tenha feito as escolhas certas para essa ocasião. Tecnicamente, estou aqui para apoiar o Jet, por isso preciso causar uma boa impressão nos executivos, mas o mais importante no momento é ficar bonita para *ele*. E isso deveria me preocupar.

Jogo batom, pó compacto, algumas balas de hortelã e a chave do quarto em uma bolsa que combina com meu vestido e sigo para o elevador. Uma vez no saguão, esquadrinho o ambiente, procurando o bar. O saguão se divide em uma esquina dos dois lados, por isso me parece impossível descobrir em que direção está o meu destino. Dou alguns passos à frente, esticando o pescoço para ver além da curva. Quando estou me endireitando, meus olhos passam pela recepção e percebo que o jovem atrás do balcão está me observando. Eu sorrio de maneira educada e ele faz o mesmo. Então, estranhamente, ele aponta para a direita. Sinto meu cenho franzir em confusão, e ele aponta de novo. Olho para saber o que ele está indicando. Alguém está me procurando?

Não vejo rostos conhecidos, então olho de volta para o funcionário. Ele faz um gesto para ir até ele. Relutantemente, eu vou.

— O bar é para lá — diz ele, apontando para a direita novamente.

— Como você sabia que era isso que eu estava procurando?

Seu sorriso se alarga.

— O cavalheiro que desceu há pouco tempo me disse que uma mulher bonita poderia precisar de instruções para chegar ao bar.

— Como você sabia que era eu?

AMOR SELVAGEM

— Ele disse que eu saberia quando a visse. E ele estava certo.

Seus olhos estão brilhando com apreciação masculina. Meu rosto esquenta feliz quando aceno com a cabeça.

— Bom, muito obrigada. — Começo a caminhar, mas, antes disso, me viro para acrescentar: — Obrigada pela direção também.

O recepcionista pisca para mim e eu sorrio. Tenho certeza de que ele está me observando ir embora. Isso não poderia ter acontecido em um momento melhor, é claro. Minha confiança está satisfatoriamente maior quando entro no bar.

Paro na entrada da ampla porta e examino os rostos para encontrar a bela face de Jet. Ele é fácil de achar, já que é, de longe, o homem mais lindo do ambiente. Seus olhos se voltam rapidamente e param em mim quando o encontro, e ele se levanta.

Minha respiração fica presa na garganta. Não tenho certeza se estou sem fôlego por vê-lo usando um terno preto, cortado perfeitamente para abraçar seus ombros largos e sua cintura um pouco mais estreita, ou se estou sem fôlego pelo jeito como ele me olha.

Seus olhos percorrem lentamente o meu corpo, tão lentamente que eu sinto seu calor, como se fossem suas mãos. Tento me mover em sua direção o mais naturalmente que consigo, desejando que meus pés não se enrosquem diante de sua análise ardente.

Quando paro à mesa, Jet continua me observando. Sem palavras. Há um silêncio absoluto ao nosso redor e, por alguns segundos, é fácil esquecer que não somos as únicas pessoas na sala. No mundo.

32

Jet

Eu achei Violet gostosa desde a primeira vez que coloquei os olhos nela, mas juro que ela fica mais gostosa a cada vez que a vejo. E hoje? Sinto desejo. Eu quase sairia desta reunião se isso significasse levá-la de volta para o nosso quarto e lamber cada centímetro quadrado daquela pele linda.

Movo-me para puxar a cadeira ao lado da minha, indicando com um aceno de cabeça que é para ela. Ela contorna a mesa e para na minha frente, olhando nos meus olhos. Seus lábios estão curvados em uma insinuação mínima de sorriso. Eu me inclino para sussurrar em seu ouvido:

— Você está maravilhosa.

E está mesmo. Ela escolheu o vestido perfeito. Não apenas para a ocasião, mas para *ela*. É um vestido justo prateado brilhante que fecha com uma fivela sobre um ombro e vai até a metade da coxa. Cada curva exuberante é realçada sem parecer vulgar, e a cor faz com que seus olhos pareçam estanho. Também ajuda o fato de que seus lábios estejam vermelho-escuros sugáveis e que sua pele macia tenha um brilho que faz meus dedos coçarem para tocá-la.

AMOR SELVAGEM

Eu empurro sua cadeira quando ela se senta e depois tomo meu lugar ao lado dela.

— Então, essa deve ser sua colega, Violet — diz Rand do outro lado da mesa. Por mais difícil que seja tirar os olhos de Violet, eu desvio meu olhar para Rand com a intenção de respondê-lo. Mas ele continua antes que eu consiga, dirigindo-se a Violet. — Jet não nos disse que ele tinha pessoas tão bonitas em sua equipe.

O sorriso grande e cheio de dentes que Rand dá a Violet me irrita, mas imagino que ele esteja tentando jogar conversa fora. Em grande parte, é isso que alguns desses caras fazem — eles bajulam. Não sei ao certo qual atitude joga gasolina em meu temperamento, se o próximo comentário que ele faz ou a maneira como ele olha para Violet, como se desejasse que *ela* estivesse no cardápio, mas uma delas definitivamente me atiça. Tudo o que posso fazer é me segurar para não arrebentar a cara dele.

— Eu pensei que esta noite seria apenas de negócios e nenhum prazer, mas posso ver que há *muito* prazer por vir. Obrigado por estar aqui, Violet.

Violet sorri lindamente.

— Obrigada. E você é...?

— Randall Gregory, mas eu adoraria se você me chamasse de Rand.

Violet assente.

— Prazer em conhecê-lo, Rand.

Eu não acho que ela esteja flertando com ele. Está apenas sendo educada, charmosa e linda, porque não pode evitar. Mas, ainda assim, isso me irrita pra caramba.

A mão de Violet está apoiada na beirada da mesa, então eu estendo a minha para segurá-la.

— Fico contente que a Violet pôde vir. Não consigo me imaginar aqui sem ela.

Violet me dá um sorriso deslumbrante, o que faz com que eu me sinta um pouco melhor até Rand começar a falar novamente e ela olhar para ele. É como se ter a atenção dela me aquecesse, e no minuto em que ela a volta para outro lugar eu não sentisse nada além de ar frio e uma pontada de ciúme.

M. LEIGHTON

— Nós sabemos o que Jet faz, mas não sabemos nada sobre o que uma mulher deslumbrante como você faz com seu tempo. Diga-me, Violet, você é modelo? Porque eu tenho um amigo que está sempre procurando talentos. E ele sabe que eu tenho um ótimo... olho.

Tudo o que posso fazer é segurar minha língua. Que tipo de idiota daria em cima de Violet quando ela está claramente comigo?

— Ah, Deus, não! Sou muito baixinha para ser modelo, mas agradeço o elogio — responde Violet.

— Mesmo sem altura, seu rosto e suas formas são muito bonitas, em perfeitas proporções, e qualquer homem em sã consciência a contrataria. Quer dizer, qualquer *empresa* — diz ele com uma piscada de olho e uma risada.

Violet ri também, e me mata ver suas bochechas florescerem com rubor. A mim incomoda muito que *qualquer* outra pessoa possa fazê-la corar, e mais ainda esse babaca inútil.

— Violet é assistente social. Ela é uma das pessoas mais gentis que já conheci — interrompo, recuperando a atenção de Violet e esperando que Rand cale a boca antes que eu tenha que calá-la para ele. Sem dúvida, isso estragaria totalmente a minha chance de tentar ser bem-sucedido com as minhas músicas. Levo a mão dela até os meus lábios, roçando-os sobre os nós de seus dedos.

Seus olhos assumem um aspecto cortante e confuso que eu ignoro. Ela pode não entender o que está acontecendo, mas eu com certeza estou. E não gosto nem um pouco.

— Bem, é um prazer tê-la conosco, Violet. Posso lhe oferecer uma bebida ou um aperitivo? — pergunta Paul, o mais importante dos três executivos. Fico aliviado ao vê-lo assumir a conversa.

— Obrigada — diz Violet, servindo-se da porção de frango apimentado para colocar no prato de pão. — Eu adoraria um Ginger Ale.

Paul assente, fazendo sinal para a garçonete, que aparece em segundos, anota o pedido de Violet e retorna com o refrigerante pouco tempo depois.

Sinto-me melhor com tudo à medida que a noite transcorre. Rand mantém seus comentários para si mesmo, embora eu fique bastante irritado toda vez que olho para ele e percebo que ele está olhando ou sorrindo para

180

AMOR SELVAGEM

Violet, tentando envolvê-la. Na maior parte do tempo, porém, a conversa permanece firme no campo dos negócios.

Em dado momento, eu o noto fazendo isso de novo, então me inclino para mais perto de Violet, colocando o braço sobre as costas de sua cadeira enquanto dou meu maior sorriso para Rand, quase o desafiando a dar mais um passo. Ele retribui meu sorriso tenso e levanta uma sobrancelha para mim. Um desafio?

Se for isso, tudo o que posso dizer é que está valendo!

Eu aceno com a cabeça para ele, roçando a ponta dos meus dedos sobre o ombro sedoso de Violet. Vejo os lábios de Rand afinarem, e tenho que lutar contra o impulso de rir na cara presunçosa dele.

Depois que Violet termina a bebida, quando eu supus que iríamos para a sala "particular", Paul me surpreende com sua sugestão.

— Como estamos todos bem à vontade, por que você não canta algumas músicas aqui, Jet?

Olho em volta da mesa e me pergunto se esse era o plano o tempo todo, como um teste. Mas rapidamente descarto a ideia. Não há razão para eles me testarem. A reunião é sobre minhas músicas, não sobre minha capacidade de me apresentar.

Por essa razão, concordo sem hesitar. Não só não dou a mínima para o lugar onde eles querem que eu cante como, a esta altura, quero acabar logo com isso para que Violet fique longe de Rand.

Afasto a cadeira e pego meu violão embaixo da mesa. Olho em volta e vejo que há uma mesa vazia atrás de nós. Eu me levanto e coloco o estojo do violão em cima dela, pego meu instrumento e deslizo o estojo para um dos assentos acolchoados. Virando-me para encarar Violet e os executivos da Kick, eu me inclino contra a borda da mesa e dedilho algumas notas para afinar o violão.

Canto "Toda vez que fecho meus olhos" primeiro, uma música que escrevi há três anos. Eu acreditava nela na época, mas agora? Agora eu a amo ainda mais. Tem um significado totalmente novo desde que conheci Violet. Como a música sugere, ela está sempre nos meus pensamentos.

M. LEIGHTON

Ela não fez de propósito, é claro. Ela não planejou que eu precisasse dela como eu preciso — *preciso* sentir seu corpo embaixo do meu, *preciso* provar cada cantinho macio, *preciso* estar cada vez mais dentro dela a cada dia que passa. Não é culpa dela que eu veja o seu rosto toda vez que fecho os olhos. E não será culpa dela quando eu mergulhar minha língua naquela cavidade na base de seu pescoço esta noite e depois lamber todos os pontos sensíveis abaixo dele antes do amanhecer. É apenas algo que preciso fazer, que se danem as consequências.

Quando termino, Paul bate palmas.

— Mais uma, Jet. Vamos ouvir algo novo e recente.

Eu havia pensado em tocar algumas e terminar com "Me afogando", mas parece que não vou ter essa chance. Eu limpo a garganta e toco as cordas, sentindo a música em minha alma, exatamente como eu fiz quando a escrevi.

E quando a cantei pela primeira vez.

Para Violet.

Levanto os olhos para encontrar os dela em mim. É tão fácil cantar para ela agora quanto foi da última vez. Tenho a sensação de já ter cantado essa música mil vezes, as notas e as palavras tão familiares para mim quanto as músicas que eu conheço há anos. Ela me observa o tempo todo, sem nunca tirar os olhos de mim. Eu sei disso porque não tiro os olhos dela.

Quando eu dedilho as três notas finais, deixando a última pairar no ar até que desapareça completamente, há um silêncio absoluto no bar. Por alguns segundos, é como se o mundo estivesse absorvendo a minha música, minhas palavras, minha alma.

Após essa pausa respeitosa, Paul começa a bater palmas. Depois, outros se juntam a ele. Muitas outras pessoas, algumas que eu nem tinha visto antes. Mas agora, ao olhar em volta, vejo que atraí uma pequena multidão.

Eu aceno com a cabeça e sorrio, virando-me para guardar o violão. Quando ele está em segurança sobre o veludo dentro da caixa, volto para a mesa e me sento ao lado de Violet. Percebo que ela está estranhamente rígida, mas não posso questioná-la sobre isso. Em vez disso, volto minha atenção para Paul.

AMOR SELVAGEM

— Então, o que você acha?

Seu sorriso é grande e encorajador.

— Precisaremos discutir isso, é claro, mas estou otimista — diz ele com um aceno de cabeça. — Ligo para você antes de sair do hotel amanhã.

— Parece bom — digo, tentando parecer despreocupado, tentando esconder a frustração que sinto.

Mais espera.

— Talvez vocês dois devam passar o resto da noite comemorando — acrescenta Paul, indicando Violet com a cabeça. Seu sorriso é tranquilizador. E ele usou a palavra *comemorar*, que é animadora pra cacete.

Concordo com um aceno, sentindo-me melhor sobre as coisas.

Eu me viro para sorrir para Violet, ansioso para ver a animação em seus olhos, mas ela está com a cabeça baixa. Eu a observo por um tempo, mas ela não olha para cima. Parece muito interessada nas miçangas de sua bolsa.

— Parece uma ótima ideia.

Eu corro as costas dos meus dedos pelo braço dela. Sinto-a recuar. É quase imperceptível — certamente, não é visível —, mas eu sinto isso assim mesmo.

Ela não olha para mim quando diz:

— Foi um prazer conhecê-los, senhores. Se puderem me dar licença, preciso subir para o meu quarto.

Ela sorri educadamente e se levanta. Todos nos levantamos com ela.

— O prazer foi nosso — diz Paul.

Rand é o único estúpido o suficiente para lhe dar seu cartão na minha frente.

— Se você por acaso estiver em Los Angeles, ligue para mim. Eu adoraria lhe mostrar a cidade.

Tenho que flexionar meus dedos para me impedir de puxar o cartão e jogá-lo na sua cara.

— Obrigada — diz Violet simplesmente, acenando com a cabeça para o trio antes de se virar para se afastar da mesa.

Estendo a mão sobre a mesa para apertar as mãos do pessoal da Kick Records.

183

— Obrigado por se encontrarem comigo. Aguardo pelas notícias amanhã.

Paul assente, assim como Gene, que não disse uma palavra desde que as apresentações foram feitas. Rand apenas me dá um sorriso contido, o que me faz querer quebrar os dedos dele, que ainda estou segurando nos meus.

Pego meu violão e saio atrás de Violet. Eu a alcanço quando as portas do elevador estão se fechando.

— Você está bem? — pergunto.

A princípio, ela não diz nada. Apenas bate a bolsa na coxa. Mas depois de alguns segundos, como se não pudesse mais se conter, ela vira olhos cinzentos furiosos para mim.

— O que foi tudo aquilo?

— O que foi o quê?

— Toda aquela atitude lá embaixo? Foi para isso que você me trouxe? Para ter sua própria fã?

— O quê? Do que diabos você está falando?

— Toda a atenção especial, todos os toques carinhosos e cantando para mim daquele jeito. Nunca me senti tão usada.

— Eu não estava usando você, Violet.

— Então o que você estava fazendo? Você nunca agiu assim antes.

— Eu não imaginei que poderia te incomodar.

— Isso me incomoda porque você fez como parte da sua apresentação.

— Acredite em mim. Não teve absolutamente nada a ver com a minha apresentação.

— Claro que teve! Por que mais você agiria assim?

Lembranças de como Rand estava olhando para ela, do jeito que eu *sei* que ele estava pensando em tocá-la, faz minha raiva disparar novamente.

Eu me viro para Violet, chegando mais perto, meu rosto a centímetros do dela.

— Você quer saber por quê? Eu vou dizer. Não tinha nada a ver comigo, com a minha apresentação. Tinha *tudo* a ver com aquele imbecil pegajoso dando em cima de você. Estava me irritando.

— O quê? Porque um cara aleatório ia estar dando em cima de mim? Isso é ridículo!

AMOR SELVAGEM

— É? É ridículo eu ter odiado o jeito como ele falou com você? É ridículo isso me fazer querer arrancar os olhos dele toda vez que ele olhava para você? É ridículo que eu quis matá-lo quando você sorriu para ele?

Violet recua para longe da minha raiva.

— Jet, tenho certeza de que aquilo foi apenas parte do jeito como ele negocia.

— Foi o cacete! Ele queria você, e aquilo estava me devorando por dentro. Por *isso* eu ficava tocando em você. Queria que ele soubesse que você é minha.

A voz de Violet é suave.

— Mas eu não sou sua.

Faço algumas respirações longas, profundas e irregulares.

— Mas isso não significa que eu não queira que você seja.

33

Violet

A confissão dele me desarma.

— Tudo aquilo porque você estava com ciúme?

Jet suspira e abaixa a cabeça.

— Sim. Droga. — Quando ele a levanta, não há nada além de sinceridade em seus olhos. — Fico furioso só de pensar em outro homem colocando as mãos em você. Em outro homem *pensando* em colocar as mãos em você. E você pode não ter reparado que ele estava fazendo mais do que flertar, mas eu com certeza reparei. — Ele respira fundo outra vez e suspira. — Mas não foi minha intenção te deixar desconfortável.

Quero estender a mão e tocá-lo para suavizar as rugas de sua testa. E, pela primeira vez, eu não me impeço. Apenas faço o que tenho vontade de fazer. O que *preciso* fazer. E eu toco Jet.

— Não há razão para se sentir assim. Eu nunca, em um milhão de anos, deixaria aquele homem me tocar, não importa o quanto quisesse ou quão rico e poderoso ele pense que é. — Um canto da boca de Jet se levanta na tentativa de sorrir. — Mas eu adoro o fato de você não ter gostado. Ninguém nunca teve ciúme de mim.

AMOR SELVAGEM

— Isso só comprova que você conheceu apenas completos imbecis. Mas espero que isso funcione a meu favor. — Seu sorriso é esperançoso, o que me faz rir.

— Parece que pode funcionar.

— Isso significa que você me perdoa por agir como um neandertal?

— Bem, já que você não fez xixi em mim *ou* me golpeou na cabeça e me arrastou para a sua caverna, acho que posso perdoá-lo.

Jet agarra meu pulso e puxa a minha mão, que ainda cobre seu rosto, em direção à sua boca, onde ele segura um dedo com os dentes e o morde levemente.

— Isso significa que eu arrastar você para a minha caverna *mais tarde* está fora de questão?

A abertura das portas do elevador alivia parte da tensão crescente que mais uma vez eclodiu entre nós. Com um sorriso, eu me afasto de Jet, saindo de dentro do elevador.

— Pensei que deveríamos estar comemorando ou algo assim.

— Não consigo pensar em *nenhuma* forma melhor de comemorar...

Com uma risada leve, atravesso o corredor para deslizar minha chave na porta.

— Você me prometeu New Orleans. Vou usar o banheiro e então você pode me mostrar.

Um pequeno formigamento se agita pelo meu corpo ao som sugestivo não apenas da minha última declaração final, mas do timbre da minha voz. Até para os meus ouvidos, parece provocante. Rouco. Sexy.

— Vou ficar feliz em mostrar tudo o que você gostaria de conhecer.

Dou um sorriso e corro para o banheiro, onde posso me recompor o suficiente para voltar.

Depois de renovar minha maquiagem, quase engulo minha língua quando saio para encontrar Jet deitado de lado na minha cama. Ele tirou o paletó e afrouxou a gravata, fazendo-o parecer um delicioso homem de negócios que está pronto para se divertir.

Comigo.

— Pronto? — pergunto, ciente da densa crepitação de eletricidade no ar entre nós.

— Muito.

Jet desliza para fora da cama e pega minha mão. Nenhum de nós diz nada durante todo o caminho até o saguão. E isso é bom. A forma como ele fica olhando para mim e sorrindo deixa todos os nervos do meu corpo em alerta máximo, dificultando o foco em qualquer coisa. Inclusive na fala.

Com o corpo quente de Jet pressionado contra a lateral do meu, saímos do hotel para as ruas alegres do French Quarter. Caminhamos devagar, sem pressa, e Jet aponta lugares interessantes e conta curiosidades à medida que avançamos. Toda vez que ele se inclina para falar perto do meu ouvido, arrepios descem pelo meu braço. E toda vez que seus olhos encontram os meus, fico cada vez mais e mais convencida de que ele sabe disso.

Paramos em um café pitoresco para um beignet, que é uma deliciosa massa frita. Eu mordo um pedaço e o deixo derreter em minha língua, resistindo ao impulso de revirar os olhos. Mas fico contente por ter conseguido. Não ia gostar de perder a visão de Jet me vendo comer. Seus olhos, com as pálpebras pesadas, estão focados na minha boca. Enquanto eu o assisto me observando, ele lambe os lábios, enviando uma pontada de desejo diretamente para o meu estômago. É uma doçura a que nem o delicado doce consegue se igualar.

Eu fico quente e desconcertada depois de apenas uma mordida. Assistir a Jet me observando é incrivelmente erótico, algo ao qual não estou nada acostumada. Mas é inebriante e excitante de uma maneira que me faz sentir mais viva do que nunca.

Algumas portas para baixo do café, Jet para e pede um drinque para nós dois em um bar que atende por uma janela, um fato que acho divertido por alguma razão.

— O fast-food de álcool na Bourbon Street — digo e coloco meus lábios no canudo do copo colecionável iluminado por LED. A bebida é frutada e um pouco salgada, mas tem um gosto paradisíaco em minha boca seca. Tomo mais alguns goles.

— Vá devagar com isso. Definitivamente, não é Coca-Cola, sendo fast--food ou não.

Por cima do meu copo, sorrio feliz para ele, excitada com a maneira como ele me observa e o jeito como isso me faz sentir.

— Estamos em New Orleans — digo afinal. — Devo relaxar e beber como os nativos, certo?

Jet sorri.

— Você pode se soltar quanto quiser comigo.

Eu rio e sugiro impulsivamente.

— Vamos encontrar uma daquelas boates inferninhos que mostram na TV e dançar até ficarmos quentes e suados.

— Um daqueles lugares tão lotados que todo mundo fica se esmagando?

— Exatamente!

— Desde que eu seja o único que você deseje esmagar.

Espontaneamente, me estico na ponta dos pés e roço os lábios sobre os de Jet.

— Não consigo pensar em mais ninguém que eu queira esmagar.

— Então vamos dar à mulher o que ela quer.

Jet me guia pela rua até um pequeno bar que fica logo na saída da rua principal. A porta está aberta, e tanto a música quanto as pessoas estão se espalhando pela rua. Jet abre caminho na multidão, puxando-me atrás dele. Uma vez lá dentro, olho ao redor para o interior enevoado. A fumaça paira baixa e espessa no ar, dando uma capa de mistério sensual à massa contorcida de corpos aglomerados no espaço apertado em frente à banda.

Isto é exatamente o que eu tinha em mente.

Jet me puxa para um dos poucos lugares vazios ao longo da parede.

— Termine isso e depois dançaremos.

Espio a minha bebida, pronta para argumentar. Mas, para minha surpresa, vejo que só há uma pequena quantidade restante no fundo do copo. Devo ter bebido muito mais do que pensei pelo caminho. Não prestei muita atenção. Nem notei Jet terminando sua bebida e jogando o copo no lixo.

Empurrando o canudo para o lado, levanto a bebida e deixo que ela se derrame na minha boca, fria e refrescante. Quando chego ao fundo, abaixo o copo e sorrio para Jet.

— Ahhh, deliciosa.

Ele pega o copo dos meus dedos e o coloca no canto do bar atrás de nós.

— Então, vamos.

A banda está terminando o set quando abrimos caminho no meio da multidão. Eles tocam mais uma música, algo fumegante e sensual, como a própria atmosfera. Jet se move atrás de mim, colando seu corpo ao meu como o prometido. Posso sentir cada centímetro rígido dele, curvando e balançando no ritmo da música. Seu calor nas minhas costas e a aglomeração em volta fazem com que eu me sinta aquecida e relaxada.

Quando a banda larga os instrumentos para fazer uma pausa, música regular é colocada na caixa de som. Mas essa mudança não diminui em nada o entusiasmo do pessoal.

Reconheço a voz única e com alma de Joss Stone. Sem esforço, sua música sedutora e as notas sensuais penetram nos meus membros e colocam meu corpo em movimento.

Recosto-me em Jet, deixando minha cabeça cair em seu ombro. Sinto suas mãos chegarem aos meus quadris, a ponta dos dedos roçarem meu estômago. Eles me puxam para mais perto dele. Cada movimento que seu corpo faz contra mim cria uma doce fricção que eu sinto por todo o corpo até o meu âmago.

Arqueio minhas costas e levanto o braço para envolvê-lo em seu pescoço. Inclino minha cabeça para o lado quando seus lábios provocam a pele macia logo abaixo da minha orelha, dando-lhe melhor acesso. Sinto que ele está duro ao encostar na minha bunda. Agarrando-me com as mãos, ele me abraça apertado enquanto se fricciona contra mim, enviando uma chuva de calafrios que desce pelas minhas costas e uma de desejo para o V entre minhas pernas.

Instintivamente, movo meus quadris para a frente e para trás contra ele. Acima da música, ouço seu gemido em meu ouvido enquanto seus dedos entranham na minha carne.

— Não faça isso — murmura ele.

— Não faça o quê? — pergunto timidamente, sem fôlego.

— Não me provoque com essa bunda deliciosa e essa saia curta. Você pode se importar que estamos em público, mas *eu* não.

— Não fazer *isso*, você quer dizer? — pergunto, incapaz de tirar o sorriso safado do meu rosto enquanto me inclino e esfrego minhas costas nele.

AMOR SELVAGEM

— Violet — avisa Jet asperamente, com os dentes visivelmente cerrados. — Você está brincando com fogo. Tem certeza de que quer fazer isso? — Enquanto fala, ele deixa uma de suas mãos descer pelo meu quadril até a frente da minha coxa, onde ele a percorre em direção à parte interna da minha perna e a arrasta em direção ao meu centro. Fico ofegante, tendo uma sensação quase dolorosa de frustração quando ele para justamente perto de onde eu mais preciso do seu toque.

— Você tem certeza de que quer me convencer a não fazer isso? — pergunto, fechando meus olhos para todas as pessoas ao nosso redor. Ninguém está prestando atenção mesmo. Ninguém se importa com a forma como Jet está me tocando.

Eu quase posso fingir que estamos sozinhos... apenas com a música...

— A única coisa que eu quero convencer você a não desistir agora é disso — diz ele, correndo a palma da mão até a dobra da minha perna, a ponta dos dedos roçando a borda da minha calcinha.

— Você não faria — provoco, entregando-me à noite, à música e ao Jet.

— Não faria o quê?

— Não faria algo assim aqui.

— É um desafio?

Eu sorrio, sabendo que estou segura para provocá-lo. De forma alguma ele faria...

— Não, é um fato.

Jet desliza a mão pelo lado de fora da minha coxa e depois a sobre até o quadril, arrastando a barra do meu vestido com ela. Sinto seus dedos escorregando sob a borda fina da minha calcinha e a apertando em um punho. Com um puxão rápido, sinto o estalo do elástico. Ofego novamente, tanto em desejo quanto com a surpresa.

— Ainda acha que eu não faria? — sopra ele em meu pescoço.

Eu cedi ao que quer que seja isso entre mim e Jet horas atrás. Agora, não dá para voltar atrás. Desta vez, eu não quero.

— Não.

Ainda balançando com a batida intensa da música, meu braço ainda enrolado em seu pescoço, meu corpo ainda pressionado contra o dele, Jet alcança a borda oposta da minha saia e rapidamente rasga o outro lado da minha calcinha. Eu a sinto escorregar um pouco pelo meu corpo.

Minha pulsação está martelando em meus ouvidos, mais alta do que qualquer música em toda a cidade, quando Jet afasta meus quadris dos dele o suficiente para que possa alcançar a parte de trás da minha saia e puxar minha calcinha por entre as minhas pernas. Lentamente, ele puxa a peça, a leve fricção da seda sobre a minha carne sensível fazendo minhas entranhas se apertarem da maneira mais deliciosa.

Quando não há nada sob minha saia além do ar quente de New Orleans, ouço Jet sussurrar em meu ouvido.

— Agora você pode andar por aí a noite toda sabendo que sua calcinha molhada está no meu bolso.

— Ela não estava molhada — nego, ignorando o calor que se espalha pelo meu rosto.

— Você está tão molhada para mim, gata, que eu quase sinto o cheiro desse seu corpo delicioso. Humm, tão doce.

— Você está mentindo — respiro, presa no mel de suas palavras.

— Estou?

Inclinando-me bruscamente para a frente, seu corpo se dobrando sobre o meu por trás, Jet passa a mão pela parte interna da minha coxa e desliza o polegar para dentro de mim. Não consigo impedir o gemido que borbulha em meu peito e transborda dos meus lábios.

Meu coração está batendo forte. Meu sangue está pegando fogo. Quando Jet se endireita, sinto meu corpo comprimindo, implorando por mais. O desejo é quase mais do que eu posso suportar. Digo o nome dele. É o único outro som que consegue atravessar meus lábios entreabertos.

— Jet.

Quando ele me gira para encará-lo, passando um braço em volta da minha cintura e me segurando firme contra ele, eu quase desmorono com o olhar ardente em seu rosto.

Com os olhos nos meus, Jet coloca o polegar na minha boca e o arrasta por meu lábio inferior antes de deslizá-lo para dentro para passar sobre a minha língua.

AMOR SELVAGEM

— Ainda acha que você não está molhada para mim?

Giro minha língua sobre sua pele, amando a maneira como arqueja, a maneira como suas pupilas ficam ainda mais dilatadas.

— Eu não sei. Você me diz.

Jet puxa o polegar por entre os meus lábios. Observo enquanto ele o leva à boca e lambe lentamente a umidade.

Avançando o rosto na minha direção, Jet pergunta suavemente:

— Você sabe qual é o gosto?

— Qual? — consigo dizer.

— De quero mais.

Suas mãos se movem para a base da minha coluna, pressionando-me contra ele, pressionando minha suavidade em sua poderosa rigidez.

— Diga que sim, Violet — fala Jet, seus lábios tão perto dos meus que posso sentir seu hálito quente.

— Sim para quê? — pergunto, atordoada diante de uma atração e de um desejo tão avassaladores.

— Sim para tudo. — Jet passa a língua pelo canto da minha boca. — Por favor — acrescenta ele, lambendo meu lábio inferior antes de puxá-lo entre os dentes para chupá-lo.

Sinto uma sensação forte e latejante na parte mais baixa do estômago, uma palpitação que sei que não desaparecerá até que eu possa sentir Jet tocando cada parte de mim.

— Sim — sussurro.

Os lábios de Jet tomam os meus em um beijo que deixa minha cabeça girando. O mundo é um borrão de luz, cor, som e calor quando ele me leva de volta para a rua.

Perco a conta de quantas vezes ele para, no meio da calçada, no meio da rua abarrotada de gente, para me beijar. Todo o meu ser está em chamas por ele. Cada toque de suas mãos, cada roçar de seus lábios, cada olhada que ele me dá faz com que eu me derreta por dentro.

No elevador do hotel, Jet me empurra para o canto no instante em que as portas se fecham. Beijando e tocando, mordendo e chupando, ele joga

193

gasolina em um inferno já furioso. Quando ele alcança por baixo da bainha curta do meu vestido e enfia um dedo longo em mim, eu faço a única coisa que posso. Eu me agarro. Aos seus ombros, à minha sanidade mental, à sensação de que o êxtase está chegando, eu me agarro.

— Isso tudo é para mim — geme ele, introduzindo outro dedo em mim, mais fundo que o primeiro. Ele os retira e esfrega as pontas escorregadias sobre o meu clitóris, apertando-o levemente. Eu grito, incapaz de me conter. — Acho que não consigo esperar para provar você, Violet — diz ele, ajoelhando-se na minha frente e afastando minhas pernas.

Olho para baixo, ao mesmo tempo espantada e mais excitada que nunca. Jet está me observando, e seus olhos nunca deixam os meus enquanto ele se inclina para a frente e enterra a língua dentro de mim.

Jogo a cabeça para trás e seguro o corrimão com toda a minha força, determinada a não me derreter em uma grande poça. Jet circula sua língua sobre mim antes de se levantar novamente, bem a tempo de puxar meu vestido para baixo e se virar para encarar as portas. Segundos depois, elas se abrem.

Ando com as pernas bambas até o nosso quarto. Uma vez lá dentro, onde o mundo está silencioso e o ar, fresco, Jet me envolve em seus braços e me carrega até a minha cama. Gentilmente, ele me coloca de pé em um canto do colchão.

— Você sabe quanto eu quero você, Violet? — pergunta ele, seus lábios provocando meu queixo e meu pescoço enquanto suas mãos percorrem minhas costas. — Você sabe o tipo de coisa que eu sonhei em fazer com você?

Suas palavras são afrodisíacas por si sós. Fecho os olhos, concentrando-me em suas mãos e em sua boca.

— Conte para mim.

— Sonhei em como o seu rosto ficaria na primeira vez em que eu colocasse um de seus mamilos na minha boca. — Enquanto fala, seus dedos agilmente agarram o fecho no meu ombro, afrouxando-o e deixando o corpete escorregar do meu peito. Sinto meus mamilos enrugarem com o ar frio quando Jet se inclina para trás. — Eles são ainda mais perfeitos do que

AMOR SELVAGEM

eu imaginei — diz ele, envolvendo meus seios com a palma das mãos. — Agora eu vou saber como é deslizar minha língua entre eles. — Conforme ele fala, sinto seus lábios se moverem sobre mim e depois o calor úmido de sua língua enquanto ele lambe entre os meus seios. — E se seu rosto fica como eu imaginei. — Meus joelhos quase se dobram com o primeiro toque de sua língua em mim. Ele banha meu mamilo antes de puxá-lo para sua boca e chupá-lo. Enrosco meus dedos em seu cabelo, segurando-o em mim. — Ainda melhor do que eu imaginei — declara ele, voltando sua atenção para o outro lado, para brincar com o outro mamilo. — Humm, você gosta disso, não é, gata?

— Sim — respondo.

— Apenas espere — murmura ele contra mim, suas mãos descendo o meu vestido sobre meus quadris. Quando estou diante dele vestindo nada além dos saltos, Jet me incita a sentar no canto do colchão. Ele afasta meus joelhos, minhas pernas caindo sobre cada lado da superfície firme. — Eu vou fazer você gozar, Violet. Tão forte que seu corpo ficará mole. Tão forte que vou sentir quando enfiar minha língua dentro de você.

Novamente, Jet se ajoelha entre minhas pernas, colocando a palma das mãos na parte interna das minhas coxas e as afastando. Enquanto eu assisto, ele deposita beijos do meu joelho até a virilha, ficando cada vez mais perto da pulsação que ele mesmo colocou em mim. Quando ele se inclina levemente para a frente para passar a língua pelo meu vinco, eu estremeço, incapaz de controlar a contração dos meus músculos. Eu arquejo, e Jet me puxa em sua direção, deslizando sua língua para dentro de mim, lambendo-me por dentro. Jogo a cabeça para trás, descansando meu peso nas mãos, que estão posicionadas atrás de mim para que eu não caia na cama.

Jet move as mãos sob a minha bunda e me aperta com força, levantando-me e me segurando em sua boca, aberta e pronta. Com seus lábios e sua língua, ele saboreia cada centímetro de mim, por dentro e por fora. Quando a tensão em mim cresce tanto que me tira o fôlego, Jet parece perceber, acelerando os movimentos, pincelando a língua sobre mim até que algo explode por dentro e eu me despedaço em cacos de vidro cintilantes e luz.

Como se ele soubesse exatamente do que eu preciso, Jet me move contra seu rosto enquanto onda após onda toma conta de mim. Eu o sinto em todos os lugares certos, lambendo e chupando, mordiscando e mordendo. Não sei quando meus braços desistiram, mas quando meu corpo volta para a Terra, estou deitada de costas e Jet está beijando o interior das minhas coxas.

— Eu poderia comer você no café da manhã todos os dias e nunca me cansar disso — diz ele, arrastando a língua pelo vão da minha perna junto ao meu quadril. Sedutoramente, ele desliza a ponta de um dedo para dentro de mim. — Eu poderia me banquetear com o seu corpo, cada parte suculenta dele, até você me implorar para parar. — Sinto meus músculos o sugando, já prontos para ele me preencher, me levar até o limite novamente e me possuir. — Humm, é isso que eu gosto de sentir. Eu quero que você chupe meu pau por dentro. Quero que você o aperte com tanta força que consiga me sentir pulsar quando eu gozar dentro de você.

Meu corpo já está ficando contraído novamente, tenso. Pronto. Sinto o jato de calor quando ele move o dedo para mais fundo, arrancando um gemido de mim.

— Você quer, não quer? Me sentir gozando dentro de você?

— Sim — sussurro com os olhos ainda fechados, alheios a tudo, exceto às mãos e à voz de Jet.

— Sentir o jorro quente dentro de você?

— Sim — digo novamente, ficando mais excitada a cada momento.

— Você toma pílula?

— Não — respondo reflexivamente, um pouco confusa enquanto meu cérebro caótico tenta encontrar sentido em algo além do que estou sentindo.

— Tudo bem — diz ele, e seu toque me deixa brevemente enquanto ele procura por algo. Posso ouvir o movimento de roupas, então levanto minha cabeça e abro os olhos.

Jet está tirando uma camisinha do bolso. Observo enquanto ele se levanta para desabotoar as calças e empurrá-las pelas pernas. Sua cueca boxer caem junto, deixando-o nu aos meus olhos. A barra da camisa cai sobre a parte superior de suas coxas, mas não esconde nada. Tão grosso quanto o

AMOR SELVAGEM

meu pulso, posso ver seu comprimento duro subindo entre as duas metades da camisa, firme, forte e longo, aumentando ainda mais meu desejo por ele.

Não consigo tirar os olhos de Jet enquanto ele desembala o preservativo e o desenrola da ponta para a base. Eu sei que vai doer. Ele é enorme! Mas será uma dor boa, uma para a qual meu corpo está mais do que preparado.

Quando os movimentos de Jet diminuem, meus olhos se movimentam até os dele. Ele pisca para mim.

— Não se preocupe. Eu não vou machucar você, a menos que você me peça.

— Como você pode ter certeza?

Jet cai de joelhos novamente, sentando-se sobre os quadris.

— Venha aqui — diz ele, abrindo os braços. Eu me sento e começo a deslizar para fora da cama. — Levante primeiro — instrui ele, e assim eu faço, inconscientemente colocando o ápice das minhas coxas bem no nível de sua boca. — Assim mesmo — diz ele. — Agora abra as suas pernas. — Com o coração batendo mais rápido de novo, eu faço o que ele pede. Resisto ao impulso de jogar a cabeça para trás novamente quando sinto seus dedos me provocando ainda mais. — Você sabe o que eu adoro ouvir? — pergunta ele.

— O quê?

— Aquele barulhinho que você fez quando eu te chupei. — Ele está olhando para mim, seus dedos me provocando, fazendo-me querer friccionar meus quadris contra eles, pedindo mais pressão. — Meu pau latejou para estar dentro de você naquele exato momento. — Eu me sinto caindo sob seu feitiço novamente, incapaz de pensar além do que ele está dizendo, do que ele está fazendo. — Dobre os joelhos — sussurra ele. Eu não questiono. Apenas faço o que ele pede, dobrando meus joelhos. Sinto suas mãos deslizarem para o lado de fora das minhas coxas, guiando-me sobre suas pernas até eu ficar montada nele. Posso sentir seu comprimento pressionado contra mim.

— Agora eu posso tocar em você quanto eu quiser — diz ele, provocando meu clitóris com a ponta do polegar. — E posso assistir seus lindos lábios tremerem quando você gozar. Porque você vai — sussurra ele, sua boca encontrando um mamilo excitado para chupar enquanto seus dedos me levam ao limite.

Mal percebo quando Jet passa um braço em volta da minha cintura e me levanta. Só sei que, quando ele me encaixa, sinto a mais deliciosa corpulência na minha entrada. Eu arquejo, meu corpo novamente implorando por mais. Quando ouço o ar atravessar por entre os dentes cerrados de Jet, sinto um latejar enlouquecedor.

Um pouco depois, ele me move sobre ele, seu polegar ainda brincando entre minhas dobras, sua língua ainda provocando meu mamilo.

— Caramba, você está tão molhada — geme Jet. — E tão quente. — Jet me desce ainda mais sobre ele. — E tão... Ah, puta merda! Tão apertada. — Ele arfa, sua mão se movendo da minha frente para a bunda. Ele alcança entre as minhas pernas e me abre por trás. A ação me inclina para a frente, colocando minha parte mais sensível em contato com seu corpo enquanto ele me balança em cima dele.

Quanto mais me move, mais fricção ele causa, mais eu *quero* me mexer em cima dele. E tenho menos controle sobre os meus quadris. Estou circulando meu sexo contra ele, a tensão aumentando cada vez mais, quando ouço Jet rugir. Eu me levanto e o sinto morder meu mamilo enquanto me deixa cair sobre ele.

O mundo para de girar. O ar para de fluir. Sou invadida por Jet. Completamente. E ele está envolvido por mim. Completamente. Eu grito com o prazer mais extraordinário que já experimentei.

Jet fica perfeitamente imóvel.

— Eu machuquei você? — pergunta ele, sua voz tensa.

— Não. Ah, com certeza não! — gemo.

— Ótimo — diz ele, retirando e empurrando novamente, indo um pouco mais fundo.

Eu arqueio as minhas costas, absorvendo mais dele, querendo saber quanto falta. As mãos de Jet encontram meus quadris e me guiam sobre ele, colocando-me quase completamente fora, e depois me puxando de volta para baixo, empalando-me nele novamente.

AMOR SELVAGEM

Minha cabeça gira com o intenso prazer enquanto Jet me conduz a um ritmo, estocadas longas e profundas para cima e para baixo. Suas mãos estão tocando em todos os lugares. Seus lábios estão beijando por toda parte. Sua língua está provocando todos os lugares. Eu me movimento nele cada vez mais rápido, cada vez mais forte, inflamada pelo som de sua voz enquanto ele sussurra obscenidades para mim, obscuras e impertinentes, excitando-me com elas.

Precisando fazer algo com as mãos, precisando sentir cada centímetro dele contra mim, pego a camisa de Jet, meus dedos apalpando os pequenos botões. Jet murmura contra o meu peito:

— Rasgue.

Uma pequena parte de mim questiona a sabedoria disso, mas não o suficiente para parar. Com uma liberdade que não costumo sentir, enfio meus dedos no algodão macio da camisa dele e a puxo, rindo quando os botões se soltam.

— Ah, aí sim — geme ele, seus dedos apertando a carne dos meus quadris, fazendo-me engolir a risada em um gemido.

— Você gostou disso? — pergunto, sentindo-o crescer ainda mais rígido dentro de mim.

— Sim.

Vejo a luz fraca brilhando no aro de ouro em seu mamilo, atraindo minha atenção e minha mão. Eu o pego, puxando suavemente. Eu o ouço sibilar, sinto sua pulsação quando ele fricciona meus quadris nos dele.

Inclinando-me, estimulo o anel de seu mamilo com minha língua enquanto provoco o outro com meus dedos, puxando e mordiscando, deliciando-me com a maneira como Jet reage. Isso me faz sentir sexy, poderosa e desejada.

Ele aumenta o ritmo e eu me endireito, movendo-me cada vez mais forte em cima dele. Sinto seus dedos de volta entre nós, brincando comigo, torturando-me até eu sentir que estou perdendo a cabeça.

De uma só vez, Jet chupa meu mamilo com força, me abraça apertado e flexiona os quadris, dirigindo seu corpo para mais fundo dentro de mim do que eu pensava ser possível. Eu me mexo em cima dele gritando seu nome.

M. LEIGHTON

— Caramba, sim — geme ele. — Cavalgue em mim. Tome cada centímetro dele. Goze em mim.

Deslizando sobre ele, caio com força, outro orgasmo se rasgando através de mim como um trem descarrilado.

Jet me segura sobre ele, empurrando seus quadris contra os meus, aumentando a fricção e me levando à loucura. Eu o sinto enrijecer por uma fração de segundo antes de sentir o primeiro latejar. Jet me abraça mais forte e comprime seu corpo dentro do meu uma vez, duas e depois uma terceira vez, segurando-me contra ele enquanto se entrega ao próprio gozo.

34
Jet

Estou no chão, deitado de costas olhando para o teto. Violet está esticada em cima de mim, caída sobre o meu peito desde que nós dois gozamos. Nenhum de nós está pronto para se mover ainda.

Não sei se foi toda a expectativa, ou o fato de que ela foi um pouco difícil de conquistar, ou se é porque eu não transo há algumas semanas, mas o que rolou me deixou abalado. O normal seria que, depois de um sexo incrível com uma mulher gostosa, eu me sentisse sublime. E eu me sinto — em grande parte.

No entanto, uma parte de mim está furiosa. Irritada comigo mesmo, pelo que fiz e sob qual pretexto. Mais uma vez, sou lembrado de que Violet me odiaria, agora ainda mais, se soubesse do que sou capaz.

Quando ela finalmente se mexe, inclinando-se para olhar para mim, seu cabelo com cheiro floral cai para um lado, fazendo cócegas em meu rosto. Seus olhos estão suaves e sonhadores e os lábios levemente curvados. Ela parece feliz. Satisfeita.

M. LEIGHTON

Sorrio para ela, percorrendo minhas mãos pela pele macia de suas costas e sobre os globos redondos de sua bunda.

— Isso foi incrível — digo a ela.

Ela sorri e suas bochechas assumem aquele tom rosado que eu amo ver.

— Sério?

— **Você não achou?**

— Bem, sim. Achei que foi incrível, mas...

— Mas o quê?

Ela dá de ombros.

— Eu não sabia o que você acharia. Quer dizer, já faz algum tempo para mim.

— Já faz algum tempo para mim também.

Enquanto observo, como nuvens deslizando sobre um mar turbulento, seus olhos se escurecem e sua expressão fica séria. Ela não diz nada, apenas fecha os olhos e encosta a testa no meu queixo. Estendo a mão para acariciar os cabelos sedosos na atrás de sua cabeça.

— Qual é o problema?

Ela espera alguns minutos realmente longos e desconfortáveis antes de falar. E, quando o faz, ela olha para mim com lágrimas nos olhos.

— Isso foi tão egoísta da minha parte.

— O quê? Do que você está falando?

— Você precisava da minha ajuda, e é isso que eu te ofereço. Uma recaída.

— Isso não é uma recaída, Violet. Foi... diferente.

Ela sai de cima de mim e fica em pé, com as mãos nos dois lados da cabeça.

— Ah, Deus, o que eu fiz? O que eu fiz? — diz ela com uma voz baixa, repetidas vezes.

Eu me levanto, vou até onde ela está andando de um lado para o outro e a faço parar, tomando seu rosto em minhas mãos.

— *Você* não fez nada. Nós fizemos isso juntos. Nós dois somos adultos e consentimos. Sabemos como funciona.

AMOR SELVAGEM

As palavras que tinham a intenção de acalmá-la parecem piorar qualquer merda de culpa que ela esteja sentindo.

— Não, não sabemos. Você não sabe de tudo — ela murmura, afastando-se de mim. Há tristeza em sua voz, e não tenho ideia do porquê.

— Claro que eu sei. Nós dois queríamos isso, Violet.

— Sim, mas você... você... é claro que *você* queria.

— O que *isso* deve significar?

Ela finalmente se vira para mim. Seus olhos estão tão infelizes quanto sua voz. Ela está se torturando por algo.

— Jet, há uma coisa que eu preciso te contar — começa ela, torcendo as mãos.

— O que é? Você pode me dizer qualquer coisa.

Seu queixo treme ao ouvir minhas palavras e ela olha para o teto.

— Ah, Deus! Por favor, não seja tão legal. Eu não mereço isso.

— Violet, você está sendo ridícula. Claro que você merece que alguém seja legal com você.

Ela fecha os olhos com força, como se doesse olhar para mim.

— Jet, eu não sou viciada em sexo — murmura ela. A voz dela é tão baixa e suave que não tenho certeza se ouvi corretamente.

— O quê?

Quando ela abre os olhos e eles encontram os meus, são como duas poças brilhantes de lágrimas e angústia.

— Eu não sou viciada em sexo.

Balanço a cabeça, tentando entender o que ela pode querer dizer com isso.

— O quê? Do que você está falando?

— Eu fui lá pela Tia. Ela é minha melhor amiga, não apenas alguém que eu meio que sou madrinha. Ela tem um problema, mas acha que não tem. A Tia nunca iria a menos que eu fosse, e ela estava prestes a perder a confiança de um homem muito bom. Então eu fui para apoiá-la. Só que ela não apareceu naquela primeira vez.

Dou um passo para trás, minha mente lutando para acompanhar.

— Então você mentiu sobre ser viciada em sexo?

203

M. LEIGHTON

Ela assente uma vez.

— Eu não queria só... só... *ir embora*, então eu me levantei e disse a mesma coisa que todo mundo estava dizendo.

— Então tudo... aquilo que você disse...

— Era mentira.

É hipócrita pra cacete da *minha parte*, entre todas as pessoas, ficar puto com sua confissão, mas estou. Todo esse tempo, eu pensei...

— Por que você não me contou? — pergunto, sentindo-me traído, o que é uma grande merda.

— Eu não queria te magoar. Não queria que você sentisse que o único lugar onde foi buscar ajuda, que deveria ser um santuário, era menos do que isso. Eu sabia o quão prejudicial seria se alguém descobrisse. Juro que não fiz por maldade. Eu só estava tentando ajudar a minha amiga.

— E você estava tentando ajudá-la quando inventou aquela coisa de ser madrinha?

— Eu não disse isso — defende-se ela. — A Tia inventou isso. Não eu.

— E por quê?

Violet olha para baixo, encostando o queixo no peito.

— Ela achou você um gato, e que eu precisava de uma vida social.

— Você está de sacanagem comigo?

Ela olha para mim e balança melancolicamente a cabeça.

— Não, infelizmente, não estou. Essa é a verdade, juro por Deus.

Minha risada é amarga, mesmo que eu não tenha motivos para nada menos do que perdoar. Mas não sinto vontade de perdoar. Eu me sinto enganado. E com raiva.

— Como eu posso acreditar em qualquer coisa que você diz?

— Por que eu mentiria *agora*? Não faz sentido. O dano está feito. Me pergunte qualquer coisa e eu vou dizer a verdade. Qualquer coisa.

— Por quê?

— Eu disse o motivo.

— Então me diga novamente — retruco.

— Eu ajudo as pessoas, Jet. É o que eu faço. É *quem eu sou*. Minha amiga precisava de ajuda, mesmo que ela não soubesse. E eu queria fazer isso por ela. — Sua voz falha enquanto ela continua. — E aí eu conheci você. E você também precisava de ajuda. Eu sabia que dizer a verdade machucaria muitas pessoas, inclusive você e a Tia. Mas guardar o segredo machucaria apenas a mim. Então escolhi guardar para mim, para que eu pudesse fazer mais bem do que mal.

— E como você se sente? Você *sente* que fez mais bem do que mal? Porque eu com certeza não acho.

Soluçando, Violet esconde o rosto nas mãos.

— Sinto muito, Jet. Eu nunca quis magoar você.

Uma onda de simpatia é oprimida por amargura quando penso em todas as implicações do que Violet fez, mesmo que *ela* também não conheça todos os fatos.

— Então você dormiu comigo esta noite, sabendo que poderia simplesmente se levantar pela manhã e continuar a viver como se nada tivesse acontecido, enquanto *eu*... o viciado... poderia sofrer uma enorme recaída por causa disso?

Ela desaba na cama como se suas pernas parassem de sustentá-la.

— Meu Deus, meu Deus, meu Deus!

— Senhorita Nobre e Poderosa, olhando com superioridade para o restante de nós por conta de nossas fraquezas. Mas não porque *superou* as próprias fraquezas, sendo um exemplo de força ideal, algo que você fingia ser. Não, você nunca *teve* uma fraqueza. Você não faz ideia de como é...

— Mas eu tenho — geme ela. — Agora eu *tenho*. Nunca desejei tanto que eu passasse a ter controle sobre mim. Nunca. Eu presenciei tantas coisas durante toda a minha vida que passei a evitar tudo que pudesse ser perigoso. Até conhecer você. Você não entende, Jet? *Você* foi a minha fraqueza. Você *é* a minha fraqueza. Eu fiz coisas horríveis para estar com você. Também disse mentiras horríveis para mim mesma. Só para estar com você. Só para pensar, mesmo que por um minuto, que não havia problema em ficar com você. Por favor, não me odeie, Jet. Fui egoísta e cruel, mas juro pela minha vida que nunca quis te magoar. — Ela abaixa a cabeça novamente. Suas últimas palavras são tão baixas que eu mal as ouço. E não tenho certeza se ela queria que eu ouvisse. — Eu nunca quis me apaixonar por você.

35

Violet

Meu coração está despedaçado! Eu deveria ter dito a ele antes. Com certeza, antes de transarmos. Eu tentava me convencer de que estava fazendo tudo para ajudá-lo, mas agora vejo que estava com medo.

Com medo de perdê-lo.

Mas, ao esperar, aconteceu exatamente o que temi. É isso que está acontecendo. E eu mereço. Deus me ajude, eu mereço.

Eu me sinto a mais baixa das baixas. Quem *mentiria* para uma pessoa com um verdadeiro vício? Alguém procurando ajuda? Que confiou a você seus segredos? Que tipo de pessoa faz isso?

Uma pessoa horrível.

Eu me encolho quando sinto as mãos de Jet. Elas se acomodam em meus ombros e ficam paradas por alguns segundos antes de descerem pelos meus braços e apertarem meus cotovelos. Gentilmente, ele me puxa para que eu fique de pé.

Não consigo olhar para ele. Não posso encará-lo e ver a traição devastadora que sei que estará em seus olhos. Quando ele coloca um dedo embaixo

AMOR SELVAGEM

do meu queixo e levanta meu rosto, eu mantenho as pálpebras bem fechadas. Não consigo olhar para o que fiz. Não suporto os destroços.

— Violet, olha pra mim — exige Jet, sua voz menos severa.

Contra a minha vontade, abro-os lentamente, focando em seu rosto. Não vejo o ódio que esperava. Ou o nojo. Ou a devastação. Vejo uma ternura calma e hesitante.

— Obrigado por me dizer.

— Sinto muito por ter esperado tanto tempo — falo, chorando.

Ele coloca um dedo sobre meus lábios.

— Chega de desculpas.

— Por favor me perdoe. Eu...

— Não há nada para perdoar. Sei que você não fez de propósito. Esse não é o tipo de pessoa que você é. Eu sei disso. Eu só estava... — Jet suspira. — Fiquei um pouco magoado. E surpreso. Ainda que, em retrospecto, eu deveria ter adivinhado.

Eu franzo o cenho.

— Por que você diz isso? — pergunto.

Os lábios de Jet se curvam em um discreto sorriso e ele afasta os fios de cabelo que grudaram nas minhas bochechas molhadas.

— Você não se parece em nada com uma viciada em sexo.

— Com o que uma viciada em sexo se parece?

— Não com uma bibliotecária. Mesmo que seja uma bibliotecária sexy pra cacete. A primeira vez que te vi, achei que você parecia inocente. Foi difícil para mim imaginar você como uma viciada em sexo.

Eu sei que é loucura eu me ofender, mas, ainda assim, suas palavras machucam.

— Eu nunca *gostei* de sexo. Não posso fazer nada se isso transparece.

— Nunca gostou de verdade? Você quer dizer... que nunca teve um...

Sinto a humilhação subindo do meu estômago para me sufocar.

— Não. E prefiro não falar sobre isso.

Começo a me afastar dele, mas Jet me para.

— Não é culpa sua, Violet. Não é nada vergonhoso. Isso tem a ver estritamente com uma falha dos seus parceiros.

— Isso deveria estar no singular.

— O que deveria?

— Parceiro. Apenas um.

— Você só esteve com um homem?

Concordo com a cabeça, sentindo-me pior com toda essa viagem a cada segundo.

— Deus, que babaca imbecil ele deve ter sido para desistir de você.

— Duvido que ele concorde.

— É por isso que ele é um imbecil. Você é inteligente, espirituosa, agradável e gentil. Linda. E o seu corpo... — Jet balbucia, afastando-se de mim para poder me olhar com mais clareza, uma ação que deixa minhas bochechas em chamas em questão de segundos. — Como é sensível ao toque. — Eu arquejo, pela surpresa e por um pouco de excitação, quando ele arrasta as costas dos dedos sobre um mamilo. Sinto a região ficar firme e formigando. — Nunca estive com uma mulher como você. Nunca senti com outra pessoa o que senti agora há pouco.

Sua voz é baixa. Quando olho para ele, seus olhos estão escuros e pesados.

— Jet, eu...

— Nunca se subestime desse jeito, Violet. Qualquer homem morreria para ter isso apenas uma vez.

Ele envolve meu mamilo com os dedos. Prendo a respiração desejando que meu corpo não responda, desejando poder simplesmente desaparecer.

— Você não estava lutando contra isso antes. Não comece agora — diz ele, levando a ponta de um de seus dedos até os lábios, molhando-o com a língua e desenhando um círculo úmido em volta do meu outro mamilo. — Não há nada mais sexy do que uma mulher que se deixa levar. Observar a sua reação, saber o quanto você gosta do que estou fazendo é a coisa mais intoxicante do mundo. — Jet se inclina para sussurrar no meu ouvido. — Não resista, Violet. Não resista a *mim*.

Ele roça os lábios ao longo da lateral do meu rosto, curvando-se para pressioná-los no meu pescoço antes de cair de joelhos na minha frente.

— *Isso* é lindo — murmura ele, torcendo um mamilo e deixando-o como um botão ainda mais apertado. — Isso me deixa faminto. Por você, Violet. Só você.

Nos olhos dele, vejo a verdade de suas palavras. E no meu corpo, eu as sinto. Não posso resistir a ele. Porque eu não quero. Parei de querer há muito tempo. Eu apenas nunca admiti isso para mim mesma.

— Me deixa ter você, gata — diz ele, inclinando-se para a frente para percorrer um bico excitado com a ponta da língua. — Deixe que eu tenha tudo.

Quando ele puxa meu mamilo para sua boca, seus olhos ainda sustentando os meus, sei que já é inútil lutar. O que quer que exista entre nós, independentemente de como chegamos aqui, me domina. E eu quero ser dominada.

Jet deixa uma mão escorregar pelo meu estômago até o desejo crescente entre as minhas pernas. Eu o sinto deslizar um dedo pela minha fenda e voltar novamente para massagear minha parte mais sensível. Meu peito se enche de ar. O tempo para com o movimento de sua mão. Quando ele enfia o dedo em mim, exalo uma respiração trêmula. Jet fecha os olhos, gemendo quando tira meu mamilo de sua boca.

— Isso, gata. Apenas se deixe levar.

E eu deixo.

Minha cabeça está cheia de bobagens na viagem de volta para casa. Depois de uma noite, manhã e parte da tarde repletas do sexo mais gratificante e criativo de que já ouvi falar, pensei que me sentiria mais... conectada. E estava. Até alguns minutos antes de sairmos.

Olho de relance para Jet, ainda lamentando a perda do que tivemos em New Orleans.

— Está tudo bem? — pergunto pela milésima vez.

E, pela milésima vez, ele responde:

— É claro.

Houve variações no diálogo: "Sim, está tudo bem, por que não estaria?", mas as perguntas e as respostas são essencialmente as mesmas. No entanto, meu sentimento de inquietação está apenas piorando.

Quero lhe perguntar coisas específicas, mas tenho medo. Eu pesquisei todos os cantos da minha mente tentando entender o que aconteceu. O que quer que seja, deve ter sido pouco antes de partirmos, mas não consigo pensar no que poderia ser.

Relembro mais uma vez procurando pelo gatilho.

Depois de uma maratona de sexo seguida de um café da manhã bem tardio, decidi tomar um banho, com a primeira metade sendo deliciosamente interrompida por Jet. Foi quando saí que notei que ele parecia... diferente. Perguntei se havia algo errado. Ele negou com um sorriso fraco e um beijo em minha testa.

Minha *testa*.

Eu me perguntei se era porque ele não havia tido notícias dos caras da Kick Records, mas não quis tocar no assunto, caso isso piorasse as coisas. E aqui estamos nós. Horas depois, fiz zero progresso em discernir o que está errado. Só sei que alguma coisa *está*.

Não quero ser intrometida quando ele parece relutante em me dizer o que está acontecendo. E não quero insistir porque sinto que estaria cavando minha própria cova se ele estiver sentindo uma reincidência de mágoa ou irritação porque o enganei.

Então, em vez de pressioná-lo, eu continuo perguntando. E ele continua negando.

— Você está com fome? — pergunta ele quase na hora do jantar.

Dou de ombros, já que a comida não parece nada atraente com minhas emoções à flor da pele.

— Se você quiser parar, tudo bem. Posso fazer o que quiser — respondo agradavelmente.

Jet fica em silêncio por alguns segundos antes de declarar:

— Vamos continuar na estrada. Estou ansioso para chegar em casa.

Dou a ele o sorriso mais brilhante que consigo, o qual tenho certeza de que não é nem um pouco brilhante. Eu me viro para olhar pela janela desejando que esse passeio desconfortável acabe logo. Preciso de tempo sozinha para *sentir*. Suspeito de que possa haver lágrimas no meu futuro.

Quando os faróis do carro de Jet iluminam as placas para Summerton, estou emocionalmente exausta. Conheço muitas pessoas que, em sua mente, transformaram situações completamente gerenciáveis em trens desgovernados, então sei do perigo de pensar demais, analisar demais. Mas eu nunca fui propensa a isso. Sempre fui capaz de deixar as coisas para lá, de tirá-las do pensamento até que possam ser resolvidas de forma pragmática.

Até agora. Até Jet. Até ficar cara a cara com minha única fraqueza. E agora isso está me despedaçando, transformando-me no tipo de pessoa que eu abominei secretamente esse tempo todo.

Talvez seja isso que eu mereço. Talvez seja o que eu ganho por desprezar as pessoas que não conseguem se controlar. Talvez seja a maneira que a vida encontrou de melhorar minha capacidade de me relacionar com meus clientes, meus amigos, minha família. Estou tendo um gostinho do que é querer tanto algo que chega a doer, de ficar obcecada e não conseguir parar. E sentir a agonia de ver escorregar por meus dedos, sentir a frustração de enlouquecer tentando descobrir o que deu errado e como voltar atrás.

Eu relaxo minha cabeça no assento tentando clarear minha mente e me perder nas notas melancólicas da música no rádio. Mas isso não ajuda. Apenas dá a impressão de realçar minha tristeza, tornando-a quase insuportável.

O telefone de Jet toca e fico grata pela interrupção. A tensão no carro está me enlouquecendo.

Só ouço o final da conversa de Jet, mas consigo entender o teor da ligação.

— E aí, cara, tudo bem?

— Sim, eu vou te contar tudo.

— No caminho de volta agora. Por quê?

— Não, minha agenda está livre na quarta-feira. Onde é?

— É o clube logo depois do Brass?

— Sim, sim. Eu conheço o lugar. Então, que horas? Sete?

— Legal. Vamos nos encontrar alguma hora amanhã. Quero ensaiar algo novo para adicionar ao primeiro set.

— Você fala com eles?

— Certo, cara. Vejo você amanhã.

Quando ele desliga, olha para mim e dá um sorriso torto, mas não diz nada. Devolvo o gesto o melhor que posso antes de, mais uma vez, me virar para olhar pela janela, para a noite escura e sem vida que passa por mim.

Menos de uma hora depois, Jet está parando no meio-fio em frente à minha pequena casa. Não sei por que é tão deprimente quando ele muda

M. LEIGHTON

a marcha para ponto morto, mas é. Isso me diz que ele não está pensando em ficar. Nem mesmo em entrar. Isso me diz que ele está ansioso para ir embora.

Não espero ele sair e dar a volta para abrir a minha porta. Saio rapidamente, pegando minha bolsa e a bagagem no banco traseiro. Quando me endireito, Jet está ao meu lado, fechando a porta e tirando a bagagem do meu ombro.

Ele me leva até a porta e pega minhas chaves para destrancá-la. Enquanto acendo a luz da entrada, ele se inclina para colocar minhas coisas no chão, junto ao aparador encostado na parede. Quando ele se endireita, ainda está do lado de fora, olhando para dentro.

A menos de meio metro de distância, olho para Jet e o observo, tentando descobrir o que deu errado e com o coração partido por ter acontecido. Meu peito fica apertado e sinto a ameaça de lágrimas quando meus olhos examinam seu lindo rosto e sua expressão educadamente interessada. Embora só tenha acontecido uma vez, sei quando estou sendo preparada para ser gentilmente descartada.

Meu sorriso é trêmulo e minha voz instável quando falo coisas que eu queria mais do que tudo conseguir controlar.

— Obrigada por me mostrar New Orleans — digo simplesmente.

Jet fica em silêncio por bem mais de um minuto. Então ele me surpreende dando um passo à frente. Colocando meu rosto em suas mãos, ele se inclina para roçar seus lábios nos meus. Meu coração, minha alma, tudo o que sou se derrete em uma poça como manteiga em forno quente.

Quando ele levanta a cabeça para olhar para mim, tenho certeza de que nunca vi algo mais bonito, e mais angustiante, que o rosto dele.

— Obrigado por vir comigo. Eu me diverti muito.

Ele sorri para mim. Nesse gesto, eu leio a palavra FIM.

Engulo minhas emoções em um gole difícil.

— Eu também.

— Eu ligo pra você — diz ele, já se afastando.

Concordo com a cabeça, incapaz de forçar mais uma sílaba pelo nó na garganta.

AMOR SELVAGEM

Jet dá uma batidinha no batente da porta, perto da fechadura, quando a puxa para fechar.

— Tranque.

Mais uma vez, consinto, decidida a manter meu sorriso no lugar até que ele suma de vista.

Fora da vista, fora da mente, penso melancolicamente.

Infelizmente, sei que no fundo o velho ditado não se aplicará a mim. Jet nunca sairá da minha mente.

Nunca.

36

Jet

Por mais que eu já tenha tido dias de merda, não consigo pensar em um momento que me senti pior. Sobre tudo.

Relembrando os últimos dois dias, po..o apontar muitas coisas excelentes. Mas agora, menos de quarenta e oito horas depois, cada uma delas desmoronou.

Recebi uma ligação da Kick Records na sexta-feira, uma que eu sabia que poderia mudar a minha vida. Esta tarde, recebi outra ligação deles, essa facilmente me deixando para baixo.

Eu tinha acabado de sair do banho com Violet, que foi uma coisa muito boa, quando vi a luz da mensagem piscando em meu telefone. Era aquele idiota do Rand me dizendo que, embora eu tenha algum talento, não sou o que eles estão procurando.

Aquilo desencadeou uma série de outras coisas angustiantes, e a primeira delas foi a constatação de que terei que fazer mais shows com a banda até que surja algum interesse de outro lugar ou desistir da música completamente e terminar a faculdade. E não gosto de nenhuma dessas opções.

AMOR SELVAGEM

Mas essa nem foi a pior parte. Enquanto eu olhava fixamente para a porta fechada do banheiro e ouvia Violet cantarolando alegremente no chuveiro, pensei em sua confissão. Eu não estava mais bravo com aquilo, o que é bom, porque eu não tinha esse direito. Não, eu pensei em como ela foi corajosa por me contar, em como ela é uma boa pessoa. No fundo, ela é realmente uma pessoa muito boa — diferente de mim. Já fiz algumas coisas bem desprezíveis e não tenho a decência de confessá-las a ela. Porque sou um filho da puta e não a mereço. Não posso trazer sequer uma coisa boa para a vida dela. Nem uma. Eu sou um bosta por brincar com ela desse jeito, para começo de conversa.

Mas a pior parte foi como me senti sobre minha decisão de seguir em frente. Em vez de ter a decência de deixá-la em paz ou fazer a coisa mais certa e contar o que ela merece saber, decidi que continuarei a vê-la. Vou guardar meus segredos, porque ela me odiaria se soubesse. E, no fim, prefiro esconder as coisas a desistir dela. Eu não posso deixá-la ir.

Porque sou um filho da puta.

Só que essa é uma pílula difícil de engolir, e eu me vi engasgando com ela cada vez mais com o passar do dia. Então aqui estou eu me afastando de Violet, mas ainda assim prometendo a ela que vou ligar. Algo que eu não deveria fazer. Mas sei que vou.

Porque eu sou um filho da puta. E eu a quero. Mais que qualquer coisa, inclusive a minha alma, que certamente irá queimar por fazer isso com ela.

Mas isso vai me parar? *Não.*

Por quê? Porque eu sou um filho da puta.

37
Violet

— Você está de brincadeira. Que babaca! — vocifera Tia.
— Eu deveria ter previsto. Quer dizer, quão burra eu sou? Ele é um playboy de vinte e seis anos. Até faz parte de uma banda de rock. E é viciado em sexo, pelo amor de Deus!

— Mas ele parecia um cara tão legal...

— Eu deveria saber.

— Violet, você não pode deixar de correr qualquer tipo de risco pela *possibilidade* de se machucar. Isso é ridículo! Você não pode viver assim.

— Por que não? Deu certo por vinte e dois anos.

— Ah, tá bom. E que vida espetacular você tem levado.

— Não há nada de errado com a minha vida, Tia.

— Claro que não. É perfeitamente normal ter uma única amiga. É perfeitamente normal cercar-se de pessoas perturbadas que consomem o seu tempo sendo incorrigíveis. É perfeitamente normal ter *zero* vida social sobre a qual falar.

AMOR SELVAGEM

— Você faz parecer que eu sou um tipo de aberração. Eu namorei. Eu fui a bares. Eu fiz coisas. Mas o aborrecimento nunca valeu a pena. Evitar isso não é patético, Tia. É prudente.

— Eu não disse que você era patética, Vi — diz ela com um tom cheio de arrependimento. — Você está longe de ser patética. Mas eu te conheço bem o suficiente para saber que você está infeliz.

Sinto meu queixo tremer.

— Eu não costumava ser.

— Talvez você *pense* que não, mas você era infeliz. Violet, você assistiu a todos os outros viverem e permaneceu à margem, esperando sua chance de catar os pedaços quando as coisas desmoronavam para eles. Eu incluída. Mas não é assim que se vive. Você *tem que ter* algo seu. Você *tem que ter* outro motivo para viver.

— E correr o risco de me sentir assim? — murmuro tristemente. — Não, obrigada.

— O que eu não entendo é por que você está deixando isso terminar desse jeito. Por que você não o confronta? Pergunte a ele que merda aconteceu, afinal.

— Isso, sim, seria patético!

— Isso não é ser patética. É ser forte. Isso seria você assumindo o comando e deixando-o saber que você não é um lixo que ele pode jogar fora tão alegremente. Porque você *não* é, Vi! Você é a melhor coisa que já aconteceu com ele, e, se ele não consegue ver isso, não passa de um idiota. Ele é um *idiota* babacão.

— Não, eu me recuso a dar a ele essa satisfação.

— Não veja dessa maneira. Encare como você assumindo o comando, sendo valente, agarrando a vida pelos chifres.

— Eu já faço isso.

— Não faz, não. Você se esconde.

— Eu não me escondo.

— Você se esconde, sim. Não pode confiar em mim quando digo isso?

— Hummm, não. Não preciso ficar *ainda* pior do que estou me sentindo agora.

217

M. LEIGHTON

— Aposto um homem xerpa que você se sentirá melhor depois, não importa o que ele disser.

— Tia, você não *tem* um xerpa.

— Mas, se tivesse, eu apostaria aquele homenzinho de lã da montanha que você me agradeceria mais tarde.

Balanço a cabeça, mesmo que Tia não possa ver por telefone.

— Eu acho que você é doida.

— Qual é a novidade? — Tia suspira. — Pelo menos diga que você vai pensar sobre isso.

— Tá bom — digo, cedendo apenas para ela calar a boca. — Vou pensar nisso.

— Meu Deus, Vi, pela primeira vez na vida, não pense muito.

— Você acabou de me dizer para pensar sobre isso.

— O que eu quis dizer foi para você simplesmente fazer. Você não pode só "fazer"? Só desta vez?

— Não é assim tão fácil, Tia.

— É *exatamente* fácil assim, Violet.

Suspiro novamente. Prevejo que essa conversa será repetida várias e várias vezes até eu desistir ou enfiar atiçadores quentes nos tímpanos.

— Apenas apareça uma noite antes de começar um show ou algo assim. Você sabe onde ele vai tocar. Ele vai ficar surpreso pra cacete. E talvez você até receba uma resposta. Caso contrário, você vai embora e ele ficará pensando: "Caramba! Essa garota é corajosa!" E ele vai te respeitar por isso. Qualquer covarde pode ser tratada assim e não dizer nada sobre isso. Só uma mulher com um forte senso de autoestima jogaria umas verdades na cara dele. Não seja covarde, Vi!

Não digo nada por alguns segundos. Pela primeira vez, consigo entender de verdade o ponto de vista dela.

Enquanto espero no estacionamento quase lotado de uma boate em Summerton, a única depois do Brass, que ostenta uma placa informando que a Saltwater Creek tocará hoje à noite, repito a conversa com Tia na minha cabeça. Ela havia me convencido de que estava certa. Mas agora, agora que estou olhando para o local em que esse confronto realmente vai acontecer, estou me perguntando como encontrei sabedoria no conselho de Tia.

Mas eu sei que encontrei. E que agora minha relutância é provavelmente apenas nervosismo.

Não ouvi uma palavra de Jet desde que ele me deixou em casa no domingo à noite. Hoje é quarta-feira, apenas alguns dias depois, mas, como nosso último encontro envolveu um fim de semana de sexo seguido de seu rápido afastamento emocional, poderia muito bem ter sido há um mês. É o que parece para o meu coração. E eu preciso saber o porquê. Por mim. Só assim eu poderei superar e seguir em frente.

Mesmo sabendo que esse processo pode levar meses, ou anos, isso se acontecer.

Os minutos correm até que se passa uma hora. Depois duas. Eu sei que minha janela de oportunidade está se fechando rapidamente. Perdi a chance de falar com ele antes do show. Agora, minha única opção é esperar para falar depois. Ou não fazer absolutamente nada. Este é o único lugar que sei que posso emboscá-lo, porque tenho certeza de que não voltarei a ter outro encontro!

Respirando fundo, saio do carro, bato a porta e a tranco. Corajosamente, entro na boate, pagando o couvert artístico para ouvir apenas algumas músicas. Eu sei que o show terminará logo, já que esperei tanto tempo para entrar.

Vou até o bar e peço uma Coca-Cola, encontrando um belo canto escuro para ficar e assistir a Jet se apresentar. Ele é incrível, como sempre. Há algo em assisti-lo, em vê-lo interagir com a multidão e ouvi-lo, ouvir o tom áspero de sua voz, que é hipnotizante. Eu entendo perfeitamente por que as mulheres na plateia querem tocá-lo, chegar perto dele, por que elas correm o risco de serem expulsas por apenas um momento no palco com ele.

Mas quantas delas são expulsas? Quantas acabam nos bastidores, como brinquedos para a banda?

Meu estômago se agita e eu fecho os olhos contra a dor no peito, contra o reconhecimento de que talvez eu fosse apenas uma dessas garotas. Talvez eu tenha sido apenas uma das muitas que não conseguiram ficar longe da chama. E se queimaram. E agora ele está lá em cima, asas abertas, brilhando intensamente, enquanto estou aqui embaixo, machucada e sozinha.

M. LEIGHTON

A determinação nasce dentro de mim. Eu *não* sou como elas. E não vou deixar que ele me trate como se eu fosse. Não vou permitir que ele me descarte sem mais nem menos. É com isso em mente que, quando Jet termina a última música, atravesso a multidão e vou até a porta que leva aos bastidores.

Por sorte, Trent está lá, guardando a entrada. E, felizmente, ele se lembra de mim. Ele sorri e abre a porta para que eu entre.

O corredor está vazio, exceto por algumas pessoas aleatórias. Eu sorrio, mantendo a cabeça erguida, como se eu devesse estar aqui, e viso a porta marcada com SOMENTE PESSOAL AUTORIZADO. Ela não é protegida, então eu viro a maçaneta e deslizo para dentro. Há uma pequena antessala mobiliada com um sofá estreito e uma mesinha de centro. Ambos estão vazios. Para além da sala minúscula, posso ver luz e ouvir as vozes turbulentas da banda.

Eu sigo o caminho lentamente, prestando atenção.

— Com certeza! E, cara, você estava definitivamente arrebentando nos vocais esta noite. Talvez tenhamos que chutar o Jet e colocar você à frente do palco no lugar dele.

Há risadas.

— Não! Não podemos nos livrar do Jet. Ninguém atrai mulheres como ele, cara.

Mais risadas e concordância.

— Pelo menos ele *atraía*. Ele está fora do jogo desde que começou a participar dessas reuniões de merda.

— Não estou. — Ouço a voz familiar de Jet.

— Na verdade, irmão, você está. Quem diria que uma simples aposta poderia derrubar um garanhão como você?

— Nada mudou...

— Olha — continua a voz estranha —, você provou que estava falando sério. Nós achávamos que *nem* você poderia ser *tão* ruim. Nenhum de nós pensou que você *realmente* iria a uma dessas reuniões e conquistaria uma viciada em sexo. Quer dizer, cacete, cara! Isso é cruel! Mas você provou que nós estávamos errados. Você ganhou a aposta. Você levou uma maldita ninfomaníaca pra cama. Você é o rei dos jogadores, o pau grande por aqui.

220

Nós fazemos reverência e tudo. Blá-blá-blá. Agora, pare de fingir que foi laçado e volte a trazer a mulherada.

Meus pés estão pesando cem quilos quando os arrasto para o canto para olhar os integrantes da banda espalhados pela sala. Estão todos aqui, rindo à minha custa, exceto Jet, que deve estar no banheiro.

Você ganhou a aposta.

Eu os vejo com perfeita clareza, mas não os ouço mais. Ouço apenas as palavras que eles disseram ecoando em minha mente, um barulho incontrolável. Um grito estridente.

Você levou uma maldita ninfomaníaca pra cama.

Pare de fingir.

Eu ouço apenas as batidas do meu coração e minha alma se rasgando. Estou em um torpor de pura agonia quando olho de um homem rindo para outro. Ninguém nota que estou aqui. Ninguém se incomoda em olhar ao redor até que o baterista joga a cabeça para trás para rir de alguma coisa e acaba olhando em minha direção. Sua expressão se desfaz e ele vira a cabeça, surpreso e envergonhado.

Eu olho inexpressivamente para ele. Não sinto nada. Nem humilhação. Estou entorpecida. Completa e totalmente entorpecida.

Eu o observo jogar o que está em sua mão no cara a minha frente. Ele está sentado de costas para mim, mas eu o reconheço quando se vira. É Sam, o baixista. Os dois apenas me olham, como se estivessem assistindo a um acidente de carro se desenrolar bem diante deles.

E eu me *sinto* como esse acidente de carro. Percebo o metal do meu mundo desmoronando ao meu redor. Sinto os ferimentos devastadores. Mas não a dor causada por eles. Ainda estou em choque. A dor virá mais tarde.

Vejo as bocas se movendo, mas não ouço nada além da torrente de sangue que pulsa em minhas veias. A cena toda é surreal. E devastadora.

Com as pernas rígidas, eu giro para voltar pelo caminho que entrei. Pouco antes de contornar a antessala, pelo canto do olho, vejo Jet voltar para junto dos amigos.

Rapidamente, eu me afasto, segurando firme os pedaços frágeis presos apenas por um fio delicado, e corro. Corro o mais rápido que posso.

38
Jet

Puta merda!!

— Aquela era...? — pergunto a Sam quando vislumbro cabelos escuros e vejo um perfil familiar desaparecer na curva. Eu reconheceria aquele rosto bonito em qualquer lugar, mas espero, por tudo que há de mais sagrado neste mundo, que não pertença a quem estou pensando.

Sam está sorrindo e assentindo com a cabeça.

— Claro que sim.

— Por que diabos você está rindo?

Sam dá de ombros.

— Não sei. Só é engraçado você ter sido pego no flagra. Que diferença isso faz?

— Você está de brincadeira comigo? Ela vai me odiar, porra!

— E daí? Como se você se importasse. — Ele ri de novo.

— Sam, cale essa boca agora antes que eu vá até aí e te meta a porrada.

Sam levanta as mãos em sinal de rendição, mas ainda posso ver aquele sorrisinho de merda em sua boca.

AMOR SELVAGEM

Enquanto estou parado na porta, espantado, olhando em volta para os outros membros da banda, percebo algo que é bem triste. No fundo, eles são bons rapazes. Gostam de diversão e de mulheres, mas basicamente são pessoas decentes. Eles nunca teriam feito o que eu fiz. Nenhum deles sequer teria *sonhado* em participar de uma reunião de viciados em sexo para provar um argumento, ou em conquistar uma ninfomaníaca apenas para ganhar uma aposta estúpida e imprudente. Eles acreditavam que *nem eu* poderia ser tão frio. Porque é a coisa mais imbecil do mundo a se fazer.

E eu fiz.

Porque, em uma sala cheia de pessoas decentes, eu sou o único babaca de verdade aqui.

Saio disparado atrás de Violet por um milhão de razões, e a primeira delas é que não consigo imaginar minha vida sem ela. E nem tenho vontade de imaginar.

39

Violet

Mantenho a cabeça baixa e me movo o mais rápido que posso para passar pela multidão e sair pela porta da frente. Quando o ar da noite estapeia meu rosto, a represa explode e sinto as lágrimas chegarem. E, na privacidade tranquila do estacionamento deserto, eu as deixo cair.

Eu pensei que havia me magoado quando Jet esfriou na viagem de volta de New Orleans, mas aquilo não foi nada comparado a isso. Esses sentimentos de traição, humilhação e desgosto são suficientes para roubar meu fôlego. E é porque estou ofegante e tentando conter os soluços que a princípio não escuto meu nome.

Não sei quantas vezes ele chama antes que eu o ouça, mas finalmente o escuto. E reconheço sua voz. Às vezes, acho que nunca serei capaz de esquecer.

— Violet! Violet, espera!

Meu coração dispara no peito. Não quero falar com Jet agora. Talvez nunca mais. Eu me sinto tão idiota, tão envergonhada e tão enganada que quero rastejar para um buraco e morrer.

AMOR SELVAGEM

Eu acelero o passo e corro para o meu carro.

Sua voz fica cada vez mais alta, cada vez mais perto, suas pernas longas devorando a distância entre nós.

— Violet, pare! Espera.

Quando alcanço meu carro, eu paro, procurando as chaves no bolso. Pego-as e percebo que minha mão está tremendo quando pressiono o botão de destravar. Mas não sou rápida o bastante. Antes que eu possa abrir a porta, Jet está agarrando meu braço.

— Violet, por favor. Me deixa explicar.

Ele me vira em sua direção. Eu mantenho a cabeça baixa. Não quero que ele veja que eu estava chorando.

Ele está ofegante, eu também.

— Me deixa ir, Jet — digo baixinho.

— Não até você me ouvir.

— Eu não preciso de uma explicação. Ouvi o suficiente.

— Mas não é o que você pensa.

Eu vacilo com a repentina explosão de esperança que floresce em meu peito como uma rosa. Eu odeio que eu queira tanto sentir isso, que isso seja real. Mas algo dentro de mim me adverte para não confiar.

— Então não houve aposta?

A pausa de Jet me diz tudo o que preciso saber.

— Não é o que você pensa — repete ele vagamente.

Minha tristeza e humilhação dão lugar à raiva; raiva por ele estar tentando escapar da situação.

— Ah, sério? — pergunto, finalmente olhando para cima, cuspindo raiva dos olhos. Eu a sinto como o disparo de fogos de artifício. Libertando meus braços, eu os cruzo sobre o peito e olho para ele rispidamente.

— Então você *é* um viciado em sexo e *foi* àquelas reuniões legitimamente?

Jet me observa com cautela, provavelmente pesando os prós de ser honesto.

— Não, eu não sou viciado em sexo. E não, eu não fui às reuniões legitimamente.

Ouvi-lo admitir, mesmo que eu já soubesse as respostas, é como ter uma espada enfiada no peito.

— Meu Deus! Como eu pude ser tão burra? Como eu pude confiar em você? De todas as pessoas, por que você? Por que eu escolhi você para confiar?

Jet agarra meus braços novamente, puxando-me com força para perto dele.

— Porque você sabia que, no fundo, eu sou um homem em quem você *pode* confiar.

Seus olhos estão implorando, mas eu não me importo. Tudo o que vejo é um mentiroso, o homem que traiu a única confiança que eu já depositei em alguém.

— Bom, agora vejo que eu estava errada. Você não é nada parecido com a pessoa que eu achei que fosse. E agora você é *absolutamente* nada para mim.

Eu torço meus braços para me libertar, empurrando-os contra seu peito até que ele me solte. Em seu rosto eu vejo dor, decepção e vergonha, mas meu coração está duro. No momento, não há nada que ele possa dizer ou fazer para penetrar na concha de ferro ao meu redor.

Eu me viro para o carro a abro a porta furiosamente. Mal ouço sua voz antes de fechá-la com força.

— Acho que você não me amava de verdade, afinal.

Suas palavras me acertam como um trem a milhares de quilômetros por hora. Eu chego a ofegar no silêncio e fechar os olhos com força, rezando para que ele simplesmente vá embora e não piore as coisas. Mas, quando olho para a frente para dar partida no carro, vejo que ele ainda está parado em minha janela, imóvel e em silêncio. Não olho para ele enquanto engato a marcha. E não olho para trás quando vou embora.

40
Jet

Eu nunca soube que as palavras podiam machucar tanto, e já ouvi algumas bem ruins. Minha mãe. Meu pai. Algumas outras pessoas com quem me importo. Eles podem ter me incomodado. Mas magoado? Nah. Na verdade, não.

Não até agora.

As palavras de Violet machucaram. Ouvi-la dizer que não sou nada para ela foi como ser atropelado por um Buick 1954.

Eu a observo ir embora, prendendo minha respiração até ver as luzes traseiras do carro desaparecerem, esperando que ela pare. Ou faça o retorno. Ou volte para mim. Mas sabendo que ela não vai.

E ela não volta. Ela apenas segue em frente. Para fora da minha vida. Provavelmente, planejando não voltar nunca mais.

Eu queria que ela me desse uma chance para explicar. Não que isso fizesse alguma diferença. Eu sabia que, se descobrisse, ela me odiaria. Acho que é por isso que não queria que ela soubesse, por isso não tive coragem de contar. Eu podia ter confessado quando ela o fez, mas nem naquela hora

M. LEIGHTON

tive coragem. Não como ela teve. É isso que nos diferencia. Ela é uma boa pessoa, uma pessoa forte, e eu sou um babaca. Como sempre fui. Como todo mundo sabia que eu era. Até a minha mãe.

Enquanto encaro a vaga de estacionamento vazia, minha mente vagueia, perambula pelos "e se" e os "se ao menos". Se ao menos as coisas tivessem sido diferentes... mas não tão diferentes que eu não a teria *notado*. Mas e se eu tivesse conhecido Violet sob circunstâncias diferentes e *não* a tivesse notado? E se eu não tivesse sido capaz de apreciá-la? Ou se não tivesse me sentido atraído por ela?

Eu sei a resposta para uma dessas perguntas. Sei que me sentiria atraído por ela. Ela é gata, claramente, em qualquer situação. Mas eu teria perdido tempo descobrindo quanto sua alma é amável e bonita? Teria reconhecido sua força? Ou teria dado em cima dela, sido rejeitado e depois partido para outra?

É difícil dizer. Acredito que eu teria partido para outra, mas é impossível ter certeza. No momento, parece que o cara que eu era há alguns meses é um completo desconhecido. De alguma forma, enquanto eu pensava estar apenas me divertindo, Violet estava me tornando uma pessoa melhor. Não porque ela estava tentando fazer isso ou porque não achava que eu era bom o suficiente. Ela fez isso sem querer e sem se esforçar. É apenas quem ela é. Estar com ela me tornou o homem que minha mãe poderia deixar voltar para a vida dos meus irmãos. Estar com ela me fez enxergar como tenho sido um imbecil e que não quero mais ser esse cara. E estar com ela me fez perceber que sou viciado. Talvez não no sentido tradicional, mas ainda assim, sou um viciado. Viciado em me sentir bem. Em me esconder de qualquer coisa levemente desconfortável ou desagradável. Ao menos eu *era* viciado. Não sei o que sou agora, além de um perdido. Sem ela, estou perdido.

Precisar dela, querer estar com ela, foi surpresa para mim. Amá-la foi muito fácil, muito natural. Eu ainda nem tinha me acostumado, e agora isso sumiu. *Ela* se foi. E eu não sei o que serei sem ela.

Exceto menos. Bem menos.

Disso eu tenho certeza.

41
Violet

Minha raiva dura apenas alguns quilômetros. Ela se queimou com calor suficiente apenas para suportar o furacão da minha angústia por um curto período de tempo. Agora ela se foi, deixando-me devastada outra vez. Uma devastação fria, miserável e sem esperança. Nada mais.

Quando paro de fungar o suficiente para falar de forma coerente, ligo para o número de Tia. Ela atende com uma pergunta.

— Por favor, me diga que você foi. Você foi?

— Ah, com certeza eu fui — respondo.

— E?

E assim a enchente recomeça, como se houvesse um suprimento sem fim de lágrimas guardadas em algum lugar dentro de mim.

— Meu Deus, Tia! Eu fui parte de uma aposta!

Há uma pausa curta e tensa, e em seguida:

— Como é que é?

Eu arquejo e soluço.

— O-Os outros caras d-da banda apostaram que nem ele s-seria tão playboy para levar pra cama uma viciada em sexo. E-e ele fez isso. Ele ac--aceitou a aposta e eu fui a... Eu fui a escolhida. A última palavra é praticamente abafada pelo soluço arrancado do meu peito.

— Você está de sacanagem comigo? — diz Tia, sua voz perigosamente calma.

Eu nem consigo me recompor o bastante para responder a ela na hora.

— Claro que não — falo finalmente.

— Me diz onde posso encontrá-lo, Vi. Vou puxar o pau desse filho da puta com um alicate e enfiar tão fundo na bunda dele que ele não vai sentir fome por uma semana!

Normalmente, um comentário como esse provocaria algum tipo de reação em mim, risos, vergonha, mas não esta noite. Hoje não quero a raiva de Tia, mesmo que seja em meu nome. Hoje preciso de outra coisa dela.

— Tia, me diz como consertar isso. Me diz como fazer isso desaparecer.

— Fazer o que desaparecer, querida?

— A dor. Dói tanto — grito. — Parece que estou morrendo por dentro. Por favor. Me ajude.

— Eu gostaria de conseguir, Vi. Mas a única coisa que faz a dor desaparecer é o tempo. Ela vai sumir. Eu prometo. Isso vai passar. Em algum momento.

Por mais divertida e livre que Tia seja, eu já a vi com o coração partido. Foi um dos momentos em que fiquei feliz por ser como sou. Ou como *era*. Eu queria ficar longe de uma dor como aquela. Não tenho certeza se ela se recuperou. Não totalmente. Seus modos selvagens pareceram piorar e nunca desapareceram de vez depois disso. O nome dele era Ryan, e ele danificou Tia. Talvez permanentemente.

Assim como Jet deve ter me danificado — permanentemente. Sem esperança de reparo.

Sem conserto.

Sem remédio.

Sem esperança.

— Você quer que eu vá aí? Eu vou.

AMOR SELVAGEM

Tenho certeza de que ela viria, mas esse não é bem o ponto forte de Tia. Se eu precisasse sair, ela seria a minha garota. Mas isso? Eu acho que isso a coloca fora da sua zona de conforto, em um lugar aonde ela não quer ir de novo. Por isso não vou pedir a ela.

— Não, eu estou bem. Acho que prefiro ficar sozinha, de qualquer maneira. Mas obrigada.

— Se você mudar de ideia, ligue. Ou mande um Bat-Sinal. Ou sinal de fumaça. O que estiver ao alcance, e eu estarei lá.

— Ligo — falo, mesmo sabendo que não vou.

— Eu amo você, Vi.

— Eu também amo você.

— Você é boa demais para ele, mesmo. Você sabe disso, né?

— Sim — respondo, querendo acreditar nisso. Mas mesmo agora, mesmo depois de tudo, não consigo esquecer a fragilidade que vi nele, a forma como ele parecia quebrado. Isso também pode ter sido uma mentira, mas neste momento não consigo suportar pensar dessa forma. Perder isso pode ser mais do que posso aguentar.

42

Jet

Não faço ideia de há quanto tempo estou aqui fora. E o mais importante é que não dou a mínima. Perdi o entusiasmo por qualquer coisa que não seja descobrir uma maneira de ter Violet de volta, de ao menos conversar com ela e fazê-la ver... fazê-la ver...

Volto para dentro como um furacão. Estou com raiva. De mim mesmo. Da minha banda. De todo mundo. Exceto de Violet. Ela é a única pessoa inocente nisso tudo. Mas foda-se o resto!

Abro a porta bruscamente e avanço através do público. Ignoro as garotas que tentam falar comigo, que ficam no meu caminho e colocam as mãos em mim. Quero que todas vão para o inferno. Todas.

Mal percebo a completa *falta* de mulheres nos bastidores quando passo pela porta. Eu só quero pegar minhas coisas e ir embora. É o silêncio que acaba chamando minha atenção. Todos, de Sam a Trent, estão de pé ou sentados na pequena sala, apenas me observando.

Olho de um rosto para outro.

— O que foi? — rosno.

AMOR SELVAGEM

É Sam quem fala.

— Você está bem, cara?

Eu fecho as mãos em punhos apertados. Eu adoraria dar um soco na cara dele. Por ter rido antes. Por não se importar antes. Por me desafiar a fazer algo tão distorcido. Só por estar presente em uma noite em que não quero ver ninguém. Exceto Violet.

Mas eu seguro essa vontade. Não quero nem perder meu tempo brigando. Por melhor que eu me sentiria, prefiro ficar sozinho.

Ou com Violet.

— Ei — repete Sam. — Você está bem?

— Por que diabos você se importa? — grito. — Isso é culpa *sua*!

— Como é *minha* culpa? — pergunta ele, indignado.

— Que tipo de merda você tem na alma, cara? Quem *pensaria* em desafiar alguém a fazer algo doentio assim?

— Cara, eu só estava provocando. Ninguém pensou que você *faria isso* mesmo. Você não pode me culpar, cara. A escolha foi sua.

Eu sei que ele está certo, mas isso não diminui nem um pouco a minha fúria. Com um rosnado, eu avanço em Sam. Tenho toda a intenção de quebrar sua cara arrogante. Com tantos socos quantos forem necessários.

Mas os outros e colocam entre nós antes que eu possa chegar perto o suficiente para tocá-lo.

— Você é um idiota, Sam! Já te ocorreu que as pessoas poderiam se machucar?

— Claro que sim, seu idiota. Mas nunca pensei que seria você.

Isto me deixa sóbrio: o fato de Sam achar que eu sou tão difícil e deturpado que não me incomodaria. Não passa despercebido também que ele se importe tanto em machucar *outra pessoa*. A coisa toda é nojenta.

E não há nada pior que aquilo que eu estava fazendo. Na verdade, eu sou o *verdadeiro* vilão aqui. Todo o desdém que estou sentindo por ele está sendo direcionado para a pessoa errada. Isso pertence a mim. Como a culpa, a vergonha e as consequências. Tudo pertence a mim.

Furioso, comigo mesmo e com todo mundo na sala, pego minhas coisas e saio pela porta. Estou pronto para esta noite acabar.

43

Violet

Finalmente é sexta-feira, o fim de uma das piores semanas da minha vida.

Ela começou com a "Segunda-feira da Devastação Confusa", como gosto de chamar. Depois da desanimadora viagem de New Orleans para casa, acordei me sentindo inquieta e... desprotegida. Eu mal sabia o tsunami de tristeza que estava vindo em minha direção.

Quarta-feira. Posso me lembrar desse dia para sempre como aquele em que meu coração foi permanentemente partido. E guardá-lo em uma frágil caixa de vidro logo atrás das minhas costelas. Nunca senti tanta agonia ou desesperança antes. E parece que tudo o que se precisa para me levar às lágrimas desde aquela noite é uma palavra afiada ou um olhar severo. A caixa de vidro está rachada em todas as superfícies e pronta para desmoronar a qualquer momento. É tudo o que posso fazer para mantê-la no lugar.

Até hoje. Sexta-feira. Quando eu posso desmoronar e ninguém irá se importar. Ninguém depende que eu esteja no trabalho, focada em ajudar.

AMOR SELVAGEM

Posso ser egoísta por quarenta e oito horas. Posso cuidar das feridas abertas que se encontram logo abaixo da superfície.

Destranco a porta da frente e entro no interior escuro e silencioso do meu santuário. Rapidamente, eu a fecho atrás de mim, como se estivesse fugindo de algo que está me perseguindo.

E estou. Estou fugindo da verdade. Da realidade. Da percepção de que eu caí. E fui de cara no chão. Em uma cama de pregos.

Jogo minha bolsa no aparador e tiro os sapatos, empurrando-os aleatoriamente para fora do caminho. Por hábito, olho para o telefone. Ainda está em silêncio. Ele tem estado assim desde a última vez que falei com Tia.

Acaba comigo o fato de ficar esperando Jet me ligar — e ele não liga. E de que isso me incomoda, pois não deveria. Eu deveria ficar feliz por ele não estar me ligando. Deveria estar aliviada. Mas não estou. Dói toda vez que olho para o telefone. Talvez cada vez mais.

No fundo, eu queria que ele implorasse. Rastejasse. Exigisse que eu o ouvisse, que lhe desse mais uma chance. Acho que pensei que isso significaria que ele *realmente* se importava. Mas ele não se importa. É óbvio.

Jogo o celular no sofá. É isso ou jogá-lo no chão e dançar em cima dele até ser apenas poeira escura.

Desanimada, vou para o meu quarto vestir as roupas de hibernação adequadas. É claro que isso significa encontrar os itens mais feios, maltrapilhos e furados que possuo. No caso, uma calça de moletom azul com um enorme rasgo na perna e uma camiseta branca surrada salpicada com todas as cores de tinta possíveis. Ela também ostenta um rasgo. Bem no meio da barriga. Tenho a calça e a camiseta desde o colegial, e dá para notar. Mas elas são confortáveis e macias, e no momento é como reviver uma época melhor da vida. E é *disso* que eu preciso mais que qualquer coisa.

Passo pela cozinha para pegar chocolate quente antes de tirar do armário três CDs dos meus filmes água com açúcar favoritos. O melhor é me afogar neles enquanto tenho a chance. Na maior parte do tempo, tenho de esconder o que estou sentindo e fazer uma cara forte e feliz. Mas não esta noite. Hoje posso deixar fluir — a tristeza e a dor, a desilusão e a mágoa.

M. LEIGHTON

Estou há menos de vinte minutos assistindo ao filme número um e já choro como um bebê. Não porque algo triste aconteceu, mas porque eu sei que vai. E está quase na hora. Eu sinto a dor disso agora mais do que nunca. Antes de Jet, eu sempre simpatizava com esses personagens de uma maneira desapegada e clínica. Nunca havia sentido uma emoção tão intensa, nem queria. Eu via isso como algo que tornava uma pessoa fraca. E torna, com certeza. Vivenciar isso afinal parece estar me matando aos poucos.

Estou fungando e limpando as manchas de rímel das minhas bochechas quando a campainha toca. Olho em volta para procurar o telefone e o encontro enfiado entre as almofadas do sofá. A tela não mostra chamadas ou mensagens perdidas, o que me confunde mais do que me tranquiliza. Espero que esteja tudo bem...

Sem nem verificar o meu reflexo, corro para a porta e a abro.

E encontro Jet na varanda.

Meu coração para e volta a bater na velocidade de um trem desgovernado.

Um caleidoscópio de emoções se derrete, rodopia e se transforma dentro de mim. Prazer por vê-lo. Raiva por ele ter demorado tanto. Nojo pelo que ele fez comigo. Humilhação porque permiti isso.

Essas são as maiores, mas existem outras. Sentimentos menores e subjacentes. Um desejo por ele que nunca cessa e pesar pelas coisas terminarem como terminaram.

Assim que minha turbulência interna se acalma, eu reajo. Começo batendo a porta na cara dele, mas o braço de Jet é muito mais rápido e me para antes que eu possa fisicamente impedir sua entrada.

— Espere! Violet, por favor. Apenas me dê cinco minutos.

— Eu te dei cinco minutos. Eu dei mais que isso, e você desperdiçou.

— Eu sei, e estou mais triste do que você possa imaginar.

Seus olhos, lindos e de um azul cintilante, estão me implorando. E, por um segundo, eu amoleço. Mas fico firme e empurro a porta de novo.

E, outra vez, ele me para.

— Você não me deve nem cinco *segundos*, mas espero que o que eu fiz não tenha afetado a pessoa incrível e compreensiva que você era antes de eu entrar em sua vida. E espero que *essa* pessoa me dê alguns minutos.

AMOR SELVAGEM

Eu procuro minha raiva bem no fundo, puxando-a para a superfície para vesti-la como uma cota de malha. No entanto, ela não é tão à prova de balas quanto deveria. Sinto suas brechas, os buracos da incerteza e as lacunas da esperança. Se é porque eu queria tanto que ele me ligasse, ou porque quero tanto acreditar nele ou porque estou afundando na tristeza há tanto tempo que a raiva ficou para trás de todas as outras emoções, eu não sei dizer. Seja qual for o motivo, contra meu melhor julgamento, eu abro a porta um pouco mais e me recosto nela, cruzando os braços sobre o peito.

— Cinco minutos.

— Obrigado — diz ele com sinceridade. Jet pigarreia e enfia a mão no bolso da jaqueta de couro para pegar um pequeno pen-drive. — Antes que eu me esqueça, quero que fique com isso.

Pego o pequeno retângulo.

— O que é isso?

— Algumas músicas. Um material novo em que tenho trabalhado. A Kick até comprou algumas.

Eu me endireito. Apesar da minha determinação em me prender à raiva e manter um desfiladeiro entre nós, fico imediatamente interessada.

— O quê? Eles decidiram comprá-las?

Jet sorri, mas seu sorriso não é tão brilhante quanto deveria, considerando que seus sonhos estão se tornando realidade.

— Sim. Eu não achei que comprariam.

— Por quê? Você é muito talentoso.

Sua expressão suaviza ainda mais.

— Obrigado. Mas, enquanto estávamos no banho no domingo à tarde, o Rand ligou e deixou uma mensagem dizendo que eles iam recusar. Por isso fiquei um pouco... distante no caminho de volta. Eu esperava não precisar mais ter que tocar com a banda e finalmente ser capaz de levar minha carreira na direção em que eu quero, mas...

Suas palavras e sua explicação involuntária tomam conta de mim, me atravessam. Uma sensação avassaladora de alívio me inunda e eu respiro fundo, expiro o ar que acho que venho prendendo a semana toda.

Fecho os olhos lutando contra o prazer de haver uma explicação racional para a maneira como ele agiu na viagem de volta para casa, uma que não tinha nada a ver comigo. Mas aí, antes que eu possa dar um passo em direção a perdoá-lo, lembro-me de que suas ações naquela tarde não são a única razão para estarmos como estamos hoje. De fato, *agora*, o motivo não tem nada a ver com isso.

Jet ser um filho da puta traiçoeiro e sem coração, sim.

— Alguém deve ter voltado atrás, então — digo calmamente e me recosto de novo na porta. — Bom pra você.

— É. Recebi a ligação do Paul na segunda-feira de manhã. O Rand tinha tomado a decisão sozinho. Evidentemente, ele tem um problema *pessoal* comigo. Mas ele estava errado, e eles *de fato* me querem. Passei a maior parte do dia conversando com eles, que me pagaram um voo para a Califórnia para assinar a papelada e revisar todos os detalhes. Foi tão louco que eu não cheguei a voltar e me organizar até quarta-feira à tarde. Dormi por algumas horas, me encontrei com meu advogado e depois fiz aquele show na quarta. Eu não queria ligar para contar tudo isso até saber que estava tudo acertado. Na quarta-feira à noite, eu sabia. Por isso, aquela foi a minha última participação com a banda. Eu tinha feito reservas no La Petite Maison para aquela noite. Eu ia te fazer uma surpresa. Queria te levar para comemorarmos e eu contar tudo a você.

Parece que meu coração está se debatendo dentro do peito como um peixe fora d'água. Ele está dizendo todas as coisas que eu queria ouvir, todas as coisas que eu *precisava* ouvir.

Mas isso foi *antes*. Antes de descobrir que fui parte de uma aposta.

— Isso é ótimo, Jet. Estou muito feliz por você. Agora, se isso é tudo… — digo, enrolando meus dedos em torno da maçaneta fria da porta.

— Você vai pelo menos ouvi-las? — pergunta ele, indicando com a cabeça a direção do pen-drive na minha mão.

Com meus olhos nos dele, avalio seu pedido de forma genuína antes de responder.

— Sim, eu vou ouvir.

AMOR SELVAGEM

— Ótimo. Porque elas são todas para você. Eu escrevi cada música que está aí para você. Com você em mente. Desde que você entrou na minha vida.

Jet poderia muito bem ter me entregado uma faca e pedido que eu a enfiasse no peito. É assim que as músicas vão parecer agora: como encontrar a vida e o amor mais incríveis do mundo e depois ver tudo isso desaparecer. Ser destruído. Por Jet.

— Fico contente que eu pude ajudar — digo calmamente.

Com seus olhos azuis procurando os meus, Jet suspira.

— Eu sei que cheguei tarde, mas quero que você saiba que eu era outra pessoa quando fiz aquela aposta. Não tenho orgulho de quem eu era. Na verdade, tenho nojo. E eu não sabia disso na época, mas eu mudei desde o primeiro momento em que te vi. Depois disso, a cada dia fui me tornando uma pessoa melhor. Só porque conheci você. Você me disse que ajuda as pessoas, é quem você é. E estava certa. Você me ajudou de mais maneiras do que eu poderia dizer.

— Fico contente — repito, segurando as rédeas do meu coração o mais forte que posso.

— Eu sei que nunca foi sua intenção se envolver comigo. Com certeza, nunca foi sua intenção fazer eu me apaixonar por você. Então, não posso te culpar por nada. Ou por ficar brava e magoada quando descobriu o que eu tinha feito. Eu também me odiaria. Mas *acaba comigo* pensar em você se afastando de nós achando que tudo o que aconteceu foi apenas parte de uma aposta estúpida, doente e juvenil. Porque não foi. Quando fizemos amor, eu fiz amando você, com o coração que *você* mudou. Não aquele que cantou em uma banda e saiu com um monte de mulheres. Gosto de pensar que não vou afogar meus problemas em tudo que é pessoa e substância agora. A última coisa da qual me escondi, a verdade do que eu tinha feito, é um arrependimento com o qual terei que conviver pelo resto da vida. Vou morrer sabendo que perdi a melhor pessoa que já me aconteceu porque eu tinha tanto medo de perdê-la que menti para ela. Então, não pense que eu te culpo porque você não é capaz de me perdoar. Eu nunca poderei me perdoar.

M. LEIGHTON

Suas últimas palavras soam entre nós como uma sentença de morte que ecoa no silêncio por alguns segundos depois que ele para de falar. Por um instante, indago se ele está esperando que eu diga que o perdoo ou que me atire em seus braços, o que seria incrivelmente manipulador da parte dele. Mas mal consigo terminar o pensamento antes que ele se incline para beijar minha bochecha, sussurrando:

— Adeus, Violet. — Então ele se vira e vai embora com a noite escura se fechando ao seu redor, engolindo-o enquanto ele sai da minha vida.

Mas a noite não é a única coisa se fechando. Eu fico parada observando o último lugar onde vi Jet, e meu peito dói com uma dor tão profunda que parece que minhas costelas vão implodir. No entanto, por mais que eu quisesse um futuro com ele, por mais que eu adoraria chamá-lo de volta, não consigo pensar em uma forma de perdoá-lo. Não consigo pensar em uma maneira de seguir em frente depois de tudo o que aconteceu.

É com um abismo se formando no lugar vazio onde costumava ficar meu coração que eu fecho a porta e a tranco antes de desmoronar no chão do corredor de entrada.

44
Jet

Há uma queimação atrás dos meus olhos enquanto me sento ao volante do carro.

Eu sabia que havia uma boa chance de ela nem falar comigo, ouvir o que eu tinha a dizer. E, embora Violet tenha me ouvido, percebo que ela não consegue me perdoar. Pelo menos não agora. Só de pensar que ela *nunca* vai me perdoar faz o meu estômago revirar, meu coração doer e meus olhos arderem. Está me devorando por dentro não estar com ela, pensar que *nunca* ficarei com ela.

E o que mais eu posso fazer? Eu realmente não pensar em nada. Contei a ela os fatos, desculpei-me e pedi perdão. Até disse que eu a amava de forma indireta. Mas nada disso importou. Eu não sabia se daria certo. Eu *esperava* que desse, mas sabia que era um tiro no escuro.

Agora eu tenho que ir embora. Ela fez a escolha dela, e eu devo respeitar. Só que não consigo.

Não posso viver com a decisão dela. Não posso viver com a falta de perdão dela. Eu não posso viver *sem* ela.

M. LEIGHTON

Então, que diabos eu devo fazer?

Essa pergunta martela a minha cabeça por todo o caminho de volta até a casa do meu pai, em Summerton, onde eu tenho que buscar algumas coisas que deixei lá.

É quando eu embico na garagem, pensando em Violet, e vejo o lugar onde ela estava deixando o pai naquele dia, que percebo que *há* algo que posso fazer. Eu posso amá-la à distância. Posso fazer coisas por ela, tornar sua vida melhor e mais feliz, sem que ela nem precise saber. Mas *eu* vou saber. Saberei que, em algum lugar, ela está sorrindo e se sentindo um pouco mais feliz, e que talvez eu tenha dado uma mãozinha para isso.

E, contanto que eu possa fazê-la feliz e melhorar sua vida (mesmo sem que eu esteja nela), isso terá que ser suficiente.

45
Violet

Passaram-se três semanas desde a noite em que Jet veio à minha casa pedir desculpas. Eu não ouvi uma palavra dele desde então. Nenhuma ligação, nenhuma visita surpresa, nada evidente. Mas ele tem estado por perto, ao menos eu acho que sim.

Coisas estranhas têm acontecido há semanas. Podem ser coincidências, é claro. Mas também podem *não* ser. Talvez eu só *queira* que elas estejam relacionadas a Jet. Ou talvez elas realmente *estejam*.

Uma manhã, alguns dias depois que ele me visitou, eu estava caminhando para o carro antes do trabalho e notei que havia uma única rosa no chão sobre a grama. Se estivesse no meu para-brisa, eu teria ficado mais desconfiada, mas só estava ali, como se tivesse caído ou mesmo sido derrubada pelo vento. Tudo é possível, claro. Mas algo dentro de mim quer acreditar que Jet a colocou lá. Para dizer o que, eu não sei. Que está pensando em mim? Que me deseja um bom dia? Que está arrependido? Mais uma vez, poderia ser qualquer coisa. *Se* for ele mesmo.

Outras coisas têm sido mais evidentes. Uma noite, bateram na porta e minha pizza favorita estava sendo entregue para mim. Anonimamente, é claro. Na sexta-feira seguinte, à tarde, uma semana após a noite em que Jet me visitou, recebi uma ligação confirmando minha reserva para um tratamento completo de spa na manhã seguinte. Foi agendado e pago anonimamente, é claro. Uma noite, cheguei em casa e encontrei minha grama aparada. Pode ter sido meu pai, mas ele não me deu uma resposta direta, então não tenho certeza.

Chocolates na caixa de correio, pétalas de flores em frente à porta, para mim, tudo indica que seja Jet. Mas isso muda alguma coisa?

Não.

Todos os dias, continuo esperando que doa um pouco menos, mas isso não acontece. Parece que eu sinto a falta dele cada vez mais. Parece que estou ficando cada vez mais solitária, não importa com quantas outras pessoas eu ocupe o meu tempo. Mas não vou parar de tentar. Eu não posso desistir. Simplesmente não posso. E não posso ficar obcecada por isso. Preciso me manter ocupada. Receio que o pedacinho de sanidade que consegui manter desapareça completamente se eu me der muito tempo para pensar.

Agora mesmo, eu me encontro ansiosa para ir ao DASA com Tia apenas como uma fuga, apesar de só me trazer lembranças dolorosas.

Isso, até minha amiga ligar e puxar o meu tapete.

— Você está ocupada? — pergunta ela quando atendo.

— Só passando uma escova no cabelo antes de sair. Você está atrasada ou algo assim?

— Não. Hummm, é... hum, eu não vou.

— O quê? — pergunto, a escova no ar, pairando sobre minha cabeça. — Por quê?

Há uma longa pausa que me deixa claramente apreensiva.

— Por favor, não me leve a mal, Vi, mas ver pelo que você está passando me fez perceber que preciso fazer algumas mudanças. Se não fizer, perderei o Dennis e aí, sim, *ficarei* mal. Está na hora de crescer e parar de deixar meu passado me prejudicar. Sabe, ser uma vencedora, não uma vítima. Toda essa merda. — Eu ouço o sorriso em sua voz no fim.

— Ah. Isso é bom. É uma coisa boa, Tia. — É tudo que consigo pensar em dizer.

— Por favor, não leve a mal.

— Não estou.

— Eu acho que está.

— Não estou. Como posso levar a mal? Você deu um passo decisivo. Isso é ótimo. — E é. Não faço ideia por que não me *sinto* bem assim.

— Eu só... bem, eu não estou colocando a culpa em você. E não quero que você pense que de alguma forma me beneficiei da sua dor. Pelo menos não da maneira ruim que parece.

— Eu sei que você não tem essa intenção, Tia. Mas a verdade é que você se *beneficiou*. E, honestamente, isso torna as coisas um pouco mais fáceis. — Saber que pelo menos uma de nós conseguiu tirar algo de bom dessa história. Faz com que o que aconteceu não seja um desperdício tão grande.

— Bem, isso me ajudou a ver que o Dennis é bom para mim. Ele é bom *por* mim. E realmente me ama. Ele me perdoou quando não precisava. Eu sei que não foi fácil para ele, mas ele me amava o suficiente para enxergar além da minha traição e vê-la pelo que era de fato. E ficou comigo até que eu pudesse me consertar. Não posso arriscar perder isso.

Finalmente sinto um sorriso genuíno.

— Tia, isso é incrível. Eu concordo com tudo isso e não poderia estar mais feliz por você.

— Você não está brava?

— Claro que não estou brava! Não seja doida.

— Eu sei que você acha que eu precisava dessas reuniões.

— Achava. Mas é porque eu queria que você buscasse ajuda. Agora parece que você finalmente entendeu as coisas.

— Entendi. Só odeio que tenha acontecido desse jeito.

— Tia, por mais que eu desejasse apagar tudo o que aconteceu, não consigo. Mas fica mais... tolerável saber que ajudou alguém que eu amo.

— Eu também gostaria que isso não tivesse acontecido. Eu sempre quis que você se apaixonasse, não ficasse sozinha, mas nunca que você passasse por algo assim. Nem mesmo por mim e o Dennis.

— Bom, eu fiz isso comigo mesma. Sou vítima das minhas próprias decisões ruins. Ninguém tem culpa. Agora, só tenho que seguir em frente e ser mais esperta.

— Você realmente acha que podemos ser espertas quando se trata de amor, Vi?

Uma resposta atravessada surge em minha mente: SIM, mas hesito em falar em voz alta, principalmente porque eu não acredito mais nisso. Então, em vez disso, eu falo a verdade.

— Eu costumava pensar assim, mas agora não tenho tanta certeza.

— Acho que a única coisa que podemos controlar no amor é como agimos. Todo o resto quem controla é o coração. Como o Dennis. Ele escolheu me perdoar. Várias e várias vezes, porque ele me amava. E valeu a pena porque o coração dele estava de acordo. Acho que, contanto que seu coração esteja de acordo, tudo ficará bem.

— Eu gostaria de acreditar nisso, Tia.

— Talvez um dia você possa — diz ela simplesmente. Eu não sei o que dizer sobre isso, então não digo nada. Quando o silêncio se prolonga, Tia continua. — Bom, pelo menos agora você não precisa se preocupar em ir àquelas reuniões horríveis. Você está oficialmente livre nas noites de quinta-feira.

Parece uma coisa boa, a menos que, como no meu caso, você evite o tempo livre como uma praga.

— Sim. Livre como um pássaro.

Depois que desligamos, sinto essa liberdade como um peso de quinhentos quilos se arrastando em meus pés, ameaçando me puxar para baixo. Somente nesta semana, limpei a casa, lavei todas as cortinas, reorganizei a despensa, organizei meus sapatos e limpei a geladeira. E vou limpar e polir os pisos neste fim de semana porque quero mudar os móveis de lugar.

Olho pela casa e percebo que não tenho nada para fazer. Não consigo nem *inventar* algo. Tudo já foi feito. O único lugar pelo qual não passei como um tornado é a casa do meu pai. Mas talvez esteja mais do que na hora de levar um pouco da minha energia construtiva para a casa dele. Isso beneficiaria a nós dois.

Sem parar para pensar duas vezes, corro para o meu quarto, visto roupas de faxina e saio apressada pela porta. Tempo livre é inimigo!

Sigo para lá assim que carrego o banco de trás do meu carro com produtos de limpeza, luvas e escovões. Quando estou dirigindo pelos metros até

AMOR SELVAGEM

minha antiga casa, por acaso me lembro que faz tempo que não recebo uma ligação do bar. Devo estar prestes a receber alguma. Talvez eu possa ficar lá para fazer companhia ao meu pai e dissuadi-lo de afogar seus problemas em uma garrafa hoje à noite.

Por causa da grande carga de parafernália de limpeza, eu estaciono nos fundos para poder entrar pela lavanderia. Desligo o motor, pego uma braçada de suprimentos e os carrego até a porta de serviço da casa. Uso o cotovelo para bater na tela. Espero pelo som de passos pesados se arrastando para atender. Só que o arrastar de pés nunca acontece. Meu pai nunca chega à porta.

Coloco meu arsenal químico no chão, desço as escadas e dou a volta até a frente da casa. Eu estava tão pensativa na chegada que nem percebi que a caminhonete do meu pai não está em lugar algum. Com um suspiro profundo, caminho até o arbusto moribundo à esquerda da porta principal de entrada, pesco a chave reserva que está amarrada a uma corda pendurada dentro dele e abro a porta.

Recoloco a chave no lugar antes de fechar a porta da frente e entrar para pegar os produtos nos fundos, meu entusiasmo bastante reduzido pela probabilidade de que esta noite termine comigo indo resgatar meu pai, arrasado, de seu mergulho favorito. Com um suspiro, digo a mim mesma para me animar. Eu queria algo para me manter ocupada — bom, eu consegui. Entre limpar esta enorme caverna masculina e depois ser babá do meu pai pelo resto da noite, não devo ter tempo para pensar em Jet.

Estou afundada até os cotovelos na água sanitária quando percebo que o destino tinha um plano diferente para mim esta noite. Ouço batidas vindas de outro cômodo. Só pode ser meu pai.

Homens são tão barulhentos!

Com as mãos pingando, saio da cozinha em direção à sala de estar para cumprimentá-lo. Ele está parado na porta da frente, batendo a sujeira de seus sapatos, enviando pequenas partículas de argila endurecida por todo o azulejo da entrada.

— Papai! Não faça isso aqui! Faça isso na grama — reclamo com boa intenção.

M. LEIGHTON

— Ah, desculpe querida — diz ele, envergonhado, jogando os sapatos de lado e andando na ponta dos pés para longe da zona de sujeira, ignorando completamente a minha sugestão. — O que você está fazendo aqui? — pergunta ele, passando por mim para pegar a vassoura e a pá no minúsculo armário dentro da cozinha.

— Faxina. Espero que não tenha problema. Imaginei que você estivesse aqui.

Ele não oferece nenhum tipo de explicação, não me diz onde estava, nada. Apenas sorri.

— Acho que eu deveria ter ligado — digo, tentando uma abordagem diferente.

— Você não precisa ligar nunca, Vi. É sempre bem-vinda nesta casa, seja para fazer faxina ou não.

Eu engulo meu *humpf.*

Consciente das minhas mãos molhadas e enluvadas, eu me viro para voltar para a cozinha, falando casualmente por cima do ombro.

— O que você fez hoje à noite?

— Hummm, nada de mais. Só... Você sabe, um pouco disso, um pouco daquilo.

Eu franzo o cenho. Isso é muito vago. Não é o estilo do meu pai.

— O que seria *isso* e *aquilo?*

— Ah, nada do seu interesse — diz ele enigmaticamente.

— Claro que tenho interesse, pai — respondo, agora ainda mais curiosa.

— Odeio aborrecer você. Então, você já jantou? — pergunta ele, mudando rapidamente de assunto.

Espio o relógio de parede. São quase oito horas, e meu pai sabe que nunca como depois das sete e meia. Tiro as luvas e as jogo sobre o balcão, depois volto para a sala. Paro ao lado do sofá, cruzando os braços sobre o peito.

— Muito bem. O que está acontecendo?

Meu pai olha para mim com a expressão mais inocente que poderia estampar.

— O que você quer dizer?

— Você está agindo todo... sorrateiro. O que você tem feito?

AMOR SELVAGEM

— Eu disse...

— Você não me disse absolutamente nada. E aí?

— Vi, eu...

Eu arquejo, algo acabou de me ocorrer.

— Ah, meu Deus! Pai! Você estava em um *encontro*?

Sua risada é genuína, o que já responde antes de ele falar.

— Não, Violet. Eu não estava em um encontro.

— Por que isso é engraçado?

— Porque é.

— Então, onde você estava? Por que o segredo?

Eu vejo o sorriso dele morrer.

— Ainda não sei se você está preparada para a minha resposta, querida.

Franzo ainda mais o cenho.

— O que isso quer dizer? O que você poderia estar fazendo que eu não estaria pronta para saber?

— Não é tanto o *que* eu estava fazendo, mas com *quem* eu estava.

Milhões de cenários percorrem a minha mente, dos quais apenas um causa um pouco de aborrecimento.

— Contanto que não seja uma prostituta, acho que não vou importar, pai. Apenas me conte. — Após um instante, acrescento: — A menos que *seja* uma prostituta.

— Violet Leigh, qual é o seu problema?

— O quê? É um medo... legítimo.

Meu pai balança a cabeça e passa por mim em direção ao seu quarto.

— Sério? — Eu digo.

— O que é agora? — grita ele de onde parece ser seu armário.

— Você apenas dá as costas como se tivéssemos terminado?

— Isso é um problema?

— Na verdade, é — retruco, ficando tão irritada quanto curiosa.

Uma batida na porta interrompe nossa discussão, e como papai está no quarto, eu vou atender. Abro a porta de supetão muito agitada, sem nem parar para olhar através do olho mágico.

Mas eu gostaria de ter olhado.

249

Embora eu duvide de que isso teria me preparado.

Parado na porta, parecendo tão surpreso quanto eu, está Jet.

Nós nos encaramos por pelo menos um minuto antes de falar. E quando falamos, é ao mesmo tempo.

— O que você está fazendo aqui? — perguntamos simultaneamente.

Nenhum de nós se preocupa em responder, simplesmente voltamos a nos encarar em silêncio. Então, finalmente, depois de uma pausa tão longa que meus nervos começam a estremecer, quebro o silêncio e pergunto novamente.

— O que você está fazendo aqui?

— Hummm, eu... seu pai deixou isso no meu carro. — Jet me entrega um telefone que reconheço como sendo o do meu pai. Tenho certeza de que mais ninguém na história do mundo tem uma capa de iPhone que se pareça com grama artificial. Só mesmo um paisagista...

Pego o celular de seus dedos ainda mais confusa.

— Por que o meu pai estava no seu carro? — Jet não responde. Ele apenas me observa. Cautelosamente. Eu o pressiono: — Não é uma pergunta complicada.

— Eu sei que não. Eu só... Eu não... — Jet gagueja.

Sinto vontade de estrangulá-lo quando ele começa a titubear e não continua.

— Você não o quê?

Jet suspira.

— Eu não queria que você soubesse.

— Soubesse o quê? — pergunto dando um passo para trás, minhas defesas subitamente em alerta máximo.

— Não é nada ruim, Violet — explica Jet, seu tom me fazendo sentir como uma garota boba.

Mas então eu fico um pouco na defensiva. Como ele ousa agir como se eu não tivesse motivos para ser cética? Uma vez calejada...

— Não finja que essa é uma conclusão precipitada. Você não tem um registro exemplar de total transparência.

Ele tem a decência de parecer envergonhado.

AMOR SELVAGEM

— Você está certa. Eu mereço isso.

Eu me sinto culpada pela ironia, mesmo que não devesse.

— Desculpe — falo, fechando os olhos e esfregando as costas da mão na testa. — Tem sido... Estou um pouco...

Não termino. Não sei como explicar que ele virou minha vida de cabeça para baixo. Duas vezes. E que eu estou um trapo há semanas.

— Não peça desculpas — diz Jet suavemente. — Você não tem nada para se desculpar. — Olho de volta para ele. Seus olhos são de um azul profundo e expressivo que me fazem sentir dor atrás das minhas costelas, atravessando para as costas, como se eu tivesse levado um tiro. Seus lábios se abrem em um sorriso triste, e ele continua: — Só avise que deixei o celular dele aqui.

Com isso, como se nenhuma outra explicação fosse necessária, ele se vira e vai embora.

Observo Jet até não conseguir mais vê-lo. Eu me sinto dividida. Parte de mim quer ir atrás dele, chamá-lo e pedir que ele volte. Ou pelo menos que espere. Pelo que, eu não sei.

Outra parte de mim, no entanto, ainda está machucada. E tem esperança de que um dia... um dia... Eu seja capaz de superá-lo.

Talvez...

Quando ouço um motor dando a partida em algum ponto da rua fora da minha linha de visão, fecho a porta para a noite. E para Jet.

Deslizando o polegar de um lado para o outro no celular do meu pai, ainda estou parada na porta, perdida em pensamentos, quando ele sai do quarto.

— Quem era?

Levanto o olhar para encontrar seus olhos verdes intrigados.

— O Jet.

Ele não parece surpreso, preocupado ou... qualquer coisa, apenas pergunta:

— O que ele queria?

Seguro o telefone dele no ar.

— Ele disse que você deixou isso no carro dele.

M. LEIGHTON

Papai dá um tapinha na perna direita, como se automaticamente estivesse procurando pelo celular no bolso.

— Nem percebi que tinha deixado cair.

Como eu não me movo, meu pai caminha até mim e pega o telefone dos meus dedos, deslizando-o para seu lugar no bolso dele. Ficamos em pé, olhando-nos silenciosamente por alguns minutos antes de eu falar.

— Você tem algo que queira me dizer, pai?

Ele dá de ombros.

— Na verdade, não.

— Então talvez haja algo que *eu* queira que você me diga.

— Talvez eu fale, talvez não.

— Quando você esteve com o Jet, pai? E por quê?

— Eu estive com ele hoje à noite, não que isso seja da sua conta.

Fico boquiaberta. Estou incrédula.

— Você está brincando comigo? Como *não* é da minha conta?

— Desde quando os meus amigos são da *sua* conta?

— Desde que esse "amigo" é um cara que eu costumava... costumava...

Papai levanta a mão.

— Pare já aí — diz ele, fechando os olhos e se encolhendo. — Eu não quero que você termine essa frase.

— Eu não ia dizer *aquilo*, pai! — Sinto meu rosto queimar. — Eu só não sei como classificar o nosso relacionamento.

— Ótimo. Talvez eu tivesse que matá-lo se você dissesse...

É a minha vez de *pará-lo*.

— Não diga isso, pai. Por que você não me conta o que estava fazendo com o Jet para que possamos deixar toda essa conversa para trás?

— E se ele não quiser que você saiba?

Mais uma vez, fico boquiaberta.

— Por que isso importaria? Eu sou sua filha!

— Eu sei disso, querida — diz ele gentilmente. — Mas eu sei como você é. Sei o quão difícil você pode ser, às vezes.

— O quê? Quando é que eu sou difícil?

— Eu não estou reclamando, Vi. Só estou dizendo que você teve muitos anos de maus exemplos e é compreensível que agora tenha uma casca dura.

AMOR SELVAGEM

Mas, às vezes, um pai precisa fazer o que ele acha melhor para a sua filha. Ela aprovando ou não.

— E o que você pensa que está fazendo por mim?

— Não *eu* por si só.

— Pai, vá direto ao ponto. Me diz o que está acontecendo antes que eu fique furiosa.

Ele me observa por alguns segundos, seus olhos examinando os meus.

— Ele tem me levado para as reuniões do AA nas últimas semanas.

De todas as coisas que eu poderia ter sonhado, imaginado ou até adivinhado que meu pai poderia dizer, sua resposta não era nenhuma delas.

Eu tenho apenas uma reação.

— Por quê?

— Não sei se você percebeu, mas tenho um problema com a bebida.

Eu olho para ele como sinal de advertência.

— Pai, você sabe que não foi isso que eu quis dizer.

Meu pai se aproxima de mim, passando os dedos em volta dos meus braços.

— Violet, aquele rapaz está apaixonado por você.

Meu coração palpita no peito. Mas aí, tão rapidamente quanto começou, o peso da realidade interrompe seu movimento agitado e o esmaga.

— Às vezes, isso não faz diferença, pai. Você sabe disso.

Eu vejo a dor passar por seu rosto.

— Ah, você não precisa me dizer isso, querida. — Ele respira fundo. — Olha, eu não sei o que ele fez de tão imperdoável. Provavelmente, nem quero saber. É por isso que eu vou ficar de fora disso.

— Ir com ele às reuniões do AA dificilmente é ficar fora disso, pai.

— Se você não tivesse descoberto...

— Mas eu descobri. Então, me conte o que está acontecendo.

— Ele só quer ajudar você, Vi. Mesmo sem poder dizer que está fazendo isso, mesmo que não possa estar com você, ele quer melhorar a sua vida. E ele sabe quanto o meu... problema incomoda você. Quanto isso afeta a sua vida. Quanto sempre afetou. E eu também — admite ele, baixando os olhos. — Eu nunca quis magoá-la, querida. Acho que nunca pensei em

253

M. LEIGHTON

como as minhas bebedeiras afetavam você. Eu só sabia que eram uma escapatória quando eu precisava. — Ele fica em silêncio, uma longa pausa se estendendo entre nós. Finalmente, ele olha para mim com a expressão séria. Quase dolorida. — Mas *ele* sabia, Violet. Ele sabia quanto isso a machucava, e é por isso que quis ajudar.

— O Jet veio até mim quando eu estava trabalhando na casa do pai dele e me perguntou se eu iria com ele. Disse que ele tinha alguns problemas e que machucou você por causa deles. Que nós dois tínhamos a chance de tornar a sua vida mais fácil e melhor. Eu nunca pensei dessa forma, nunca pensei em *você* como uma razão para ficar sóbrio. Mas ele, sim. Ele viu apenas o que era melhor para você. E eu deveria também. Então, fui com ele.

Eu me solto das garras do meu pai. Caminho até o sofá, pairando sobre ele em vez de me sentar. Penso em todas as coisas pequenas, e não tão pequenas, em todas as coisas que aparentemente eram coincidências e as que não eram tão coincidências que aconteceram nas últimas semanas, e percebo que nem tudo o que Jet fez foi para chamar minha atenção. Se Tia não tivesse cancelado, se eu não precisasse me manter ocupada, se não tivesse estacionado nos fundos da casa do meu pai para uma faxina, talvez eu nunca soubesse que Jet estava levando meu pai para o AA. Ele não estava fazendo isso para se declarar. Ou para obter reconhecimento. Ou para ganhar pontos comigo. Ele estava fazendo isso *só por mim*. Buscando nada além da minha felicidade, com ou sem ele, Jet fez essas coisas. Só por mim.

Meu coração está clamando para eu agir. Está em chamas, pedindo para eu correr o risco, mandar para o inferno a história de ser mais esperta, apenas confiar nos meus instintos e dar a Jet outra chance. Está gritando comigo, dizendo-me que não é apenas a coisa certa, indulgente e madura a se fazer, mas é o que eu *quero* fazer. Desesperadamente. Do fundo do meu coração.

Então eu faço.

Dou meia-volta e corro para a porta. Não sei para onde Jet foi ou como achá-lo, nem mesmo o que espero encontrar quando abrir a porta, só sei que preciso me mexer. Agir. Tenho que ir atrás dele.

Ouço a voz do meu pai ao abrir a porta.

— Aonde você vai?

AMOR SELVAGEM

Eu não respondo, simplesmente saio correndo pela rua. Quando chego lá, percebo que não estou usando sapatos nem com as chaves ou a bolsa, e meu carro está estacionado nos fundos.

Respirando com dificuldade, dou um giro desamparado, desejando ter chegado a essa conclusão um pouco mais cedo. Quando Jet ainda estava aqui.

Antes de me virar para voltar para dentro, ouço a porta de um carro se fechando. Viro a cabeça para a esquerda, seguindo o barulho na rua. E vejo Jet parado no escuro, banhado pelo brilho do luar refletido no capô preto cintilante de seu carro.

Eu paro e observo, meu coração dilatando diante da visão dele.

Ele pisa na calçada e se aproxima de mim caminhando devagar, com cuidado, até que apenas alguns centímetros nos separam.

— Por favor, diga que você estava indo atrás de mim — fala ele baixinho.

Estou em choque. E emocionada. E animada. Sou pega em um momento surreal, como a luz que é captada pelas facetas de um diamante — aprisionada no brilho, na beleza. Faço a única coisa que posso e confirmo com a cabeça, virando-me para encará-lo de frente.

— Diga — sussurra ele. — Preciso ouvir você dizer isso.

Meu coração está batendo tão alto que me pergunto se ele também pode ouvir.

— Sim, eu estava indo atrás de você.

Como se isso fosse tudo pelo que ele estava esperando, Jet levanta as mãos e segura o meu rosto com um toque desesperado.

— Desculpe ter escondido isso de você, Violet. Eu fiz isso porque te amo. E queria te ajudar. Mas eu sabia que você não iria querer nada de mim. Por favor, por favor, por favor me perdoe — diz ele suavemente, fechando os olhos e encostando a testa na minha.

— Não tem nada para ser perdoado, Jet. Eu sei por que você fez isso.

Ele inclina a cabeça para trás para olhar para mim, seus olhos perfurando os meus.

— Estou tão infeliz sem você que essa é a única maneira de eu conseguir dormir à noite. Saber que estou fazendo *algo* para fazer você sorrir, *algo* para deixar você feliz. É a única coisa que me fez continuar.

— Mas você não precisa fazer coisas como essas.

— Eu sei. Mas eu queria. Estava me dilacerando por dentro pensar que você acreditava que eu só te queria para ganhar uma aposta. Violet, você é a única coisa na minha vida que faz tudo valer a pena. Eu sabia que, se não pudesse estar com você, de *alguma forma* ainda teria que fazer parte da sua vida, da sua felicidade, mesmo que você não soubesse.

Sorrio.

— Bem, algumas delas eu descobri.

— Descobriu?

Concordo com a cabeça.

— Suspeitei, eu acho. Mas mesmo assim. Há apenas algumas coisas que posso descartar como coincidência.

— Por favor, não fique chateada. Eu só queria que você fosse feliz. Só queria te ajudar como você sempre ajuda outras pessoas. Como você sempre me ajudou.

— Você ajudou. E eu agradeço.

— Algum dia você será capaz de me perdoar pelo que eu fiz?

— Já perdoei. Por que acha que eu estava indo atrás de você?

— Quando vi a porta abrir e você sair correndo, rezei para que estivesse vindo atrás de mim. Prometi a Deus que, se Ele apenas fizesse você correr para mim, nunca mais eu te decepcionaria. — Jet espalha beijos no meu nariz e nas minhas bochechas. — Nunca mais vou mentir pra você. Nunca vou te magoar. Nunca vou te deixar triste nem te dar motivos para duvidar de mim. Eu só quero fazer você feliz, linda.

Quando ele faz uma pausa, nosso nariz se tocando e seus lábios pairando sobre os meus, sinto o calor úmido das palavras mais doces que já ouvi se depositando sobre a minha pele e meu coração como uma promessa suave.

— Eu amo você, Violet. Eu te amei antes mesmo de te conhecer. Eu não fazia ideia do que precisava na vida até te encontrar. Não sabia que havia uma pessoa que poderia me completar. Não sabia que havia uma mulher que poderia agitar meu mundo como nenhuma guitarra conseguiu. Não sabia que faltava alguma coisa em todas as músicas da minha vida até te encontrar. *Você* representa as belas notas em cada música que eu canto. *Você* é o belo rosto por trás de todas as letras que escrevo. *Você* é minha razão, minha musa. Você é o amor pelo qual eu estava esperando, a única coisa sem a qual eu não posso viver. Por favor, diga que também me ama.

— Eu amo você, Jet — sussurro. — Eu te amei quando não queria, porque não consegui parar. Nunca serei capaz de parar. Você mudou algo dentro de mim, algo que nunca voltará a ser como antes. Sem você, eu me sinto vazia e infeliz. E mais sozinha do que já me senti.

Gentilmente, Jet acaricia a lateral do meu rosto, roçando seus lábios nos meus.

— Você nunca mais vai ficar sozinha. Sempre terá a mim. Sempre. Para sempre.

Quando Jet finalmente pressiona seus lábios nos meus, sinto um suspiro que atravessa todo o meu ser, corpo e alma. Eu me derreto nele como se ele fosse a peça que estava faltando no meu quebra-cabeça. E ele se encaixa perfeitamente em mim. Porque, embora nenhum de nós soubesse que estávamos sentindo falta da nossa outra metade, estávamos. Mas agora estamos completos. Juntos, estaremos sempre completos.

46

Jet

O corpinho exuberante de Violet está colado no meu. O gosto em sua língua macia está despertando mais que apenas o meu coração. Eu me afasto dela para não fazer algo estúpido como arrastá-la para o bosque do outro lado da rua e segurá-la contra uma árvore.

— Não lembro a última vez que realmente esperei algo da *vida*. De uma forma ou de outra, tentei abafar grandes partes dela por tanto tempo que parece que eu estava apenas meio vivo.

Vejo os lábios de Violet se curvando em um sorriso sugestivo enquanto ela roça seus quadris contra os meus.

— Me deixa adivinhar qual parte está voltando à vida primeiro.

Eu rosno, inclinando-me para mordiscar o seu lábio inferior carnudo.

— Ainda bem que não consigo ver você direito agora.

— Por quê? — sussurra ela, esticando a língua para me provar, com a voz mais sexy que nunca.

— Porque, se eu visse o seu bendito rubor, provavelmente faria algo estúpido.

AMOR SELVAGEM

— Como o quê?

— Como te carregar para aquele bosque ali — confesso, esmagando a parte inferior do corpo dela com o meu e depois desejando não ter feito isso. — Droga, por que temos que estar bem na frente da casa do seu pai?

— Eu posso resolver isso, sabe?

— É mesmo? — Estico a mão entre nós dois para puxar sua blusa de gola larga um pouco para baixo e poder pressionar meus lábios na curva superior de seu peito. — Porque, por mais que eu goste do sabor da sua boca, há outras coisas em que estou morrendo de vontade de mergulhar a língua.

Violet arqueia as costas, empurrando-se contra mim, precisando do contato tanto quanto eu.

— Como o quê? — pergunta ela novamente, sua voz visivelmente ofegante.

— Uma coisa em particular — respondo, movendo minha mão para suas costelas e descendo por sua lateral até o elástico da calça. Deslizo em volta para segurar sua bunda primeiro, apertando Violet contra mim, amando o jeito como ela arqueja. — É a coisa mais doce que já provei. Andaria facilmente centenas de quilômetros para tê-la. Apenas uma vez. — Movo minha mão para o quadril dela, deslizando meus dedos sob a borda fina de sua calcinha e percorrendo seu estômago. — Mas uma vez nunca seria suficiente — murmuro em seu ouvido. — Estou viciado. Nunca serei capaz de ter você o suficiente. — Movo um dedo até sua fenda, acariciando o nó duro de seu clitóris. — Só consigo pensar em você. No jeito como você ri, no seu cheiro. E, ah, em seu gosto. Eu introduzo meu dedo nela, meu pau latejando quando seus músculos se apertam na minha mão, seu interior molhado e quente.

— O que você acha de passar a noite comigo hoje? — Ela arfa, seus quadris se movendo contra a minha mão.

Eu enfio o dedo mais uma vez, entrando fundo e saindo devagar.

— Eu acho que seria o paraíso.

Violet exala uma respiração trêmula ao encostar a testa no meu queixo. Sinto o tremor e seus dedos quando eles afundam nos meus bíceps.

— Não posso voltar lá assim — admite ela.

— Então me deixa te levar para casa. Você pode ligar para ele e dizer que vou trazer você de volta amanhã para pegar o seu carro.

Ela olha para mim e sorri.

— Acho ótimo.

— Ainda bem que sua casa não é longe daqui.

Ela ri quando eu dou um beijo estalado em seus lábios e a tomo pela mão para levá-la ao meu carro.

— Quem disse que não podemos tornar a viagem interessante? — pergunta ela.

A iluminação interna bate em seu rosto quando abro a porta do carro, iluminando o rubor que está colorindo suas bochechas.

— Droga, eu amo você.

Ela sorri e se estica para me beijar.

— Eu também amo você. Agora entre — diz ela enquanto se joga no lado do passageiro.

Tenho que dar crédito a ela. Para uma garota tímida que *não* é viciada em sexo, ela realmente sabe como tornar uma curta viagem de carro espetacular.

Epílogo
Violet

OITO MESES DEPOIS

— O que estamos fazendo aqui? — pergunto quando Jet estaciona na entrada da linda casa térrea em estilo colonial espanhol com telha asfáltica e a porta da frente em arco.

— Eu só preciso entrar aqui bem rápido — responde ele, desligando o motor.

— É o carro da Fiona? — pergunto, inclinando a cabeça em direção ao Cadillac prateado estacionado em um lado da garagem aberta. Parece o carro que a namorada do meu pai dirige.

— Sim — responde ele, saindo detrás do volante para dar a volta até o meu lado.

— O que ela está fazendo aqui?

— Você vai ver — diz ele com um sorriso.

Percebo o brilho malicioso nos olhos de Jet. Não sei se porque eu estava distraída e não vi antes ou porque não estava lá. Mas agora está.

— O que você está aprontando?

— Por que eu tenho que estar aprontando alguma coisa?

— Eu conheço esse olhar.

— Que olhar?

— *Este* olhar — digo, apontando para ele quando seu sorriso se alarga.

Ele apenas dá de ombros e pisca para mim, o que me deixa *ainda mais* desconfiada.

Deixo Jet me levar pelos degraus da frente até uma porta alta e pesada de madeira com uma grade de ferro forjada sobre ela. Ele a abre e dá um passo para trás, estendendo a mão na frente dele.

— Depois de você.

O hall de entrada é lindo, com teto abobadado e piso de cerâmica espanhola que fluem perfeitamente para uma enorme sala vazia.

Jet me conduz entre a sala de jantar e a de estar para uma cozinha incrível, e além dela, para um corredor enfileirado de portas.

— Ninguém mora aqui? — pergunto, examinando as paredes vazias e os quartos sem mobília enquanto passamos.

— Ainda não.

Eu puxo sua mão para que ele pare e arfo ao entender.

— Meu Deus, papai e Fiona vão morar juntos?

— Eles se conheceram há uns dois meses — argumenta Jet.

— Sim, mas eles se dão tão bem e têm tanta coisa em comum. — Papai e Fiona se conheceram em uma reunião do AA. Jet a conhece melhor do que eu, uma vez que ele ainda leva meu pai toda quinta-feira. Mas eu gosto dela. E, mais importante, meu pai também.

As noites de quinta-feira devem ser populares entre os viciados, penso aleatoriamente ao me lembrar de que foi numa quinta-feira que conheci Jet tantos meses atrás.

— Sim, eles têm, mas estão indo devagar. O que é inteligente. Você sabe.

— Sim, eu sei.

— Mas eu não ficaria surpreso se eles ficassem juntos.

— Nem eu. E eles têm que agradecer a você por isso.

— Por quê?

AMOR SELVAGEM

— Se você não tivesse começado a levar o papai para essas reuniões, ou se tivesse parado de ir com ele depois que voltamos...

Jet dá de ombros novamente.

— É melhor para *você* se ele continuar a ir, o que significa que eu o levarei enquanto ele precisar. Ou enquanto ele quiser que eu o leve.

— Eu acho que ele gosta que você vá com ele.

— Ninguém deveria ter que passar por isso sozinho.

— Agora ele tem você *e* Fiona.

— Uma grande família feliz.

Meu coração dilata pela forma como ele diz isso.

— Sim, uma grande família feliz.

— O que você acha desse quarto? — pergunta Jet enquanto me arrasta para o final do corredor até a enorme suíte master.

— É lindo! — digo, passando pelo conjunto de janelas à direita. Vou até o banheiro e os closets duplos contíguos, maiores do que o meu quarto atual.

— Você moraria aqui?

— É claro! Quem não gostaria de morar aqui?

Jet pega minha mão e me puxa de volta até as janelas com vista para um exuberante quintal verdejante que tem um pátio de tijolos e uma lareira ao ar livre.

— Você moraria aqui *comigo*? — pergunta ele, girando-me para encará-lo.

Meu coração acelera e minha boca fica seca.

— Por que você pergunta?

— Fiona conhece o empreiteiro que construiu esta casa. Ela foi finalizada há apenas umas duas semanas. Ela o convenceu a nos deixar visitá-la antes de ser colocada no mercado. É nossa, se quisermos. Se *você* quiser.

Estou tremendo quando Jet me vira em direção às janelas novamente, indo para trás de mim para cruzar os braços na minha cintura.

— Por favor, diga que sim. Eu quero acordar ao seu lado todos os dias neste quarto. Quero tomar café da manhã com você todas as manhãs naquela cozinha. Quero escolher a tinta e transformar um dos quartos em um berçário. E, um dia, quero me casar com você bem ali — ele fala, apontando para o belo quintal onde agora posso ver meu pai e Fiona acenando para nós. — Diga que sim, Violet. Diga que você vai morar aqui. Comigo.

Sinto os lábios de Jet roçarem a curva do meu pescoço, seus braços se apertando em minha volta. Eu giro no seu abraço, colocando minhas mãos em sua nuca.

— Não consigo pensar em uma vida mais perfeita que essa que você acabou de descrever.

Seu sorriso é brilhante e seus olhos faíscam com uma felicidade que reflete em meu coração.

— Isso é um sim?

Eu retribuo o sorriso, minha alma explodindo de uma alegria com a qual nunca nem sonhei, muito menos busquei.

— Isso é um *grande* sim!

— Então vamos dar as boas-vindas ao seu pai em nossa nova casa e depois botá-los para fora para podermos entrar sorrateiramente e batizar este quarto de forma adequada.

Ele abaixa a cabeça e seus lábios encontram os meus em um beijo que embaçaria as janelas, caso estivesse mais frio lá fora. Estou sem fôlego e excitada quando ele termina de explorar minha boca.

— Isso significa que você ainda não está cansado de mim?

— Eu nunca vou me cansar de você. Estou viciado. Desesperada, descarada e inegavelmente viciado.

— Então, fico feliz em ser sua facilitadora.

— Para sempre?

— Para sempre.

O vício nunca pareceu tão promissor.

Impresso no Brasil pelo Sistema Cameron da Divisão Gráfica da
DISTRIBUIDORA RECORD DE SERVIÇOS DE IMPRENSA S.A.